니모의
전쟁

김태환
장편소설

니모의 전쟁

작가의 말

눈물이 났다. 나이 탓인가?

삼 년째 요양병원에 누워있는 장모님의 손을 잡았을 때였다. 뼈만 남은 앙상한 손 때문이 아니었다. 육신이 병들고 나면 남은 건 기억뿐이리라. 움푹 팬 장모님의 눈이 나를 바라본다. 무엇을 기억해 내고 있는지 알 수가 없다. 눈물이 고인다.

어쩌면 지난 삶의 가장 아름다웠던 순간의 기억들이 더욱 눈물 나게 하는 것 같다. 시시한 하루하루의 삶이 아닌 잊을 수 없는 특별한 기억이 오래도록 삶의 끈을 놓아주지 않는 건 아닐까 하는 생각이 들었다.

그때 마침 나와는 아무 상관도 없을 것 같은 뉴스가 TV화면을 채우고 있었다. 이탈리아 주재 북한 대사관 대사 대리 조성길의 탈출 소식이었다. 그의 속사정은 낱낱이 알 수가 없다. 목숨을 건 탈출도 살기 위한 한 방편이었으리라.

나의 시선이 잠시 TV에 머물러 있는 시간에도 장모님은 나를 올려다보고 있었다. 눈에 눈물이 가득하다.

그렇게 『니모의 전쟁』은 우연찮은 하나의 사건이 기회가 되어 시작되었다. 목숨을 걸고 탈출한 조성길의 이야기를 소설로 써야겠다고 마음 먹은 순간부터 밤낮을 잊고 초고를 완성하기까지 딱 보름이 걸렸다.

그렇게 접신을 한 듯 집필한, 한 번도 손을 보지 못해 오자 탈자 투성이인 초고를 청어출판사에 보냈다. 보름 만에 장편소설 한 편을 써낸 나도 나이지만, 초고를 하루 만에 다 읽고서 다음날 흔쾌히 출판을 하자고 연락 온 이영철 대표님의 결정에 또 눈물이 났다.

　『니모의 전쟁』이라 제목을 정한 것은 니모라는 물고기가 잃어버린 자식을 찾아 목숨을 건 험난한 여정을 떠난다는 내용의 애니메이션 작품에서 착상했다.
　조성길 이탈리아 대사 대리의 목숨을 건 탈출과 분단의 아픔으로 그 아들을 북에 두고 온 채, 남한에서 인민군 장교였던 신분을 숨기고 구두 수선공으로 살 수밖에 없었던 니모 같던 그의 아버지 때문에 글을 쓰는 내내 또 눈물이 하염없이 흘러내렸다.

　이제 그 아들과 그런 아들을 조마조마 하고 안타까운 마음으로 지켜보는, 아흔을 넘긴 늙고 병든 아버지의 눈물을 닦아주는 마음으로 『니모의 전쟁』을 세상에 내보낸다.

여명이 밝아오는 새벽에

김태환

차례

1. 그리운 니모

아버지의 나이 올해 95세였다. 나뭇잎으로 치자면 마지막 잎새, 나뭇잎이
다 떨어진 나뭇가지에 애처롭게 남아있는 시든 단풍잎이나 마찬가지였다.

*

병원에서 전화가 걸려온 건 새벽 다섯 시 반이었다. 나는 부랴부랴
옷을 갈아입고 집을 나섰다. 밖에 세워둔 차를 끌고 갈까 하다가 그
냥 걸어가기로 했다. 병원까지는 걸어서 오 분이면 충분한 거리였다.
거리엔 아직 어둠의 찌꺼기가 그대로 남아 있었다. 환경미화원의 분
주한 작업이 골목길에 남아 있는 어둠을 깨우고 있었다. 큰길로 나서
니 지난밤에 떨어진 은행열매를 주우러 나온 할머니가 눈에 띄었다.
원래 허리가 구부러진 것인지 잔뜩 구부린 채 은행열매를 줍는 손놀
림이 분주했다.

15톤 카고 트럭 한 대가 요란한 소리를 내며 할머니 곁을 지나갔다.
바람이 할머니의 펑덩한 몸빼 바지를 흔들었다. 할머니는 아랑곳하지
하지 않고 은행열매를 줍고 있었다. 은행열매는 인도를 벗어나 도로

한가운데까지 널려 있었다. 그 풍경을 지나치면서 주제넘은 생각을 했다. 저 할머니가 제발 도로 가운데로까지 은행열매를 주우러 들어가지는 말았으면, 하는 것이었다.

아버지는 5층 일반 병실에서 3층 치료실로 옮겨져 있었다. 산소 호흡기를 끼고 있었으나 내가 들어가자마자 고개를 돌려 나를 바라보았다. 문득 환자를 묶어 두기 위해 산소 호흡기를 걸어 놓은 건 아닐까, 과잉진료 같은 느낌이 들었다. 나는 다가가 링거 주사기 바늘을 꽂아 놓은 아버지의 팔을 잡았다. 아버지의 손은 생각보다 따뜻했다. 나와 눈을 마주치자 아버지가 고개를 살짝 흔들었다. 어서 여기서 풀어 달라는 듯한 표정이 읽혔다. 고개를 흔드는 동작은 느릿했지만 아버지의 상태가 심각한 건 아닌 듯했다.

나를 따라 들어온 간호사가 아버지의 팔목을 잡고 맥박을 확인했다. 맥박을 재는 여자의 얼굴을 자세히 건너다보았다. 목의 주름살로 보아 오십 대 초반쯤 되었을까. 젊어서는 제법 남자들의 인기를 끌었음직한 미모였다. 밤을 새워 근무를 했을 텐데 졸음에 겨운 모습이나 피곤한 기색은 전혀 보이지 않았다. 야간 근무 짬짬이 누구의 눈에도 띄지 않을 조용한 곳에서 슬그머니 잠을 자고 일어났는지도 모르는 일이었다.

"5층 간호사가 제대로 지켜보지 않았으면 위험할 수 있었습니다. 의사선생님도 일찍 나오셔서 바로 조치를 취할 수 있었구요."

궁금해 하기도 전이었다. 간호사가 장황한 설명을 했다. 자신의 근무처인 요양병원을 홍보하는 인상이 강한 어투였다.

"추가 출혈이 있었지만 굳이 큰 병원을 다녀오실 필요는 없을 것 같습니다."

진료실에서 들은 담당의의 말은 간호사의 말과 달랐다. 갑자기 심각한 상황이 올 수도 있으니 잠시 지켜보자는 것이었다. 혈압이 높아져 혈압강하 약을 처방했으니 경과를 지켜보는 것이 좋겠다고 했다.

"자택이 가까이 있다고 하셨지요?"

"네."

"집에 가셔서 아침식사는 하시고 오셔도 되겠습니다."

의사는 선심 쓰듯 말했다. 진료실을 나왔지만 집으로 돌아갈 마음은 들지 않았다. 아침을 먹어야겠다는 생각도 없었다. 병원 1층에 내려가 자판기 커피를 한 잔 뽑았다. 커피를 들고 밖으로 나섰다. 마당가에 만들어 놓은 조그만 정자 아래로 갔다. 간밤에 떨어진 낙엽이 정자 주위에 수북이 쌓여 있었다. 올해도 한 해가 서서히 마무리되어 가고 있는 것이다. 한 번 떨어진 낙엽은 영원히 돌아오지 않을 것이다. 인생이 낙엽 같다는 생각에 젖어 기분이 차분하게 가라앉았다.

붉게 물든 벚나무 가지를 올려다보니 아직 많은 잎이 힘겨운 듯 매달려 있었다. 아버지의 삶도 곧 떨어질 낙엽 같다는 생각이 들었다. 아버지의 나이 올해 95세였다. 나뭇잎으로 치자면 마지막 잎새, 나뭇잎이 다 떨어진 나뭇가지에 애처롭게 남아있는 시든 단풍잎이나 마찬가지였다.

아버지가 뇌출혈로 병원에 실려 온 것은 3년 전이었다. 아침에 화장실에 가다가 문 앞에서 쓰러졌다. 때마침 일찍 일어난 아내의 눈에 띄었다. 곧바로 대학병원으로 옮긴 것은 아내의 침착한 행동 덕분이었다. 의사는 조금만 늦게 왔었더라면 큰일 날 뻔했다고 했다. 딱히 아버지의 나이를 감안하지 않더라도 의사의 말은 사망의 위험성이 내포된 것임을 알 수 있었다.

아버지는 3개월 간 집중치료를 받았다. 그럼에도 한쪽 다리와 팔의 기능을 완전히 상실했고 말할 수 있는 기능을 잃었다. 남의 말을 정확하게 알아들을 수는 있는데 말을 할 수가 없었다. 누군가의 말에 대답을 하려고 소리를 내기는 했지만 그것은 신음소리일 뿐이었다. 그럴수록 아버지는 어떻게든 말을 해보려고 무던히도 애를 썼다. 힘닿는 데까지 노력을 하는 것 같았지만 늘 그 자리였다.

그러는 사이 일 년이 지났다. 상태가 나빠지지만 않았을 뿐 나아지는 기미도 없었다. 아버지는 조금씩 말하기를 포기하는 듯했다. 눈빛으로 했을 뿐이었지만 아버지와 의논 끝에 퇴원을 하기로 했다. 간병하는 가족보다 아버지 자신이 더 불편해했다. 화장실에 안고 가서 변기에 앉혀도 용변 보기는 큰 과제였다. 가까스로 시도를 했지만 매번 성공하는 것이 아니었다.

어떤 때는 한 시간 넘게 변기에 앉혀 놓아도 허사였다. 진땀을 흘리며 용을 쓰다가 기진맥진할 뿐이었다. 포기하고 겨우 들어 침대에 누이자마자 대변을 누기도 했다. 긴장이 풀리면서 막혔던 항문도 열린 것 같았다. 치우는 사람은 냄새 때문에 고역이었지만 내색할 수도 없었다. 비록 자식들에게라도 부끄러운 곳을 맥없이 내보이는 걸 아버지가 싫어했다. 며느리에게는 노골적으로 거부의사를 표시했다. 유일하게 움직일 수 있는 왼쪽 팔을 흔들어대는 모습이 안쓰러울 지경이라는 아내의 말에 나도 속이 상했다.

요양병원을 알아보게 된 것은 그 때문이었다. 무엇보다도 아버지가 좋다는 뜻을 분명히 했다. 아내와 나는 가능하면 집과 가까운 곳을 물색했다. 집에서 큰 도로 하나만 건너면 되는 곳이었다. 예전에 신경외과 병원이었는데 운영난 타개를 위해 요양병원으로 바뀌었다.

병원은 생각했던 것보다 만족스러웠다. 시설이 깨끗하고 직원들도 친절했다. 아버지는 무리 없이 병원환경에 적응해 나갔다. 나와 아내는 번갈아가며 아버지를 보러 다녔다. 성길이도 주말이면 어김없이 할아버지의 병실을 찾았다. 성길은 어려서부터 할아버지의 사랑을 많이 받고 자랐다. 성길이란 이름도 아버지가 지었다. 다만 항렬에 대해서는 알지 못했다. 안동 김씨 가문이라곤 해도 몇 대 항렬자인지는 알 수 없었다. 우리 집엔 족보 같은 게 존재하지 않았다.

아버지는 한 번도 조상의 내력에 대해서 입을 연 적이 없었다. 물론

할아버지 할머니의 산소가 어디라는 것도 가르쳐 주지 않았다. 강원도 원주에 살았으며 할아버지 할머니의 산소는 공동묘지에 있었다. 전쟁이 끝난 후 찾아가 보니 일대가 깡그리 망가진 뒤였다. 도무지 어디가 어딘지 찾을 수가 없었다는 것이 아버지의 설명이었다.

"우리 가문은 전쟁으로 아주 망한 집안이야."

그뿐이었다. 아버지는 더 이상 전쟁에 관한 이야기는 하지 않았다. 전쟁 때문에 망했다면서도 누구를 원망하는 일이 없었다. 전쟁을 일으킨 장본인인 김일성을 저주하는 말이라도 몇 마디 할 것 같은데 그러지 않았다.

내일이 토요일이란 생각에 성길에게 전화를 걸었다. 그는 출근 전이라 병원에 잠시 들르겠다고 했다. 그리 심각하지 않으니 그럴 필요 없다, 오늘은 그냥 출근하고 내일 편안하게 왔다가라며 말렸다.

"니모는요?"

"응. 아직 괜찮을 것 같아."

"내일 다시 편집해서 가져갈게요."

"그래라."

니모의 안부로 통화를 끝냈다. 니모는 '니모를 찾아서'의 주인공이다. 애니메이션 영화 속의 주황색 줄무늬가 있는 물고기로 대중에게 많이 알려진 터였다. 성길이가 묻는 니모는 물론 애니메이션과는 무관하다. 우리 집 수족관에 대한 궁금증인 것이다. 우리 집 거실 한쪽에는 일 미터 오십 센티나 되는 커다란 수족관이 있다. 가정집에 두기에는 다소 커 보이는 수족관으로 해수어들을 기르는 곳이다.

"물고기도 수족관이 좁으면 얼마나 답답하겠니."

대형 수족관을 놓은 것은 아버지의 권유 때문이었다. 말이 권유지 강요에 가까웠다. 수족관 안에는 크기가 작은 종자들을 주로 넣었다. 그 중에 한 마리가 주황색 줄무늬 니모였다. 우리 집을 방문하는 이들 중 물고기 이름을 묻는 사람은 없었다. 가르쳐 주지도 않았는데 더러 '어? 니모구나.' 했다. 애니메이션 효과인 듯했다.

아버지는 니모에게 대단한 집착을 보였다. 니모를 볼 때면 세상 어떤 시름도 느껴지지 않았다. 평화롭고 더러는 행복해보였다. 15년 전에 돌아가신 어머니 생각도 잊게 하는 듯 니모를 보는 눈빛은 골똘했다. 그랬던 아버지의 눈빛이 조금씩 달라졌다. 요양병원에 가기 전부터였다. 수족관 유리를 뚫기라도 하듯 니모를 보는 눈빛이 애처롭기만 했다.

"할아버지, 제가 동영상을 찍어서 매일 보여드릴게요."

성길의 말을 듣고 나서야 아버지는 겨우 안도의 숨을 내쉬었다. 약속대로 성길은 동영상을 찍어 병원으로 가져가 보여 주었다. 휴대전화 동영상은 화면이 작은 탓에 얇은 노트북에 동영상을 담아갔다. 아버지는 성길이 켠 노트북 속에서 유유히 헤엄치는 니모를 보며 눈물을 주르륵 흘리곤 했다. 아버지에게 니모는 눈물 그 자체였다. 아버지를 모시고 영화관에 가서 '니모를 찾아서'를 본 것은 15년 전이었다. 꽤 오래 전인데도 나는 그날을 잊을 수 없다. 영화를 본 아버지가 그렇게 많은 눈물을 흘리는 것은 처음 보았다. 아버지의 얼굴은 숫제 수건도 없이 세수를 하고 그냥 나온 사람 같았다. 민망하고 당황스러웠다. 그렇게 운 이유를 물었다. 부모자식이 서로 떨어져서 찾아나서는 게 어찌 슬프지 않냐, 아버지의 말에 그래도 끝에는 해피엔딩이었음을 강조했다.

"물고기도 새끼를 찾아 저리도 애를 쓰는데 사람이 물고기만도 못한 경우가 허다하다."

무심한 듯 의미심장한 대답이었다. 아버지가 낯설었다. 웬만한 일에 눈물은커녕 감정을 잘 드러내지 않았던 아버지였다. 영화 한 편에 그렇듯 빠져드는 것도 언뜻 이해되지 않았다. 그런데 사람이 주인공도 아닌 생물, 물고기의 이야기에 그렇듯 꽂힐 줄은 몰랐다. 아버지의 감정은 거의 빙의 수준이었다.

아버지의 눈물은 그날 그것으로 끝난 게 아니었다. 정도는 덜했지만 아버지는 다음날도 그 다음날도 여전히 눈물을 줄줄 흘리고 다녔다. 눈물샘의 기능이 탈이 난 듯 시시때때로 손수건을 적셨다. 나와 아내가 어정쩡한 채 눈치만 살핀 지 일주일째 되는 날이었다.

"애비야, 그 니모라는 물고기 말이다."

저녁밥을 먹고 나서 아버지가 말문을 열었다. 은근한 말투였다.

"예."

결코 마르지 않을 것 같았던 아버지의 눈물 때문에 자못 긴장하고 있던 터라 나는 재빨리 대답했다.

"그렇게 생긴 물고기가 정말 있기는 한 거냐?"

"예, 있지요. 우리나라에는 없는 흰동가리라는 바닷고기예요."

"그럼 사다가 기를 수도 있는 거냐?"

"당연하죠."

다음날 바로 해수어 수족관을 들인 것은 니모 때문이었다. 수족관은 아버지의 눈물에 즉효였다. 거짓말처럼 눈물이 멈춘 것이었다. 수족관 가게에는 니모를 닮은 물고기가 여러 마리 있었지만 니모는 한 마리만 넣었다. 아버지의 요구에 맞추기 위해서였다. 아주 작은 물고기로만 채운 것도 니모가 다른 물고기에게 시달릴까봐 염려하는 아버지에 대한 배려였다. 어떤 물고기도 니모보다 큰 것은 없었다. 대개는 절반 크기도 되지 않았다.

거실에 설치한 수족관은 파도가 없는 바다였다. 니모를 포함한 물고기들이 유유히 헤엄을 쳤다. 아버지는 숫제 수족관 유리에 얼굴을 갖다 대고 살았다. 눈길은 늘 니모를 따라 움직였다. 니모는 애니메이션 영화에서처럼 활발하게 움직이지는 않았다. 애니메이션이라는 게 실제 동물의 움직임을 토대로 만들어지기는 했지만 과장의 정도가 심한 것은 어쩔 수 없는 일이었다. 아버지는 유유하게 헤엄치는 니모의 움직임을 잠시도 놓치지 않고 따라다녔다. 니모를 살피기 시작한 지 이틀쯤 후였다.

"어이쿠!"

아버지가 갑자기 비명을 질렀다. 나는 얼른 수족관 옆으로 다가갔다.

"애비야. 이 녀석 좀 봐라. 영화에 나온 대로 그대로 움직이잖아. 꼬리를 홱 틀면서 말이다."

아버지가 눈을 빛냈다. 내가 보기에 니모는 그대로였다. 아버지는 어디에서 니모의 색다른 몸짓을 찾아낸 걸까. 짐짓 물었다.

"재미있으세요?"

"재미있다마다. 세상에 이런 하찮은 미물이 자식을 찾아 나선다는 게 기특하지 않니?"

아버지는 애니메이션 속의 니모와 현실 속의 물고기를 완전한 일체로 생각하는 것 같았다. 그렇다고 문제될 건 없었다. 다소 어린애다운 모습이 신기했고, 수족관을 설치하느라 어수선했던 것이 전부였다. 팔순이 넘은 노인이 취미삼아 물고기를 감상하는 게 오히려 다행스러웠다.

그러나 해수어 수족관을 관리하는 게 쉬운 일은 아니었다. 어느 날, 작은 사고가 생겼다. 아버지가 장시간 외출한 사이에 특별한 이유도

없이 니모가 죽어버린 것이다. 아내의 판단은 정확했다. 행동도 민첩
했다. 아내는 망설임도 없이 수족관 가게에 가서 니모와 크기가 거의
똑같은 새 니모를 사다 넣었다. 가족들은 아버지가 돌아왔을 때 수족
관 곁엔 얼씬도 하지 않았다. 무심한 듯 시침을 뚝 떼고 있었다.

　아버지는 수족관부터 살폈다. 얼마 동안이나 니모에게서 눈을 떼지
않더니 나를 불렀다.

　"애비야, 이리와 봐라."

　"네."

　"니모가 왜 이렇게 되었냐? 완전히 다른 물고기잖아."

　"그럴 리가요?"

　"여기 봐 봐라. 꼬리에서 두 번째 줄이 더 넓어졌잖니. 그리고 등지
느러미는 왜 이렇게 갑자기 길어진 거냐? 아침에는 이렇지 않았는데."

　아버지는 새 니모와 예전 니모의 차이점을 하나하나 지적했다. 심지
어는 헤엄칠 때 지느러미의 움직임까지 달라졌다고 걱정을 했다. 몸
에 뭔가 이상이 생기지 않고는 이럴 수가 없다는 것이었다. 더 이상 우
기기만 해선 될 일이 아니었다. 나는 진실을 말하지 않을 수 없었다.

　"에미가 청소를 하다가 전원 플러그를 잠시 빼 놓았답니다. 아뿔싸,
싶어서 얼른 전원을 꽂았는데 니모만 맥을 못 추고 죽었대요. 다른 놈
들은 멀쩡한데……."

　"조심했어야 했는데 죄송합니다."

내 변명에 이어 아내가 용서를 빌었다. 어쩔 수 없다는 듯했지만 표정만으로는 아버지의 마음을 읽을 수가 없었다. 아버지는 수족관 앞을 떠나 방으로 들어갔다. 그날은 그것으로 그만이었다. 다음날부터 아버지는 다시 수족관 붙박이가 되었다. 꼼꼼히 살피는 건 역시 니모였다. 죽은 니모를 지우고 새 니모를 익히느라 무진 애를 쓰는 것 같았다. 근 한 달 동안을 끙끙대며 새 니모를 익히는 데 매달렸다. 그동안에는 기분이 영 좋지 않은 것 같았다. 그런 아버지를 지켜보는 아내도 마음고생이 말이 아니었다. 석 달이 훌쩍 지난 다음에야 아버지는 평정심을 되찾은 듯했다.

　아침이 완전히 밝아서야 병실로 들어섰다. 아버지는 희미하게 눈을 뜨고 있었다. 반쯤 잠을 자고 있는 것처럼 보였다. 나를 보는 것 같았는데 영 반응을 하지 않았다. 아버지의 손을 가만히 잡았다. 거북 등처럼 단단하고 두껍던 손은 많이 야위어져 있었다.
　아버지의 예전 손을 생각하자 왈칵 눈물이 솟구쳤다. 아버지는 평생을 한자리에서 구두 수선공으로 살았다. 옥교동 국민은행 앞이었다. 주변 풍경이 시나브로 바뀌는 동안 아버지는 그대로였다. 번듯하게 변하는 건물 한 귀퉁이의 낡은 장식품 같았다. 내가 대학을 졸업하고 번듯한 직장에 취직하기 전까지 아버지는 한시도 일을 손에서 놓은 적이 없었다.

어린 시절에는 아버지의 직업이 부끄러웠다. 번듯한 직장이 아닌 것도 있었지만 직업란에 적을 마땅한 무엇이 없어서였다. 하다못해 여남은 명이라도 함께 하는 직장이라면 망설임 없이 회사원이라고 적을 것 같았다. 아버지가 아니면 해낼 수 없는 일임에도 사업이라고 적을 수도 없었다. 어릴 때 가졌던 부끄러움은 대학생이 되어서도 마찬가지였다. 대학에 들어가고부터는 어릴 때의 생각을 완전히 내려놓았지만 마음은 여전히 불편했다. 서울에서 대학을 다니는 데 드는 모든 돈이 아버지가 힘들게 번 돈이라는 생각 때문이다. 사회생활의 혹독함도 보였다. 그저 맥없이 현실을 바라보고만 있을 수 없었다. 재식이도 연이어 대학생이 되고 보니 편하게 공부만 할 수가 없었다.

어깨너머로나마 아버지의 구두 수선을 넘겨다본 것은 다행이었다. 자취방과 최대한 가까운 곳은 상업은행 앞이었다. 어렵사리 물색한 자리에서 구두 수선을 시작했다. 구두 수선공 아버지는 창피했으면서 아르바이트로 하는 구두 수선은 떳떳했다. 아버지의 직업은 부끄럽고 비록 아르바이트라고 해도 나의 그것은 당당한 이율배반도 은근히 즐겼다. 내가 일을 하는 시간은 대체로 일정했다.

평일에는 학교에 가야 했으므로 저녁시간에만 일을 했다. 수선을 하는 짬짬이 책을 읽거나 교재를 살폈다. 주말에는 아침부터 저녁 늦게까지 일했다. 그렇게 대학생활을 마쳤지만 주변의 누구도 내가 상업은행 앞에서 구두 수선 일을 한 사실을 몰랐다. 아버지는 물론이고 가족들 모두가 지금까지도 모르는 나만의 비밀이었다. 나의 구두 수선 경력을 알고 있는 사람은 아내 한 사람뿐이었다.

나는 아버지의 손을 들어 내 볼에 갖다 댔다. 아직도 구두 수선의 흔적이 고스란히 남아 두꺼운 손바닥의 감촉이 고스란히 볼에 전달되었다. 찔끔 눈물이 났다. 아버지의 손에 눈물이 툭 떨어졌다. 순간 니모를 보고 눈물을 흘리던 아버지의 모습이 떠올랐다. 아버지가 눈을 떴다. 내가 흘린 눈물을 느낀 걸까. 얼른 볼을 닦았다. 아버지 앞에서 눈물을 보이기는 싫었다.

점심때가 지나 아버지는 다시 5층의 일반실로 옮겨졌다. 의사는 무슨 충격을 받았던 것 같다고 했다. 물리적 충격이 아니라 정신적인 충격인 듯하다는 설명이었다.

"무슨 일인지는 모르지만 좀 놀라신 것 같습니다. 혈압은 정상으로 돌아왔구요. 조금만 안정시키시면 괜찮을 것 같습니다. 3층 치료실보다는 원래 계시던 5층 병실이 오히려 도움이 될 것 같습니다."

의사의 설명을 듣고 나니 적이 안심이 되었다. 확실히 아버지의 표정은 뭔가에 놀란 듯했다. 그런 아버지의 표정은 꽤 낯익었다. 예전에 니모가 죽은 뒤 새 니모로 바꿔놓았을 때의 표정이었다. 화가 난 걸까 싶어 보면, 살짝 넋이 나간 듯하면서도 속을 알 수 없는 그 표정. 전날 무슨 일이 있었던 걸까 궁금했다. 간호사실을 들러 전날 오후에 근무했던 간호사를 찾았다. 의심하는 마음이 느껴질까 조심하면서 무슨 일이 있었는지 물었다.

"TV를 보고 있었어요. 뉴스시간이었는데 유난히 집중을 하시는 것 같더군요. 열 시가 넘으면 주무시는데 새벽 한 시에 들렀는데도 안 주 시고 허공만 바라보고 계셨어요."

"옆에 분들하고 문제가 있거나 그러진 않았구요?"

"네. 그런 일은 없었어요. 환자분들끼리 싸움을 하는 일도 있기 때 문에 저희들이 각별히 신경을 쓰거든요."

나는 간호사에게 특별히 신경을 써달라고 부탁을 하고 병원을 나왔 다. 아침부터 굶은 탓에 시장기가 몰려왔다. 뱃속에서 꼬르륵 소리까 지 났다. 집에 오니 아내가 걱정스런 낯으로 아버지의 경과를 물었다.

"뭔가에 좀 놀라신 것 같다는군. 혈압이 많이 올랐었는데 이제는 괜 찮아."

"다행이군요. 뭐 좀 맛있는 걸 해다 드릴까요? 전복죽을 끓여 갈까 요?"

"그래보지 뭐."

아내가 주방에서 상을 차리는 동안 거실 소파에 앉아 신문을 펼쳤 다. 신문은 이미 신문이 아니었다. 모두가 지나간 소식뿐이었다. 그 것도 지난 밤 TV에서 본 내용들이어서 새로울 것도 없었다. 그렇지만 활자로 보는 느낌은 달랐다. 늦게라도 신문을 읽는 이유였다. 1면에는 대통령의 지지도가 형편없이 떨어졌다는 내용이 실려 있었다. 경제정

책의 효과가 제대로 나타나지 않은 것이 문제였다. 효과는커녕 오히려 역주행을 하고 있어 생활이 팍팍해진 것이 사실이라는 국민들의 불평이 공공연했다. 현 정부를 적극적으로 지지했던 젊은 층들도 등을 돌리고 있다는 내용이었다. 경제정책이라는 건 그다지 녹록지 않다. 만만하지도 않다. 많은 부분이 계획대로 움직이는 게 아니다. 그 때문에 좀 더 면밀하게 신경을 쓰지 않으면 예전의 IMF 때와 같은 위기 상황을 맞을 수도 있다고 덧붙인 기사였다.

다음으로 시선을 잡은 소식은 이탈리아 주재 북한의 대사 대리의 잠적소식이었다. 조성길이란 이름에 나도 모르게 끌렸다. 괜히 신경이 쓰였다.

남북이 한창 화해무드로 가고 있는 시점이 아닌가. 우리나라와의 연관성이 점쳐지는 부분은 조금도 드러난 게 없지만 반가운 소식은 아니었다. 외국 주재 고급외교관의 망명은 남북화해무드에 심각한 영향을 끼칠 수 있는 사안이었다. 사진도 실려 있었다. 이탈리아의 어느 지방 문화행사장의 모습이었다. 조성길이 거기서 이탈리아 사람들과 함께 찍은 사진이었다.

나는 사진을 자세히 들여다보았다. 백인들 사이에 낀 동양인의 모습에 눈길이 갔다. 조성길이었다. 순간 의아한 생각이 들었다. 꽤 낯익은 얼굴이었다. 어디선가 많이 본 듯한 느낌마저 들었다. 그렇지만 당치 않은 일이었다.

내가 이탈리아 여행을 간 것은 20여 년 전이었다. 그뿐인가. 여행지에서 기억에 남을 만한 동양인을 만난 적도 없었다. 북한관련 사업을 한 일도 없다. 개성공단은커녕 금강산 관광도 한 적 없으니 북한 사람을 만날 일 자체가 없었다. 생각이 이에 이르자 헛웃음이 나왔다. 어디선가 비슷하게 생긴 사람을 만났던 적이 있으려니 여길 수밖에.

아내가 식탁에서 불렀다. 밥을 먹으면서도 불쑥불쑥 조성길의 얼굴이 떠올랐다. 알 수 없는 생각에 멍해 있었던 모양이다.

"아니, 식사를 하면서 무슨 생각을 하길래 넋을 놓고 있어요?"

"내가 뭘?"

"바닥에 김치를 흘렸잖아요."

"음. 그래? 몰랐네."

"정신 좀 차리세요."

"그런데 말이야. 당신 거실에 있는 신문 좀 가져와봐."

"밥 먹다가 신문은 왜요?"

"아니 보겠다는 게 아니니까 한번 가져와 봐."

아내는 고개를 갸웃거리면서 일어섰다. 더 이상 군말을 하지는 않았지만 애매한 표정으로 거실로 갔다. 내가 보다가 내려놓은 신문을 꼼꼼히 살피면서 주방으로 들어왔다. 신문을 펼친 나는 2면을 펼쳤다. 내가 이탈리아 대사 대리의 사진을 가리켰다.

"당신은 혹시 이 사람 어디서 본 것 같지 않아?"

아내는 신문을 한참 들여다보더니 고개를 갸웃했다.

"이 사람 이름이 성길이군요. 우리 성길이하고 이름이 같잖아요."

"우리 아들은 김성길이잖아. 성이 다르잖아. 내가 보라는 건 이름이 아니고 얼굴이야."

"그렇긴 한데. 음. 얼굴도 좀 닮은 것 같아요. 우리 성길이 하고."

아내가 묘하게 웃었다.

"어머. 진짜 신기하네. 이름이 같다고 얼굴도 닮나? 분위기가 비슷한가?"

아내가 신문 속 사진을 탁 쳤다. 그 말에 다시 한 번 신문 속의 조성길의 얼굴을 들여다보았다. 아내의 말을 듣고 보니 아들의 얼굴과 조금 닮은 것 같기도 했다. 특히 사각으로 시원한 이마가 많이 닮은 듯했다. 사각 이마는 아들뿐만 아니라 나도 그렇고 아버지도 시원한 사각 이마였다. 하긴 남자라면 이마가 둥근 사람보다는 각진 사람이 많은 것이 보편적이라는 생각도 들었다.

"참 이상한 일도 다 있네. 성만 다를 뿐이지 얼굴까지 닮았네. 볼수록 그러네."

아내가 호호거렸다.

그 후로도 니모는 세 번이나 더 죽었다. 환경 탓인지 타고난 수명 탓인지 삼 년을 넘기지 못하고 죽었다. 그때마다 수족관 가게에서 새 니모를 바로바로 사다 넣었는데 아버지는 무척 힘들어했다. 아버지가 뇌출혈로 쓰러지기 전날에도 니모는 배를 허옇게 까뒤집은 채 죽었다. 아내가 즉시 새 니모를 사다 넣은 걸 거들떠보지도 않더니 다음날 새벽에 뇌출혈을 일으킨 것이었다.

대학병원 응급실에서 정신을 차린 아버지는 무언가 말을 하려고 애를 썼다. 꼭 하고 싶은 말이 있는 듯했는데 그것이 말이 되어 나오지 않았다. 뇌출혈로 언어를 관장하는 부분이 충격을 받았기 때문이었다. 끙끙대기만 할 뿐 아버지는 한 마디도 못 했다. 말을 만들기 위한 노력은 얼굴 전체에 나타났다. 보는 사람이 힘겨울 지경이었다. 말로 표현하지 못하는 건 여간 답답한 일이 아니다. 단순히 표현력이 없거나 낱말이 부족해서가 아니라 강제로 제지를 당한다면 어떨까. 누군가의 강압도 아닌 스스로의 기능에 문제가 생긴 걸 깨닫는다면 그 막막함은 비참하기까지 할 것 같았다. 보이지 않는 힘에 묶인 아버지의 말은 뭘까. 내용을 알 수 없는 말이 궁금하다기보다 그걸 전하지 못해 용을 쓰는 아버지의 모습만 애처로웠다.

"적을 수는 있으실까?"

아내가 물었다. 고개를 갸웃거리면서도 나는 볼펜을 꺼냈다. 마비되지 않은 아버지의 왼손에 볼펜을 쥐어주었다. 아내가 입원실 벽에 걸린 달력을 벗겨내어 아버지 앞으로 들이밀었다.

"아버지, 간단하게라도 써 보세요."

내가 손으로 달력을 받쳐주었다. 허사였다. 나름 볼펜을 쥔 손에 힘을 주는 듯했으나 글씨쓰기는 무리였다. 볼펜은 번번이 아무 쪽으로나 미끄러지기만 했다. 마비가 되지 않았을 뿐 글씨를 쓸 만한 힘이 없기는 왼손도 마찬가지였다. 핸드폰으로도 노트북으로도 불가능했다. 자판을 두드려서 글자를 조합하는 것조차 되지 않았다.

아버지는 필사적이었다. 모든 의사소통 수단이 불통이 되었는데도 온 힘을 입술에 집중시키는 듯했다. 끊임없이 입술을 움직였다. 나는 신경을 곤두세우고 입술의 모양에 집중했다. 계속 들여다보니 뭔가 집히는 것 같았다. 일그러지기만 하던 입술 모양이 두 가지로 두드러졌다. 아버지는 하려던 말을 문장에서 낱말로 바꾼 듯했다. 힘겹게 열린 윗입술의 오른쪽이 코 쪽으로 딸려 올라갔다. 그러더니 이번에는 다시 힘겹게 입술을 오므렸다. 마치 빨대를 꽂은 음료수를 빠는 듯한 모양새였다. 아버지가 다시 입술을 옆으로 늘이는가 싶더니 한쪽을 일그러뜨렸다. 아주 느린 동작이었지만 조금 전과 비슷한 동작이었다.

몇 번을 관찰한 후에야 정답을 맞힐 수 있었다. 아버지가 일관되게 말하고자 했던 단어는 니모였다. 조금만 아버지의 입장을 헤아려 보았더라면 쉽게 짐작할 수 있었던 단어였다. 나는 어려운 퀴즈문제를 풀어낸 아이처럼 기뻤다.

"아버지, 니모가 보고 싶다는 거지요?"

내 말에 아버지의 표정이 밝아졌다. 니모라는 아주 간단한 낱말 하나를 그렇게 힘들게 알아맞힌 것이었다. 아버지의 마음은 알아냈으나 그뿐이었다. 니모는 물이 없으면 안 되는 생물이었다. 수족관을 생각하니 아득했다. 작은 수족관으로 옮기면 될 것 같았다. 병상 머리맡에 전원플러그도 있으니 가능할 거란 생각에 마음이 놓였다. 그러나 생각은 현실로 이어질 수 없었다. 내 말을 들은 간호사실에서는 난색을 표했다. 절대로 불가한 일이라고 했다.

대학병원 입원실은 그렇게 감상적인 공간이 아니다, 한가하게 물고기 감상이나 할 사람들이 드나드는 곳이 아니다, 크든 작든 수족관이 만에 하나 일어날 이차 사고의 근원이 될 수도 있다는 것까지 설명하는 간호사의 표정에 약간의 짜증이 섞여 있었다. 듣고 보니 일일이 맞는 말이었다. 이런저런 내막을 들은 성길이 묘안을 냈다. 휴대전화로 찍은 니모의 동영상을 보내온 것이다. 니모의 움직임을 집중적으로 틈틈이 찍어두었던 동영상이었다. 내가 보여준 동영상에 아버지는 조금씩 편안한 표정을 지었다.

오전 한나절을 병원에서 보낸 나는 오후에야 볼 일이 생각났다. 서둘러 병원을 나섰지만 저녁시간이 되어서야 일이 끝났다. 병실에는 성길이 와 있었다. 노트북을 열어 아버지에게 니모의 동영상을 보여주고 있었다. 노트북은 휴대전화만큼이나 얄팍했다. 날렵하기가 날아갈 것처럼 가벼운 노트북이었다. 화면은 휴대전화에 비길 바가 아니었다.

수족관을 옮겨놓은 듯 니모의 움직임이 세세하게 보였다.

아버지는 상체를 일으켜 세우고 노트북 속에서 헤엄치고 있는 니모에게 집중했다. 나도 화면 속의 니모를 유심히 바라보았다. 동영상은 휴대전화로 받은 것과 달랐다. 니모의 움직임이 훨씬 활발했다. 자세히 보니 성길이 교묘하게 편집한 것이었다.

성길은 매일 집에 들를 수가 없었다. 번번이 다른 동영상을 찍을 상황이 못 되었다. 시간이 날 때 한번 들러 찍은 데다 먼저 번의 동영상을 자르고 붙이기로 짜깁기한 것이었다. 휴대전화로 받은 것과는 전혀 다른 길고 활기찬 영상으로 편집이 되어 있었다. 달라진 걸 아는지 모르는지 아버지는 노트북 화면에만 눈을 꽂고 있었다.

동영상 편집을 시작하게 된 것은 다섯번째 니모가 죽고 나서였다. 아버지를 위한 방안이었다. 새 니모의 모습을 찍어가서 보여주면 니모가 죽었다는 사실을 알아챌까봐 방법을 찾아야 했다. 처음에는 먼저 찍어 놓은 동영상을 몇 번이나 편집을 해서 보여주었다.

나중에는 새 니모의 모습과 교묘하게 섞어 넣는 방식으로 니모의 모습을 바꾸어 나갔다. 처음에는 새 니모의 모습을 아주 잠깐 동안 끼워 넣었다. 자연스럽게 한 마리의 니모가 움직이는 것처럼 보이게 하기 위해서였다. 조금씩 새 니모의 영상을 늘려가다가 며칠 뒤에는 죽은 니모의 모습을 완전히 빼버리는 식으로 진행시켰다. 감쪽같은 성길의 솜씨에 아버지는 속아 넘어가는 것 같았다. 성길도 뿌듯해했다.

할아버지를 속이는 데 성공했다는 사실보다 할아버지가 편안해 하는 모습에 즐거워했다.

10분짜리 동영상을 세 번이나 돌려 볼 때까지 아버지는 아무런 반응이 없었다. 먼저처럼 눈가에 이슬 같은 눈물도 달지 않았다. 잠시 후 담담한 표정이던 아버지가 노트북을 밀어냈다. 그러더니 나를 가까이 오라고 손짓했다. 움직일 수 있는 왼손도 힘이 없어 보였다. 근육이 다 빠진 손등에는 정맥만 뚜렷했다. 아버지는 그 손을 젓는 것조차 힘들어 하는 것 같았다.

나는 얼굴을 아버지 가까이 들이밀었다. 아버지는 여전히 입술을 움직였다. 연거푸 움직이는 모습이 먼저 번에 니모를 발음하려고 애쓰던 때와 같았는데 입술 모양이 그때와는 전혀 달랐다. 한참을 살폈다. 아버지의 입술 모양에 따라 속으로 나름의 낱말들을 만들어보았다. 두 글자로 의사표시를 하려고 하는 건 마찬가지였다. 처음 글자는 혀가 약간 드러나게 입술을 열었다. '에' 발음을 하려는 것 같았다. 두 번째 발음은 금붕어가 입을 뻥긋거리는 모양이었다. ㅂ 발음이 분명한 것 같았다. ㅇ과 ㅂ으로 이루어진 단어 중에서 아버지가 생각할 만한 것들만 골라보았다. 제일 먼저 떠오르는 단어가 아빠였다. 아흔이 넘은 노인에게 아빠라니, 피식 웃음이 나왔다. 아버지와는 전혀 걸맞지 않은 단어인 까닭이다. 애비인가 여겼다가 혹시 에미인가 싶었다. 아내를 찾나 해서 집사람을 불러드릴까요, 물었더니 천천히 고개를 가로 저었다. 애비나 에미도 아니라 결국 '아빠.' 하고 물었다. 더는 다른 단어가 쉽게 생각나지 않았다. 이번에도 아버지는 고개를 저었다.

나이가 들면 어린아이가 된다는 말을 여러 번 들었다. 어린아이가 좋아할 것을 떠올려보았다. 아버지와 연관 지을 것들이 언뜻 떠오르지 않았다. 그렇다면 어린 시절이 궁금한 걸까. 나이든 사람일수록 기억에 의존하는 경향이 짙다. 어느 한 때 돌아가고 싶은 날을 떠올린 건지도 몰랐다. 생각에 생각이 이어지던 끝에 떠올린 것이 앨범이었다.

"아버지, 혹시 앨범을 보고 싶은 거예요?"

아버지의 얼굴이 편안해졌다. 앨범이 맞느냐고 연거푸 물었다. 보일까 말까한 움직임이었지만 턱도 까딱했다. 표정도 밝아졌다. 다시 물었다.

"앨범을 가져올까요?"

밝아졌던 아버지의 얼굴색이 천천히 굳어졌다. 가져오라는 뜻이 아닌 듯했다. 그렇더라도 어쩔 수가 없었다. 앨범과 관련된 아버지의 마음을 더는 알아내기 힘들었다. 어쨌거나 앨범에 얽힌 무엇이라는 데서 실마리를 풀어볼 생각이었다. 어쩌면 앨범 안에 무언가를 끼워 넣어 놓았을지 모른다는 생각이 들었다.

"앨범을 한번 살펴볼게요."

내가 속삭이자 아버지는 다시 얼굴이 밝아졌다. 눈을 깜박이며 느리게 고개를 끄덕였다.

집으로 돌아와 아버지의 방으로 들어갔다. 3년 가까이 비워놓은 방은 쓸쓸하기 그지없었다. 아버지가 돌아가시고 나면 모두 정리해야 할 물건들만 가지런히 제 자리를 지키고 있었다. 모두 제 자리를 지키고 있지만 머잖아 버려질 거란 생각에 문득 서글펐다. 앨범을 찾기 위해 장롱 밑의 반닫이 서랍을 열었다. 앨범은 서랍 안 제일 위에 덩그마니 놓여 있었다. 겉표지가 두꺼운 종이로 만들어진 아주 오래된 앨범이었다. 조심스럽게 꺼냈다. 앨범에서는 오래 묵은 종이냄새가 났다.

첫 장을 펼쳤다. 첫돌이 지났을까 말까한 나를 안고 부부가 함께 찍은 흑백사진이었다. 아버지는 아이를 안고 있는 어머니 옆에 뻣뻣하게 굳은 표정으로 서 있었다. 젊은 시절의 아버지 모습을 잘 보여 주는 사진이었다. 자연스러운 미소를 머금은 어머니의 표정은 아버지와 대조적이었다. 짧게 깎은 머리에 굳은 표정으로 서 있는 아버지는 군인의 모습을 하고 있었다. 다소 경직된 표정이 아주 익숙했다. 젊은 시절 아버지의 모습에 겹쳐지는 얼굴. 점심 무렵에 신문에서 보았던 조성길이었다. 부자연스러운 표정으로 서 있는 자세부터 아버지와 닮았다는 생각이 들었다.

간밤에 저녁뉴스를 보던 아버지도 그런 생각을 한 건 아닐까, 뉴스 속 조성길의 모습에서 자신의 젊은 시절을 본 건 아닐까, 일면식도 없는 사람의 모습에서 자신의 모습을 발견한다면 여간 놀랍지 않을 것이다, 다소 생뚱맞은 생각마저 들었다.

또 한 가지 의아한 생각에도 사로잡혔다. 성은 다르지만 아들의 이름이 김성길인 것도 우연만은 아닌 것 같았다. 얼굴 모습도 좀 닮은데다가 성이 다를 뿐 이름까지 똑같다는 사실이 억측을 낳았다. 더구나 성길이의 이름은 아버지가 짓지 않았는가. 그렇다고 아버지가 뉴스에 나온 조성길이란 이름이 손주와 같다고 놀랄 리는 없을 것 같았다.

동명이인은 널린 세상이고, 성씨까지 다르지 않은가. 그렇다면 왜? 닮은 사람이 TV에 나왔다고 해서 혈압이 오를 정도로 놀란다는 것도 이해가 되지 않았다. 다음 페이지로 넘기면서 고개를 저었다. 우연히 뉴스를 본 후 오른 것일 뿐 뉴스와 아버지의 혈압은 무관할 것이라 결론을 지었다.

앨범의 다음 장은 동생 재식이가 찍힌 사진이 대부분이었다. 재식은 아버지보다는 어머니의 얼굴을 많이 닮은 편이었다. 어머니는 이마가 아버지보다 좁고 미간도 좁았다. 가족사진을 보면 마치 편을 가른 것 같았다. 내가 초등학교 육 학년 때 찍은 사진이 대표적이다. 여름방학을 맞아 방어진 나들이를 갔던 일이 있다. 그날 일산해수욕장에서 찍은 사진에는 가족의 얼굴 특징이 그대로 드러나 있었다. 어머니 옆에 선 재식은 어머니의 판박이다. 아버지의 손을 잡고 서 있는 나는 아버지와 붕어빵처럼 닮아 있었다.

다음 장부터는 할아버지와 할머니의 사진이 꽂혀 있었다. 전주에 살고 있는 외할아버지와 외할머니가 울산에 다니러 와서 찍은 사진이었다. 친조부모가 없다보니 우리는 외조부모를 조부모처럼 여기고 살았다. 할아버지와 할머니에 대해선 아는 것이 아무 것도 없었다. 크게 궁금증을 가진 적도 없었던 건 무심한 듯한 아버지의 대꾸 때문이었다. 어쩌면 슬픈 것 같기도 해서 더는 묻지 않았던 것 같다.

호적에 기록된 아버지의 고향은 강원도 원주였다. 그런데 할아버지 할머니에 대한 기록은 어디에도 없었다. 호적에도 부모의 이름이 기록되어 있지 않았다는 건 이해할 수 없는 부분이었다. 언젠가 취업을 위해 호적등본을 떼었다가 생긴 궁금증이었다. 어떻게 이런 호적이 있을까, 조부모의 이름조차 없는 호적등본이라니 아무래도 이상했다. 내가 마치 뿌리가 없는 나무처럼 여겨졌다. 그저 내가 태어나기도 전에 고인이 되었으리라 여겼던 할아버지의 존재가 새삼 궁금했다. 우리 가족의 내력에 대해 물었던 것은 그 때문이었다.

"그냥 강원도 원주라는 거만 알고 있어. 우리 집은 전쟁통에 아주 망한 집안이야. 전쟁이 끝났을 때 원주에 가보니 단 한 채의 집도 남아 있지 않았거든. 낙동강 전선에서 후퇴하는 인민군들의 집결지가 원주였어. 미군 폭격기들은 하루도 거르지 않고 날아와 폭탄을 떨구었지. 집이고 사람이고 남아난 게 아무것도 없었거든."

아버지의 대답은 무심했다. 표정도 없었다. 이웃집 이야기처럼 망연한 표정에 메마른 목소리도 건성이었다.

"그럼 할아버지 할머니도 폭격으로 돌아가신 거예요?"

36

"그렇지. 처음 폭격에 시신을 수습해서 공동묘지에 묻고 피난을 했는데 전쟁이 끝나고 돌아오니 무덤조차 흔적이 없어져 버렸어."

"그렇다고 할아버지 할머니의 이름조차 없다니 말도 안 돼요."

호기심이라기보다는 의심이 생긴 내 말에 아버지의 역사가 이어졌다.

울산까지 와서 정착하는 동안 아버지는 혈혈단신이었다. 전쟁통에 진위도 가리지 않은 채 수습한 시신이 부모의 주검인지 아닌지조차 생각할 겨를이 없었다. 울산까지 피난을 내려와 정착한 아버지의 역사는 한 마디로 파란만장이었다. 그렇지만 27세의 젊음은 암울하기만 한 어둠의 터널도 두렵지 않았다. 비록 혼자였지만 세상에 겁나는 것은 없었다. 혈혈단신에 걸맞게 몸에 지닌 것도 없었다고 했다.

어머니를 만난 것도 울산이었다. 전주 처녀였던 어머니가 울산으로 온 것도 어쩌면 아버지를 만나기 위한 필연인 듯했다. 전쟁이 끝났을 때 전라도 쪽엔 젊은 청년들이 거의 남아있지 않았다. 지리산이 청년들을 전부 죽음으로 몰아넣었다는 것이다. 살아남은 처녀들은 전국으로 뿔뿔이 흩어졌다. 신랑감을 찾기 위한 궁여지책이었다. 어머니도 신랑감을 구하러 울산 쪽으로 왔다가 아버지를 만났던 것이라 했다.

그러고 보니 앨범에 있는 친척은 모두 이모, 외삼촌 등 외척뿐이었다. 고모나 삼촌은 없었다. 그야말로 아버지는 전쟁통에 혈혈단신이 되었던 것이었다.

전쟁이야기를 하면 어머니의 사연도 기구하기는 마찬가지였다. 오빠는 산사람이 되었다가 토벌대에 죽었고, 남동생 하나는 경찰 토벌대에 들었다가 산사람들에게 사살되었다. 남동생이 토벌대에서 세운 공로가 인정되어 빨갱이 집안이라는 딱지를 뗄 수 있었던 게 그나마 천행이었다. 시간 차이는 있지만 형제가 적이 되어 싸웠던 것이었다. 외갓집의 내력은 세세히 알고 있었다. 중학생 시절에 전주에 갔다가 외할아버지에게 자세하게 들었던 터였다. 외할아버지는 물론 외증조부의 이력까지 들었다. 윗대의 조상들이 어떻게 살았던지도 들어서 알고 있었다.

외가의 내력을 듣고 나니 비로소 할아버지 할머니의 내력이 궁금했다. 그래서 물었을 때 아버지는 남의 일처럼 말했다. 20대에 겪은 일이었지만 잊고 살았더니 생각이 나지 않는다고. 하긴 전쟁통에 다 죽고 망해버린 집안 내력을 들추고 싶지 않을 법도 하다 싶었다. 어린 마음에도 아버지에게 측은지심이 들어 궁금증을 접었다. 조금 더 철이 들고 나서도 마찬가지였다. 구두 수선 아르바이트를 하면서는 오히려 아버지를 이해하기에 이르렀다. 공부 때문이었지만 집을 떠나 혼자 지내다보니 전쟁통에 혈혈단신이 된 아버지의 쓸쓸함이 공감되었다. 더는 아버지를 괴롭게 하는 질문은 하지 않게 된 것도 그런 이유였다.

앨범은 아버지로부터 시작되는 가족사였다. 그럼에도 주인공은 아버지가 아니라 나라는 확신이 생겼다. 등장하는 인물 중에 내가 찍힌 사진이 압도적으로 많았다. 아버지가 제일 흐뭇해하는 사진은 대학졸업식 때 찍은 것이었다. 사각모를 쓴 내 옆에서 아버지가 환하게 웃고 있었다. 조금도 부자연스럽지 않게 웃는 모습은 그것뿐이었다.

나는 앨범을 들고 방에서 나왔다. 거실 소파에 비스듬히 누워 TV를 보던 아내가 자세를 바로 잡았다. 내친 김에 아내 옆에 자리를 잡고 앉았다. 우리 부부의 결혼사진을 보기 위해서였다.

"당신 이때는 참 예뻤어."

"지금은 안 예쁘다는 소리로 들리네요."

"사람 말을 삐딱하게 듣지 말고."

"지금도 예쁘다는 말로 들을게요."

"지금도 예쁘지. 이때는 더 예뻤고."

아내가 TV를 보던 눈길을 돌렸다. 아내도 결혼식 사진을 들여다보았다. 요즈음의 신랑신부 모습과는 확연하게 다른 사진이 우스꽝스러웠다. 신랑의 헤어스타일이 특히 웃겼다.

"<u>흐흐흐</u>."

비질거리며 새어나오던 웃음을 참지 못한 아내가 소리 내어 웃었다. 내가 보아도 웃음이 나올 만했다. 80년대 초반에 유행하던 머리스타일은 장발이었다. 그 당시에는 머리를 기르지 않는 젊은이가 별반 없었다. 모두들 귀가 덮일 만큼의 장발이 촌스러웠다.

"이주일 같지 않아요?"

"재수 없게……. 닮은 사람이 왜 하필이면 암으로 죽은 코미디언이야?"

"그래도 이주일이 그 당시에는 황제였잖아요. 코미디의."

사진을 가만히 들여다보니 통바리만 줄 일이 아니었다. 과연 이주일의 모습이 떠올랐다. 머리숱이 적은 데다가 목까지 내려오는 장발은 다소 긴장된 표정과 엇박자를 이뤄 더욱 우스웠다.

"아, 정말 창피해. 그땐 왜 젊은이들이 머리 모양을 이따위로 하고 다녔을까?"

"그땐 그래도 당신 이런 모습이 보기 좋았어요. 시대가 변한 거지."

나는 아내를 흘깃 보았다. 아내의 어깨에 손을 얹고 지그시 잡아 당겼다. 사진 속의 새 신부 모습과는 달랐지만 아내는 꽤 미인이었다. 사랑스럽기도 예나 지금이나 마찬가지였다. 그렇지만 사십 년 세월을 함께 하면서 한눈팔지 않고 달려온 것은 아내의 미모 때문이 아니었다.

아내를 처음 만난 것은 대학 삼 학년 때였다. 토요일 저녁이었다. 상업은행 앞에서 구두 수선 일을 하고 있을 때였다. 아내가 굽이 부러진 하이힐을 내 앞에 내밀었다. 재빠른 솜씨로 순식간에 굽을 수리해 주었다. 아내는 수리한 구두를 신고 일어서려다 무릎을 한 번 접었다. 발목을 접질려 넘어진 모양이었다. 나는 아무 말도 없이 파스 한 장을 발목에 붙여 주었다.

근본적인 치료는 되지 않지만 어느 정도 통증은 잡아줄 것 같았다. 여자들이 구두를 신다가 발목을 접질리는 경우는 더러 있었다. 그보다는 굽이 부러지면 대개는 발목도 접질렸다. 파스는 그런 손님들을 위해 미리 준비해 둔 것이었다. 밴드도 늘 구비해 놓았다. 구두굽이 부러져 오는 여자 손님 중에는 발뒤꿈치가 벗겨진 경우도 많았다. 때때로 발가락이 부풀어서 오기도 했다. 지극히 소소한 배려였지만 손님들을 위한 내 마음은 암암리에 소문이 났다. 의도한 것은 아니었지만 쏠쏠한 수입에 한 몫을 했다.

아내는 열흘쯤 후에 또다시 부러진 하이힐을 들고 왔다. 이번엔 저번에 멀쩡했던 반대쪽 구두였다. 구두공장에서 처음 만들 때부터 어느 정도는 불량이었다. 접착제를 제대로 사용하지 않아 굽이 쉽게 부러지도록 되어 있었다. 싸구려 구두였던 것이다. 수선을 하다 보니 신발로도 손님의 생활정도를 짐작하는 버릇이 생겼다. 아내가 들고 다니는 가방도 고급스러운 것은 아니었다. 대학생이라는 것만 짐작되었다. 구두를 보아서는 나처럼 지방에서 올라온 유학생 같았다.

"어디서 올라오셨습니까?"

"네?"

느닷없는 질문에도 아내는 불쾌한 표정을 짓지 않았다.

"아, 저는 울산에서 올라 왔습니다만, 아가씨는 어디서 오셨냐구요?"

"제가 촌티가 나게 생겼나요?"

아내는 내 질문의 핵심을 파악했다.

"촌티가 나는 게 아니라 구두를 보면 알죠. 서울아가씨들은 이런 구두 안 신어요."

"이 구두가 어때서요?"

"시골 아버지의 땀과 눈물이 밴 구두잖아요."

"어머어머, 이 아저씨 옆에다 돗자리 깔아도 되겠네. 구두 수선보다 수입이 더 나을 것 같은데요. 울산에는 구두 수선할 데가 없었던 모양이지요?"

놀랍다는 표정으로 아내가 눈을 동그랗게 떴다.

"울산요? 거긴 우리 아버지가 꽉 잡고 있거든요."

"꽉 잡긴 뭘 꽉 잡아요?"

"구두 수선요."

아내는 큰소리로 웃어 젖혔다. 약간 당황스러웠다. 지나가던 행인들이 아내와 나를 번갈아 쳐다보았다.

"그만 웃으세요. 경상도 아가씨."

"옛. 제가 경상도인 것까지 아셨어요?"

"저도 경상도잖아요. 서울말로 바꿨다 싶어도 경상도말은 억양에서 드러나잖아요."

"그런가요? 종종 시비 걸러 와야겠다."

마지막 말처럼 아내는 종종 들렀다. 구두굽이 부러지지 않은 날에도 와서 시비를 걸곤 했다. 처음에는 내 말이 믿기지 않았다고 했다.

아버지가 구두 수선공이란 말을 당당하게 하는 것이 자신을 놀리는 투로 들렸다는 것이다. 차츰 만나 나누는 이야기 속에서 나의 진정성이 읽혔다고 했다. 아버지가 구두 수선으로 나의 등록금을 대고 있다는 사실과, 그런 아버지를 돕고자 아르바이트를 하는 내 마음씀씀이를 맘에 들어 했다.

아내와는 급속도로 가까워졌다. 결혼을 한 뒤 우리는 울산으로 내려와 교편을 잡았다. 근무지는 서로 달랐다. 그렇지만 서로를 이해할 수 있는 든든한 동반자였다. 우리가 결혼하고부터는 아버지의 구두 수선 일도 끝났다. 아내와 나의 만류가 통한 것이었다. 한두 번의 만류로 아버지가 뜻을 접은 것은 아니었다. 내 직업이 창피하냐며 불쾌한 내색도 했다. 아내는 조곤조곤 생각을 펼쳤다. 학생들과 학부모들의 눈이 있는데 계속하면 아들과 며느리가 욕먹어요, 교육자라면서 아버지를 힘든 일터로 내몬다는 비난을 받을 거라며 아버지를 말렸다. 재식의 뒷바라지를 핑계로 일을 계속하겠다는 뜻도 내가 달랬다. 졸업도 얼마 남지 않았고, 그건 내가 떠맡으면 되니 문제될 게 없다며 설득을 했다. 아버지는 더 이상 고집을 부리지 않았다.

학교를 졸업한 재식은 호주로 건너가 그곳에서 생활의 터전을 잡았다. 결혼도 호주아가씨와 하면서 영주권을 획득해 아주 그곳에 눌러앉았다. 아버지의 고생은 나의 대학졸업과 동시에 끝난 것이었다. 갖은 고생 끝에 아들을 교사로 키워낸 것이 아버지로서는 여간 뿌듯한 일이 아니었을 것이다. 한 번도 기분 좋게 웃는 모습을 보이지 않던 아버지가 내 졸업사진에 함박웃음을 남긴 것이 그 증거였다.

병원 생각은 잊은 채 아내와 함께 아버지의 앨범을 다시 들여다보았다. 우리들의 모습을 더듬으며 지난 이야기를 나누는 사이 집에 들른 목적을 까맣게 잊은 것이다. 그러다보니 어느새 자정을 훌쩍 넘겨버리고 말았다.

"그런데 아버지가 왜 이 앨범을 지목한 것이지?"

자정을 넘기고서야 앨범을 펼쳐보게 된 목적이 생각나서 중얼거렸다. 첫 장부터 끝까지 다시 넘겨보았다. 별다르게 주목할 만한 사진은 눈에 띄지 않았다. 별다른 특징도 없었다. 앨범의 대부분을 차지한 내 사진에 비해 재식의 사진은 몇 장 없다는 것이 눈에 띌 정도였다. 생각하면 그 또한 웬만한 집은 장남이 중심인 시대라 이상할 일도 아니었다. 나와 찍은 것이 아니면 재식의 사진은 거의 없었다. 제수씨와 처음 만났을 당시의 사진이 눈에 띄었을 뿐 아이들의 사진도 몇 장 없었다.

재식이 사진을 보내오지 않아서일까, 백인인 둘째며느리가 맘에 안 들었던 것일까, 앨범을 보자니 문득 궁금했다. 아버지가 어떤 기색을 내보인 적은 없었다. 실제로 재식과 아버지의 관계가 소원한 것도 아니었다. 재식은 일 년에 한 번은 꼭 아버지를 뵈러 식구들을 데리고 한국에 다니러 왔다.

아내도 나도 골똘해졌다. 아무리 생각해도 아버지가 앨범을 지목한 이유를 알아낼 수가 없었다. 내일 앨범을 들고 아버지를 직접 찾아가기로 하고 잠자리에 누웠다. 잠자리에 들자마자 충전기에 걸어놓은 전화에서 카카오톡 알림음이 울렸다. 벽에 걸린 시계를 보니 벌써 한 시였다. 이 시간에 카카오톡 문자를 보내다니 도무지 예의가 없어. 투덜거리는 내 말에, 그러게 무음으로 해두라니까. 아내가 돌아누우며 말했다. 은근히 짜증이 나면서도 충전기에서 전화기를 뽑아 들었다.

–Don't believe anyone.–

발신인의 이름 줄에는 M이라고만 떴다. 게다가 밑도 끝도 없이 아무도 믿지 말라니 누군가가 장난으로 보낸 메시지 같았다. 스팸인가 싶으면서도 신경이 쓰였다. 재식인가 하다가 고개를 저었다. 시드니에 산다고 재식이 영문을 보내는 일은 없었다. 깊이 생각해볼 필요도 없이 전화기를 충전기에 다시 걸어놓고 자리에 누웠다.

서늘한 기운에 아침잠을 깼다. 시계를 보니 벌써 7시 반이었다. 아내가 방안 공기를 바꾼다고 창문을 활짝 열어놓았다. 서늘한 공기에 참새들의 재재거리는 소리가 섞여 들어왔다.새소리에 에너지가 새롭게 충전되는 느낌이 들었다. 크게 기지개를 켠 다음 창문 앞으로 걸어가다가 충전 중인 전화기에 눈이 갔다. 간밤의 영어 메시지가 생각나 전화기를 열어 보았다.

-Don't believe anyone.-

똑같은 메시지가 새벽 다섯 시에 다시 들어와 있었다. 새삼 재식이
생각났다. 재식에게 안부 전하는 셈치고 굿모닝을 영어로 찍어 보냈
다. 곧바로 답장이 왔다. 굿모닝에 걸맞게 Hi 였다. 시간이 우리나라
보다 두 시간 빠른 걸 감안하면 지금쯤 직장에서 업무에 집중하고 있
을 시각이었다. 최대한 짧은 답장을 했지만 아무 이상 없이 잘 있다는
답으로 읽혔다. 이상한 메시지와는 조금의 연관성도 없음이 확실했다.

아침밥을 먹으면서도 간밤의 이상한 메시지가 거슬렸다. 아무도 믿
지 말라니 도대체 누구란 말인가. 왜 그런 메시지를 보냈으며 아무라
는 범주는 어디까지일까. 그냥 흘려버리기에는 찜찜했다. 메시지가
한 번으로 끝난 것이 아니었기 때문이었다. 꼼꼼하게 따져 보면 피를
나눈 가족이 아니고는 모두 아무나였다.

억지로 믿으라고 해도 가족이 아닌 사람을 함부로 믿을 수는 없는
것이었다. 아무도 믿지 말라는 말에는 지극히 당연하면서도 뭔가 모
를 음모가 감춰져 있다는 생각이 들었다. 어쩌면 반복적으로 잘못 보
내온 것이거나 스팸일지도 모르긴 했다. 그러면서도 확대해석이 되는
건 무슨 이유일까.

아버지는 전날에 비해 약간 기운을 차린 듯했다. 나는 앨범부터 내
밀었다. 아버지의 밝은 표정을 기대하면서. 기대는 빗나갔다. 앨범을

내보였지만 아버지의 안색은 차츰 어둡게 변했다. 움직일 수 있는 왼손을 힘겹게 저었다. 아버지의 뜻을 제대로 이해하지 못했다는 표현이었다.

그렇다면 아버지는 앨범이 보고 싶은 것이 아니었다. 간밤에 입모양을 보고 앨범이냐고 물었을 때는 분명 안색이 밝아지며 맞다는 신호를 보냈었다. 난감해하는 나를 향해 아버지가 왼손을 내밀었다. 앨범을 가까이 가져오라는 신호 같았다. 앨범을 아버지의 얼굴 앞으로 가져갔다. 아버지는 가까이 들이민 앨범 아래쪽에 손을 갖다 댔다. 조금 후에는 그 자리를 슬슬 문지르기 시작했다. 아버지가 가리키는 것은 앨범 밑에 있는 무엇이었다.

"앨범 밑에 있는 걸 말씀하시는 거죠?"

아버지가 까딱, 느리지만 제법 또렷하게 고갯짓을 했다. 찌푸렸던 인상도 펴졌다. 앨범 밑에 무엇이 있었는지 생각이 나지 않았다. 내 생각은 앨범에만 꽂혀 있었다. 알겠다며 아버지 옆에 잠시 머물다가 앨범을 챙겨들고 병실을 나왔다. 간호사실을 지나치려는데 담당 간호사가 불러 세웠다. 아버지의 상태에 무슨 변화가 있으면 알려주곤 했던 간호사였다.

"아버님이 간밤에도 잘 주무시지 못하는 것 같았어요. 아무래도 무슨 걱정거리가 있으신가 봐요. 그리구요, 방금 전에 처음 보는 남자가 왔었어요. 병실에는 들어가 보지 않고 아버님의 인적사항만 묻고 갔어요."

"어떤 사람이었는데요. 전에 왔던 사람인가요?"

"아니요. 처음 보는 사람이었는데 인적사항을 묻는 걸 보니 보험회사 직원 같았어요."

"연락처 같은 건 안남기고요?"

"네. 그게 좀 이상했어요. 어디서 나왔다고 이야기도 안 하구요. 괜히 인적사항을 가르쳐 줬나 싶더라고요."

"다음에 또 오면 연락처를 꼭 받아 놓으세요."

"네. 그럴게요."

이상한 영문문자에 처음 보는 남자라니 점점 이상한 기분이 들었다. 아무래도 내가 모르는 무슨 일이 진행되고 있는 듯한 느낌이 들었다.

집에 돌아와 아버지 방으로 바로 들어갔다. 앨범을 넣어 두었던 반닫이를 열었다. 앨범이 있던 옆에는 아버지가 예전에 사용하던 가죽장갑과 오래된 올림푸스 카메라가 있었다. 워낙 오래된 카메라여서 작동이 되는지 알 수도 없었다.

앨범이 있던 자리에는 앨범크기와 비슷한 노트가 한 권 있었다. 예전 노트이기는 하지만 잠금장치까지 달려 있었다. 열쇠구멍은 아주 작았다. 서랍 안을 여기저기 뒤져보았다. 열쇠는 눈에 띄지 않았다.

노트를 있던 자리에 도로 넣고 앨범을 그 위에 다시 넣어보았다. 아귀가 딱 맞아 떨어졌다. 앨범을 다시 꺼내 들여다보는데 먼저는 눈에 띄지 않았던 물건이 눈에 들어왔다. 앨범 밑에 붙은 쇠붙이였다. 작은 지퍼 손잡이 같은 쇠붙이였다. 열쇠가 분명했다. 노트에 설치된 자물쇠 구멍에 넣었더니 딱 맞는 것이었다.

노트에는 첫 장부터 작은 글씨가 빽빽하게 적혀 있었다. 아버지의 일기장이었다. 구두 수선을 하던 투박한 손으로 썼다고는 믿기지 않게 글씨체가 정갈했다.

2. 혁명열사

현재 북한의 지도자인 김정은의 할아버지인 김일성을 만난 것은 사실일까.

늘 웅크린 채 구두나 수선하던 아버지의 모습에서 열두 살 담대하던

소년을 끌어내기는 어려웠다.

*

　[……나는 함경북도 혜산에서 태어났다. 아버지는 원래 원산사람이
었다.]

　첫 문장을 읽고 숨이 턱 막혔다. 내가 살아온 60년 동안 한 번도 진
실을 알려주지 않았던 아버지의 지난 내력이었다. 나의 뿌리였다. 전
쟁 전에 살던 곳이 강원도 원주였고 폭격으로 가족이 모두 몰살당했
다는 것은 아버지가 지어낸 이야기가 분명했다.

　[……아버지는 원산사람이지만 나를 낳은 곳이 혜산이었다. 혜산에
서 나를 낳고 내가 다섯 살 되던 해에 국경을 넘어 용정으로 이사갔
다. 중국인 지주의 땅을 얻어 소작을 했는데 농사일은 주로 어머니가

했다. 나는 한 번도 아버지가 밭에서 일하는 모습을 본 적이 없다. 아버지는 농사철에도 밖으로만 다녔다. 그때는 몰랐는데 지금 생각하니 일본군을 상대로 무장 투쟁을 하러 다닌 것이었다.

아버지는 내가 열두 살 되던 해 가을에 일본군에 사로잡혀 처형당했다. 그 당시 동북항일연군 제1로군 2군 6사장이던 김일성 장군이 그때 같이 사살되었다. 아버지는 그해 3월에 김일성 장군을 따라 보천보 전투에 참가했다가 일본군 토벌대에 쫓겨 사살된 것이었다. 보천보는 내가 태어나 다섯 살까지 살았던 함경북도 갑산군 혜산진에 속한 곳이었다.]

여기까지 읽은 나는 숨이 턱 막혀왔다. 할아버지에 대한 기록은 현재의 역사 기록에 상반되는 것이었다. 할아버지가 있었고 사살된 것이었다. 그것도 김일성 장군과 함께였다고 하지 않는가. 그렇다면 동족상잔의 비극을 일으킨 북한 김일성은 뭐란 말인가. 할아버지가 김일성 장군을 따라 보천보 전투에 참가했다가 함께 일본군 토벌대에 사살 당했다고 하지 않는가.

아버지의 나이가 그때 열두 살이었다고 했다. 그런데 아버지의 출생년도를 계산해보니 계산이 맞지 않았다. 1937년에 열두 살이었으면 1926년생이어야 하는데 주민등록에는 1924년으로 되어 있었다. 주민등록대로라면 열두 살이 아니라 열네 살이어야 맞는 것이었다. 하지만 나이의 오차는 문제가 아니었다. 아버지의 일기가 인정을 받는다면 지금 북한의 김일성이 가짜라는 사실이 확연하게 드러나는 사건이었다. 부대이름도 조선인민혁명군이 아니라 동북항일연군으로 되어있고, 제1로군 2군 6사장이라고 구체적으로 기술되어 있었다. 동북항일연군이라면 중국과 조선인으로 함께 구성된 항일 무장군대였다.

북한의 김일성이 가짜라는 명확한 기술에는 혼란스러웠다. 친할아버지가 동북항일연군에서 진짜 김일성 장군과 항일 투쟁을 하다가 일본군에게 사살되었다는 사실에 가슴도 묵직해졌다.

[……아버지가 일본군에게 사살된 사실을 알고 나서 일본이라면 자다가도 벌떡 일어났다. 어떻게 하든지 아버지의 복수를 해야겠다는 생각에 다니던 학교도 그만두고 독립군을 찾아 나섰다. 그러나 쉽게 독립군 부대를 찾을 수가 없었다. 보천보 전투가 있고나서 일본군의 숫자가 눈에 띄게 늘어나서 독립군 부대는 깊은 산 속에 진을 치고 움직이지 않았다. 독립군 부대가 백두산자락에서 활동하고 있다는 소문을 듣고 혼자 그곳을 향해 찾아 나섰다.

열두 살 소년의 몸으로는 무리한 행보였다. 더구나 눈이 키 높이까지 쌓인 험난한 길이었다. 한 달 가까이 길을 헤매고 다녀도 독립군이라고는 그림자도 발견할 수 없었다. 결국은 허기에 지쳐 눈밭에 쓰러지고 말았다. 허기보다는 잠이 쏟아져 정신을 차릴 수 없었다. 희미

해져가는 의식 속에서도 이대로 잠이 들면 죽을 것 같았다. 그런데 한 번 잠이 들면 못 깨어난다 해도 억울할 것도 없다는 생각이 들었다.

아버지의 원수를 갚지 못하고 죽는 것이 아쉽기는 했지만 운명이라면 어쩔 수 없다는 자포자기의 심정이 되었다. 원수인 일본놈을 한 놈이라도 죽이고 죽었으면 좋았을 텐데 하는 아쉬운 마음이 들면서도 감기는 눈을 뜰 수가 없었다.

얼마를 잤는지 짐작할 수도 없었다. 눈을 떠보니 이글거리는 불꽃이 보였다. 죽어서 다른 세상에 온 것인지 모른다는 생각이 들었다. 눈을 깜박거려보고 손가락을 움직여보니 마음먹은 대로 움직여졌다. 죽은 것은 아니라는 생각이 들었다.

"이제 깨어났구나."

한눈에 보아도 독립군으로 보이는 사람이 나를 바라보며 빙긋이 웃고 있었다. 눈이 크고 볼이 통통하니 잘생긴 사람이었다. 나이도 20대 중반으로 보이는 젊고 씩씩한 사람이었다. 그 사람 뒤편에는 나이가 좀 더 들어 보이는 사람이 서 있었다. 코 옆에 팥알만 한 점이 눈에 띄었다. 나중에 이야기를 들었는데 강찬구란 사람이었다.

"아직 콩알만한 놈이 죽을려고 환장을 했구나. 학생 놈이 집구석에 처박혀 공부나 할 것이지."

"허허, 강 대장. 어린애한테 말씀이 지나치십니다. 어디 사는 학생인데 눈 속을 헤매고 다녔느냐?"

나는 명동소학교 5학년 학생이며 아버지가 독립운동을 하다가 지난 동짓달에 일본군의 총에 맞아 돌아가셨다는 이야기를 했다.

"네가 직접 보았느냐? 아버지 성함은 무엇이었느냐?"

"직접 보지는 못하고 소문으로만 들었습니다. 아버지 성은 조이시고 함자는 진자 수자이십니다. 동북항일연군 제1로군 2군 6사장이신 김일성 장군님과 함께 돌아가셨다고 들었습니다."

내 이야기를 들은 독립군은 큰 눈을 더 크게 떴다. 아버지의 함자를 알고 있는 듯했다.

"제가 꼭 아버지의 원수를 갚고 말겠습니다."

"그래 아들 된 도리로 부모의 원수는 꼭 갚아야지."

눈매가 서글서글한 그 독립군은 김일성 장군은 총을 맞아도 영원히 죽지 않는 사람이라고 했고, 아버지가 자기부대의 대원이었다고 했다. 조진수 대원이 이런 씩씩한 아들을 두고 죽었으니 저 세상에서도 든든한 마음으로 지켜볼 것이라 했다. 그러면서 다니던 소학교를 마치고 중학교에 가서 마저 공부를 하고 오라고 했다.

"네가 용정에서 학교를 다니고 있으면 우리가 너를 쭉 지켜볼 것이다. 네가 찾아오지 않아도 우리가 너를 데리러 갈 것이다. 공부도 열심히 해야 지혜로운 사람이 되어 훌륭한 독립투사가 될 것이다."

"장군님 이름은 어떻게 되십니까?"

"내가 바로 김일성 장군이다. 김일성 장군은 총에 맞아도 반드시 살아날 것이다.”

나는 김일성 장군이라는 사람의 말을 듣지 않을 수 없었다. 아버지와 함께 죽었다던 김일성 장군과 다른 사람일 거라는 의심도 들지 않았다. 아버지와 함께 전사했다는 기록이 잘못된 것이라고 믿었다. 그의 말에 토를 달고 싶지 않았다. 보천보사건 이후 일본군의 활동은 눈에 띄게 늘었다. 아버지와 함께 김일성 장군이 사살되고 나서는 독립군이 전멸된 것으로 생각하고 있던 참이었다. 그런데 이렇게 다수의 독립군들이 백두산 자락에 숨어 있다는 사실만으로도 든든했다.

큰길까지 독립군 병사의 안내를 받으며 용정 집으로 돌아왔다. 독립군 은신처에서 사흘을 머물다 온 것이었다.]

잠시 노트를 덮었다. 평생 동안 은행 정문 앞에서 구두 수선을 하던 모습이 내 뇌리에 화인처럼 새겨진 아버지의 모습이었다. 그런 소극적인 삶을 살았던 아버지가 중국 땅인 용정에 살았다는 것 자체가 신기한 사실이었다. 더구나 열두 살의 어린나이에 독립군을 찾아 눈 속을 헤매고 다녔다는 사실이 믿기지 않았다.

현재 북한의 지도자인 김정은의 할아버지인 김일성을 만난 것은 사실일까. 늘 웅크린 채 구두나 수선하던 아버지의 모습에서 열두 살 담대하던 소년을 끌어내기는 어려웠다. 더구나 독립운동을 하다가 일본군의 총탄에 쓰러졌다는 할아버지의 성씨가 조씨였다니 혼란스럽기까지 했다. 진수라는 이름을 알았다고 해도 김진수가 아닌가. 그런데 어떻게 조진수였다는 건지 이해가 되지 않았다. 아니 조씨였던 아버지의 성씨가 어떻게 김씨로 변했는지도 몹시 궁금했다. 갈증에 목이 탔다.

주방으로 나가 시원한 물을 한 컵 따라 마신 뒤 아버지의 노트를 다시 펼쳐 들었다. 그때였다. 주머니에 넣어둔 휴대전화에 카카오톡 알림음이 울렸다. 펼쳐 든 노트를 덮고 휴대전화를 확인했다.

-Don't believe anyone.-

먼저와 같이 M이 보낸 문자였다. 신경이 쓰이지 않을 수 없었다. 도대체 뭘 믿지 말라는 것인지 종잡을 수가 없었다. 그렇다고 정체 모를 메시지만 정신을 팔 겨를이 없었다. 다시 노트를 펼쳤다.

[……어머니는 아버지의 죽음에도 큰 동요를 보이지 않았다. 항일운동을 나섰으면 당연히 목숨을 내놓아야하는 걸로 마음을 단단히 먹었던 것 같았다. 어머니와 나의 생활은 달라진 게 아무것도 없었다. 일본군의 세력이 날로 강해지면서 생활이 팍팍해져갔다. 일본군은 시도 때도 없이 민가에 들이닥쳐 약탈을 자행했다.

독립군들의 무장항쟁 소식은 더 이상 들려오지 않았다. 나는 가끔씩 백두산 쪽을 바라보며 아버지와 함께 활동했던 독립군 부대가 무사하기를 빌었다. 나의 생활을 주시하고 있겠다고 했으니 어디선가 보이지 않는 정보원의 눈이 지켜보고 있으리란 믿음을 버리지 않았다.

나는 하루라도 빨리 커서 독립군에 합류해 일본군을 죽이고 싶었다.

그러나 명동소학교를 졸업하고 대성중학교에 들어가서도 독립군들의 소식은 듣지 못했다. 나는 대성중학교에 다니면서 뜻을 같이하는 친구들과 은밀한 모임을 하고 있었다. 무력항일투쟁을 하기에는 아직 힘이 부족했지만 일본군의 동향을 파악하고 정보를 캐내는데 주력했다. 그리고 시선을 밖으로 돌려 세계정세가 돌아가는 정보를 신속하게 알아내 정보를 공유하는 데 주력했다.

친구들 중 더러는 칼 마르크스의 사상과 러시아의 볼셰비키혁명에 고무되어 있었다. 해방된 조선에 사회주의를 건설해야 한다고 주장하는 친구들이었다. 지금까지 조선은 왕의 독재로 민생이 피폐해지고 나라가 힘을 키우지 못한 것이라고 했다. 노동자 농민이 권력의 주인이 되어야 하며 모든 인민이 평등한 국가를 건설해야 한다고 주장했다. 그러기 위해 먼저 악덕지주와 부르주아는 마땅히 타도해야 한다며 핏대를 세웠다. 그러나 주변에는 악덕지주라고 불릴 만한 사람이 아무도 없었다.

조선인들은 농토도 없이 몸만 빠져 나와 중국인 지주의 소작농으로 겨우 입에 풀칠을 하며 살아가는 처지였다. 누구 하나 노동자 농민을 착취해서 호화로운 생활을 하는 사람은 없었다. 그런데도 악덕지주를 처벌해야한다고 떠들고 다니는 데는 동조할 수 없었다. 사회주의 건설이니 뭐니 해도 일단은 일본 제국주의를 몰아내고 주권을 회복하는 게 조선이 처한 다급한 과제였다.

나는 중학교 졸업반이 되던 해 여름방학 때 마음이 맞는 친구 다섯 명과 백두산을 찾았다. 다섯 명은 나 조태진을 비롯해 이인구, 이종찬, 서석제, 박경천이었다. 명분은 명산인 백두산 등정이었다. 중간에 일본군경을 만나도 둘러댈 핑계거리가 필요했다. 아이러니하게도 은밀히 독립군의 동정을 살피러 가는 행보인데 일본군의 트럭을 얻어 탔다.

용정을 떠나 반나절쯤 걸어갔을 때였다. 마침 일본군 트럭이 지나가기에 손을 들었더니 흔쾌히 태워 주는 것이었다. 학교에서 일본어와 러시아어를 배웠기 때문에 모두 일본어를 유창하게 구사할 수 있었다. 일본군인 중에는 조선인들도 제법 섞여 있었다. 일본군들은 학생복을 입은 학생들에게는 매우 친절을 베풀었다. 대부분의 학생들은 일본제국의 사상을 받아들이고 일본에 매우 우호적인 걸로 생각했다.

일본군 트럭을 얻어 타고 편안하게 이도백하까지 이동한 우리는 곧바로 백두산 정상을 향했다. 울창한 자작나무 숲을 헤치고 가는 길이었다. 숲속에서 이틀이나 야영을 했다. 호랑이가 출몰하는 지역이어서 야영에 여간 신경이 쓰이지 않았다. 모닥불을 피우고 한 명씩 교대로 보초를 섰다. 다행히 이틀을 야영하면서도 호랑이를 만나지는 않았다. 무사히 백두산에 올라 천지의 모습을 대했을 때 가슴이 뻥 뚫리는 느낌이었다. 이런 영산의 기운을 받아 세운 나라가 왜 섬나라 일본의 지배를 받게 되었는지 기가 차다는 생각이 들었다.

"어서 빨리 이 땅에서 일본 제국주의를 몰아내야해."

"암. 조선 인민들이 모두 들고 일어나 제국주의를 몰아내야해."

우리들은 손을 마주잡고 목이 터져라 조선독립만세를 외쳤다. 하산을 할 때는 올라온 길을 피해 남쪽 자락으로 내려왔다. 모두가 수년 전에 있었던 보천보 전투의 현장을 보고 싶었다. 백두산 정상에서 남쪽으로 내려오면 삼지연을 지나 바로 보천보에 도착할 수 있었다. 재수가 좋으면 독립군을 만날 수도 있을 것 같았다.

천지를 떠나 삼지연 쪽으로 내려온 우리는 자작나무 숲 속에서 하룻밤을 야영했다. 다음날은 일찌감치 일어나 끝없이 펼쳐진 자작나무 숲 속을 걸었다. 도중에 올무에 걸려있는 노루 한 마리를 발견했다. 우리는 백두산의 산신령이 내려준 선물이라 생각하고 그 자리에서 가죽을 벗기고 불을 피웠다. 며칠 동안 옥수수 죽만 먹으면서 걸었던 우리들은 뱃속이 놀랄 정도로 고기로 배를 채웠다. 배를 채우고 나니 그동안의 피로가 몰려와 다섯 명 모두 그 자리에서 잠에 떨어졌다.

아직 해가 중천에 걸려 있는 시간이었다. 얼마나 잠에 떨어져 있었는지 눈을 떠보니 코앞에 검은 그림자가 햇볕을 가로막고 서 있었다. 처음에는 호랑이 한 마리가 눈앞에서 우리를 노리고 있는 걸로 착각을 했다. 눈을 비비고 정신을 가다듬어 보니 건장한 사내가 어깨에 기다란 활과 화살 통을 메고 우리를 내려다보고 있었다. 늦여름이었는데 호피로 만든 조끼를 입고 있었다.

"누구시오?"

내가 자리에서 벌떡 일어서며 소리를 질렀다. 내 소리를 듣고 친구들도 모두 자리에서 일어났다. 그 사람은 조용히 하라는 시늉으로 손가락을 입에 갖다 대었다.

"학생들이 아니오? 이 숲엔 어떻게 오게 된 것이오?"

"우리는 용정에 있는 대성중학교 학생들입니다. 방학이라 여행을 하고 있는 중입니다."

"이건 뭐요?"

사내가 우리가 구워 먹은 노루를 가리켰다. 먹다 남은 노루가 네발을 하늘로 뻗치고 있었다. 말을 하지 않아도 사내가 설치한 올무에 걸린 노루를 우리가 무단으로 취했다는 사실을 간파할 수 있었다.

"어이쿠, 죄송합니다. 허기가 져서 그만. 앞뒤를 재지 못했습니다."

"허허, 이런 숲 속에서 학생들을 만나보기는 또 처음이오. 이미 먹은 걸 어쩌겠소. 먹을 양식도 안 가지고 다니는 것이오?"

"옥수수가루와 소금은 챙겨왔습니다만 속이 헛헛해 주인이 있다는 생각을 하지 못했습니다."

"이미 먹어버린 걸 어쩌겠소. 주인이 따로 있었던 거겠지요."

사내는 아주 유순해 보였다.

"내 이름은 박성수요. 잠시 우리 집에 들렀다 가시오."

우리는 먹다 남은 노루고기를 챙겨들고 그가 사는 집으로 함께 갔다. 이왕 폐를 끼친 김에 하룻밤을 안락한 민가에서 묵어갈 요량이었다.

사냥꾼의 산채에 도착했을 때는 해가 완전히 넘어간 뒤였다. 마당에서부터 어둠이 내려앉기 시작했다. 사냥꾼의 집은 자작나무를 베어 가공하지 않고 쌓아 만든 귀틀집이었다. 한 채가 아니라 넓은 공터에 세 채의 귀틀집이 나란히 서 있었다. 마당 앞엔 키만큼 자란 옥수수가 제법 많이 심어져 있었다. 땅이 기름져서 그런지 대궁마다 팔뚝만한 옥수수가 달려 있었다.

세 채의 귀틀집 굴뚝에선 연기가 모락모락 올라오고 있었다. 저녁으로 먹을 옥수수를 통째로 삶고 있는 것 같았다. 우리들의 출현에 집 안에 있던 사람들이 모두 밖으로 나왔다. 세 집에서 몰려나온 사람들의 숫자를 대충 헤아려보니 스무 명이 넘었다. 박성수보다 나이가 훨씬 많은 노인이 네 명이나 되었고 아이들도 한 집에 서너 명씩 되었다.

박성수의 집엔 우리 또래로 보이는 장성한 처녀도 있었다. 그런데 무명옷을 입은 사람보다는 짐승의 가죽으로 만든 옷을 걸친 사람들이 더 많았다. 여름이어서 그런지 팔소매가 없는 가죽조끼 옷을 걸치고 있었다. 말은 조선말을 쓰고 있었지만 입은 옷 때문에 같은 민족이 아닌 것 같았다.

서로 통성명을 마친 우리는 마당 한가운데 놓인 통나무로 짠 평상

위에 자리를 잡았다. 사내가 마당 한가운데 불을 피워 먹다 남은 노루 고기를 불에 데웠다. 집집마다 방금 삶은 옥수수를 피나무 함지박에 담아 내왔다. 우리 다섯 명까지 합해 서른 명쯤 되는 사람들이 평상에 둘러앉아 저녁을 나누어 먹었다.

이들은 모두가 선대에 혜산에서 온 사람들로 사냥과 약초채집으로 생계를 이어가는 사람들이었다. 텃밭에는 감자와 옥수수를 심어 양식 으로 삼았고 채집한 약초와 사냥한 동물의 가죽은 장사꾼들이 가지러 들어오는데 주로 소금을 비롯한 생활필수품을 가져와 바꿔간다고 했 다. 이들은 산속에서 고립된 생활을 하고 있어 바깥세상의 물정을 잘 모르고 있었다.

아이들도 학교교육을 받지 못해 다 큰 아이들도 문자를 모르고 있 었다. 문자라는 개념조차 모르고 있었다. 우리는 주로 아이들에게 바 깥세상의 정보를 알려주는 데 집중했다. 아무리 깊은 산중이라고 하 지만 바깥세상 일을 전혀 모르고 산다는 것은 불가능할 것 같았다. 언 제가 될지는 모르지만 한꺼번에 바깥문명과 맞닥뜨리게 되면 무척 혼 란스러워할 것 같았다.

박성수의 장성한 딸도 세상물정을 모르기는 어린 아이들이나 마찬 가지였다. 아이들의 눈 속에 피워놓은 관솔 불빛이 어른어른했다. 모 두 진지한 눈빛으로 우리가 들려주는 바깥세상의 이야기에 귀를 기울 였다. 벌써 자작나무 숲속에서 부엉이 울음소리가 울렸다. 우리는 밤이 이슥하도록 아이들에게 이야기를 들려주다가 늦게 잠이 들었다.

귀틀집은 안에 따로 칸막이가 없어 모두 함께 들어가 잠을 잤다. 이인구와 이종찬은 다른 집으로 들어가고 박경천과 서석제는 나와 함께 박성수의 집에 들어가 잤다. 박성수의 다 큰딸도 한 집에 잤다. 모두 옷을 입은 채로 따로 떨어져 자니 부끄러울 것도 없었다. 그래도 한 집 안에 다 큰 처녀와 함께 자려니 기분이 야릇했다.

늦게 잠든 탓에 날이 밝을 때까지 일어나지 못했다. 밖이 소란스러워 잠에서 깼을 때는 아침햇살이 자작나무 숲을 헤치고 들어오고 있었다. 밖에 나가니 소총으로 무장한 여남은 명의 사내가 우뚝 버티고 서 있었다. 대장인 듯한 사람은 말을 타고 있었다.

"젊은 동지들은 어디서 온 학생들이요?"

말을 탄 대장이 나에게 물었다. 마구잡이 하대를 하지 않는 걸로 보아 무지막지한 비적들은 아닌 듯 싶었다. 얼굴을 유심히 올려다보니코 옆에 있는 팥알만한 점이 유난히 눈에 띄었다.

"우리는 용정 대성중학교 학생들입니다. 이번 여름방학에 이 일대의 자연환경을 탐사해 보려고 들어왔습니다."

"학생 동지는 어디서 많이 본 듯한 얼굴인데 나를 몰라보겠소?"

"저도 아까부터 본 듯한 느낌이 들어 유심히 살펴보고 있던 참이었습니다. 제가 소학교 시절 겨울에 백두산에 들어왔다 길을 잃어버린 적이 있었는데 혹시 그때 뵌 것이 아닌지요. 존함이 김일성이란 분을 만난 적이 있습니다."

"오호, 그렇구만. 나는 그때 뒤에 있었던 사람이다."

"아, 네. 그러셨군요."

팥알은 말에서 내렸다. 그러더니 나를 덥석 끌어안았다.

"그땐 요만한 꼬마였는데 이렇게 컸구만. 내 이름은 강찬구일세. 김일성 대장님이 가끔씩 이야기하곤 했는데 이렇게 잘 자란 줄 알면 기뻐하실 텐데."

"김일성 장군님은 가까이 계신가요?"

"아니 여기 안 계시네. 부대원들과 로시아로 들어가셨네. 여기는 내가 맡고 있는데 몇 명 안 남아 있다네."

"그런데 여기는 무슨 일로 오셨습니까?"

"부대에 군량이 부족해 왔다네."

강찬구는 사람들을 모아놓고 일장 연설을 했다.

"우리는 일본제국주의자들을 몰아내기 위해 목숨을 걸고 싸우고 있는 조선인민혁명군들이요. 혁명군대에 양식을 제공하는 것도 조선인민으로서 참다운 애국을 하는 일이요. 이 앞에 있는 옥수수 절반을 현물세로 공출해 갈 것이요. 불만이 있는 동무는 미리 말씀하시오."

아무도 나서서 이의를 제기하는 사람이 없었다. 서슬에 함부로 이의를 제기했다간 그 자리에서 총살을 면치 못할 것 같았다.

"동무들은 밭에 들어가 잘 익은 옥수수를 수확해 오도록 하시오. 아직 덜 익은 옥수수가 다치지 않게 조심해서 작업하도록."

병사들은 우루루 옥수수 밭으로 몰려 들어가 가져온 자루에 옥수수를 따서 담았다. 병사들은 얼마 지나지 않아 자루 가득 옥수수를 담아 가지고 나왔다. 그때 옥수수자루를 바닥에 내려놓은 젊은 병사 하나가 박성수의 딸 앞으로 다가갔다.

"흠, 일을 잘하게 생겼는데."

박성수 딸의 팔목을 잡아보기도 하고 엉덩이를 툭툭 치기도 했다. 그러더니 박성수의 딸보다 어린 처녀 앞으로 가더니 역시 엉덩이를 툭툭 쳐 보는 것이었다. 강찬구란 자가 말 위에 타더니 명령을 내렸다.

"두 처녀는 우리가 잠깐 데려갈 것이요. 부대 청소를 시킨 다음 해가 떨어지기 전에 돌려보낼 것이요. 중학생 동무들은 가던 길을 무사히 가도록 하시오. 학업을 마치면 조국의 해방전선에 함께 하도록 하시오. 자, 가자."

강찬구의 명령에 병사들은 처녀 둘을 앞세우고 순식간에 빠져 나갔다. 옥수수 밭은 멧돼지가 헤집고 돌아다닌 것처럼 쑥대밭이 되어 있었다. 박성수는 넋이 나간 사람처럼 허공을 바라보며 한숨을 쉬고 있었다. 말이야 청소를 시킨다고 데려갔지만 앞으로 벌어질 일이 눈앞에 훤히 내다 보였다. 혁명군이 아니라 완전 날강도나 다름없는 비적들이라는 표정이었다.

우리는 이틀을 더 숲속야영을 한 끝에 보천보에 도착했다. 보천보는 조중 국경에 위치한 마을로 규모가 그리 크지 않은 곳이었다. 보천보에서 북으로 가면 백두산 삼지연이고 동쪽으로 가면 백암이었다. 그리고 남쪽은 갑산으로 빠지는 곳이고 남서쪽으로 가면 혜산과 삼수였다. 압록강을 건너면 바로 중국 땅이었다. 아버지가 소속된 동북항일연군이 쳐들어왔던 것은 동쪽인 중국국경을 넘어온 것이었다. 아직까지 전투의 흔적이 남아 있을지 자못 기대가 되었다.

그런데 전투의 흔적은 거의 남아있지 않았다. 불에 탄 흔적이 있는 집은 한 채도 없었다. 오래된 건물은 피해를 전혀 보지 않았다는 증거였다. 주재소 건물과 우체국 건물이 산뜻한 걸로 보아 불탄 건물을 헐어내고 새로 지은 것 같았다.

우리는 과감하게 일본주재소를 찾아 문을 열고 들어갔다. 일본 순사 세 명이 앉아 있었다. 용정의 대성중학교 학생들임을 떳떳하게 밝혔다. 그러자 일본순사들은 친절하게 우리들을 맞아 들였다. 그들의 복장은 중학생의 교복과 모양이 비슷했다. 그들은 우리가 자기들의 어린 후배쯤으로 보이는 모양이었다. 일본순사들은 우리가 묻는 정보들을 가벼운 마음으로 알려주었다. 우리는 당시 보천보의 상황을 일본순사들의 입을 통해 알 수 있었다. 주민들의 생활상이나 일본군대의 주둔상황까지 손쉽게 파악할 수 있었다.

우리는 돌아와 다섯 명의 명의로 보천보 사건조사서를 만들어 프린트물로 찍어냈다. 모두 열부를 찍어 각자 두 부씩을 나누었다.]

보천보 사건조사서 부분을 다 읽었을 때 아내가 노크와 함께 방문을 열고 들어왔다.

"손님이 오셨어요. 나와 보세요."

나는 좀 놀랐다. 뭔가를 들킨 기분이었다. 놀란 마음을 숨긴 채 아내를 바라보았다. 아내는 아무런 표정도 짓지 않고 무심한 얼굴로 나를 내려다보았다. 나는 노트를 접어 넣고 일어섰다. 아내를 따라 거실로 나왔다. 손님은 아직까지 현관 밖에 세워놓은 상태였다.

"나가 보세요."

현관문 밖에는 백인 여성이 서 있었다. 지금껏 우리 집을 한 번이라도 방문한 백인여성은 단 한 사람뿐이었다. 이따금 아버지를 찾는 재식을 따라왔던 제수밖에 없었다. 재식의 처를 떠올리며 백인 여성을 자세히 보았다. 재식의 처와는 닮은 데가 전혀 없었다. 백인의 이미지로 굳은 적당한 웨이브의 금발과 벽안은 같았지만 완전히 낯선 얼굴이었다. 깊고 푸른 눈동자가 빛나는 눈은 커다랬다. 조막만한 얼굴에 콧날이 오뚝했다. 립스틱을 바르지 않은 입술도 선이 또렷한 전형적인 미인형이었다. 나이는 대충 삼십대 후반쯤으로 보였다.

"실례합니다. 미스터 김이신가요?"

여자가 영어로 물었다. 예스라고 하려다 그렇소, 하고 대답을 했다. 고개까지 끄덕였는데도 여자가 재차 같은 질문을 했다. 한국어를 전혀 일아 듣지 못하는 걸까. 낭패감이 들었으나 걱정할 일은 아니었다.

명색이 영어교사 출신이 아닌가. 별다른 내색 없이 예스를 뱉으며 고개를 끄덕였다. 난색을 짓던 여자의 표정이 밝아졌다.

"저는 시드니에서 왔습니다. 이름은 제니카입니다. 재식 씨가 보내서 왔습니다."

뜻밖이었다. 보자마자 재식을 떠올리지 않은 건 아니었지만 심부름을 왔을 줄은 생각도 못했다.

"일단 안으로 들어오시오."

거실로 들어온 여자는 잠시 주위를 두리번거리더니 소파에 앉았다.

"재식에게선 연락이 없었는데 어떻게 된 일입니까?"

"재식 씨는 연락을 못해요."

"연락을 못하다니 아침에도 메신저를 했는데 무슨 일입니까?"

나는 휴대전화의 화면을 열었다. 새벽에 재식과 간단하게 주고받은 메시지를 보여주었다. 여자는 문자를 들여다보더니 양손날을 겹쳐 X 자를 만들어 보였다.

"미스터 재식은 지금 도청당하고 있어요. 당신도요. 함부로 중요한 이야기를 주고받으면 안 됩니다."

"누가 도청을 한단 말입니까?"

"CIA가요. GRU도 도청을 하고 있습니다. GRU는 러시아군 정보총국입니다. 거기다 북한을 비롯한 중국의 정보기관원들도 도청을 하고 있을 겁니다."

기가 막혔다. 도무지 알 수 없는 말이었다. 아무래도 사람을 잘못알고 찾아온 것 같았다. 하지만 시드니에 사는 재식의 이름을 아는 걸보면 나를 찾아온 걸 의심만 할 일은 아니란 생각도 들었다. 머릿속에마구 헝클어진 전선이 들어앉은 느낌이었다.

내가 도청을 당하다니 이해할 수 없었다. 나는 고등학교 교장으로은퇴할 때까지 경찰서 한 번 드나든 일이 없는 터였다. 더구나 지금은하릴없이 세월만 축낸다고 해도 과언이 아닌 사람이 나였다. 그런데대한민국의 국정원도 아닌 CIA와 GRU의 감시대상이라니 어이가 없었다. 그런 거대한 세계정보기관이 나에게서 알아낼 일이 무엇이 있단 말인가, 골똘하던 생각은 긴장으로 이어졌다. 조금 전까지 읽었던아버지의 노트에 적힌 내용들이 생각난 것이다. 불현듯 신경이 쓰였다. 아버지의 노트에 대단한 비밀이 들어 있을지도 모른다는 불길한예감이 들었다.

내 마음을 읽었을까. 제니카가 조심스럽게 다가앉았다. 혹시나 집에감추어 놓은 비밀서류 같은 게 있지 않은지 속삭이듯 물었다. 주방에서 다과를 준비하는 아내도 들을세라 조심하는 목소리였다. 나는 백인들 식으로 머리를 흔들며 양손바닥을 벌려 어깨까지 들썩였다. 그런 게 있을 리가 없다는 강한 부정이었다.

그 사이 아내가 준비한 다과를 들고 왔다. 나와 제니카를 번갈아 살피는 아내에게 조용히 고갯짓을 했다. 내 뜻을 알아 챈 아내가 다시 주방 쪽으로 갔다.

"혹시라도 누가 묻거든 함부로 말을 해서는 안 됩니다. 아무도 믿어서는 안 된다는 겁니다."

"혹시 M이라는 전화발신자가 당신입니까?"

제니카는 아니라며 전화내용을 보여 달라고 했다. 나는 주저할 것 없이 세 번이나 들어온 메시지를 보여주었다.

-Don't believe anyone.-

세 번 모두 같은 문장이었다.

카카오톡 메시지를 들여다본 제니카가 고개를 두어 번 가로저었다. 가볍게 한숨도 내쉬었다. 제니카를 흘깃거리며 휴대전화를 받은 나는 다시 한 번 문자를 들여다보았다. 알 수 없기는 마찬가지였다. 생각하기에 따라선 누군가 장난질을 하고 있다고 여기면 그만이었다. 그런데 제니카의 몸짓이 그렇게 무시할 것만은 아니라는 듯했다. 도무지 혼란스럽기만 했다.

"여기 M이라는 사람을 아십니까? 혹시 당신이?"

"아닙니다. 이걸 보낸 사람도 정보원일 겁니다. 교란작전인 것 같아요."

"제니카 당신도 시드니의 정보원인가요?"

"아닙니다. 우리는 선교사입니다."

"우리라면 어떤 단체인가요? 내 동생 재식도 포함되어 있나요?"

질문과 달리 재식이 선교활동을 하리라는 생각은 없었다. 그런 낌새도 없었고 그런 말을 들은 적도 없었다.

"네, 재식도 포함되어 있어요. 시드니의 선교회입니다. 주로 비기독교 국가에 선교활동을 펼치고 있는 곳입니다. 북한에도 자주 선교활동을 갔습니다."

"재식이도 북한에 갔다 왔습니까?"

"물론이죠. 재식도 호주 시민권자니까 북한에 왕래하는 데는 아무 문제가 없습니다. 한 달 전에도 저와 같이 갔다 왔습니다."

"재식이 북한을?"

혼잣말인 듯 되물은 내 목소리가 몽롱하게 들렸다. 나는 전혀 모르고 있던 사실이었다. 저번에 다니러 와서도 그런 이야기는 일언반구도 없었다. 뭔가 일이 잘못 돌아가고 있다는 생각에 혼란스러웠다. 당장 재식에게 국제전화를 걸어 사실 확인을 하고 싶었다. 내가 전화기를 들고 001을 누르자마자 제니카가 황급히 내 손을 움켜쥐었다.

"지금 전화를 걸면 매우 위험합니다. 메신저를 이용하세요."

제니카가 시키는 대로 카카오톡으로 메시지를 보냈다. 잘 지내고 있느냐는 간단한 내용이었다. 곧바로 답이 왔다. Hi 였다. 아침에 보낸 답과 똑같았다. 염려가 담긴 물음에 대한 답으로는 너무 성의가 없었다. 하긴 문자로 남는 메시지에서 마음까지 읽기에는 내 안부도 의례적인 것이었다. 건조하기로는 재식의 답장과 다를 것이 없기는 했다.

제니카의 만류에도 답답한 마음에 보이스톡을 눌렀다. 몇 번의 신호음에도 응답이 없었다. 내 행동을 제지하며 제니카가 가방을 열었다.

"재식이 쓴 겁니다."

제니카가 약간 삐뚤게 접힌 종이를 내밀었다. 재식의 편지였다. 두 장의 A4용지에는 손 글씨가 빽빽하게 적혀 있었다. 깨알같이 촘촘하게 쓴 글씨는 재식의 필체가 분명했다.

"저는 이만 가보겠습니다. 편지를 읽어 보시면 궁금한 내용을 모두 알 수 있을 거예요."

"당신은 어디로 가나요? 바로 시드니로 돌아갑니까?"

"아니요. 당분간은 여기 주변에 머물고 있을 겁니다. 제게 연락하고 싶으시면 재식에게 카톡을 보내십시오. 그냥 의미가 없는 단어를 보내시기만 하면 미스터 재식이 이해를 할 겁니다. 그러면 제가 찾아올 것이구요."

"분명 당신이 문자를 보낸 M은 아닌 거지요?"

아무래도 미심쩍은 마음을 다시 전했다.

"네. 긴장하고 계셔요. 무슨 알 수 없는 문서 같은 것이 발견되면 무조건 불에 태우시든가 단단히 감추어 두었다가 저를 보여주세요."

"한국어를 모르시잖아요."

"오 마이 갓. 미스터 김께서 읽어 주시면 되죠."

제니카는 바로 일어나서 밖으로 나갔다. 배웅도 받는 둥 마는 둥 그녀는 횡하니 골목 밖으로 사라졌다.

그녀가 사라진 다음 발걸음을 자동차 쪽으로 옮겼다. 궁금해 할 아내 몰래 편지를 읽기 위해서였다. 뒷좌석에 앉아 편지를 펼쳤다. 섬세한 글씨체로 보아 재식이 직접 볼펜으로 쓴 편지가 틀림없었다.

[……형에게 편지를 쓸려니 좀 그렇네. 카톡으로 문자 보내면 간단할 걸 번거롭게 편지를 쓰게 되었어. 편지를 전달하러 간 제니카는 나와 신앙으로 맺어진 동지이니까 믿을 만한 사람이야. 형에게 알리지 않았던 사실인데 나는 호주시민권자로 북한에 자유롭게 드나들 수 있었어. 단순한 포교 목적이기 때문에 대한민국에 위해를 가할 만한 짓은 하지 않았어. 북한에서 알아 온 정보를 남한 측에 팔아넘기지도 않았고. 몇 년 전에 북한을 방문해 백두산 관광을 다녀왔어. 물론 백두산 천지에도 갔다 왔지. 그리고 김일성이 이끌었다는 조선인민혁명군의 항일운동을 기념하는 보천보 혁명기념관에도 들러보았어. 김일성이 태어났다는 생가에도 갔다 왔고. 그런데 조선인민혁명군 명단에서 조진수 조태진이라는 부자의 이름이 눈에 띄었어. 우연이었어. 그런데 대를 이어 독립투쟁을 했다는 사실이 좀 특이하게 느껴졌어.

조진수라는 사람은 보천보전투 후에 일본군에게 쫓겨 만주에서 전사했다고 적혀 있고, 그 아들인 조태진은 해방과 함께 김일성 장군을 따라 북한에 들어가 인민군 장교가 되었대. 그리고 곧바로 6·25전쟁

때 인민군 장교가 되어 남한으로 진격해 갔다가 원주에서 연합군의 폭격으로 장렬하게 전사했다고 그러는 거야.

갑자기 내 머릿속으로 강렬한 전류가 흘렀어. 우리 아버지가 폭격으로 가족을 모두 잃었다고 한 곳이 강원도 원주였잖아. 더군다나 그때 전사했다고 하는 사람이 아버지 이름과 똑같은 태진이었어. 성만 다를 뿐이었지. 언뜻 흘려버릴 수도 있는 일인데 내 느낌이 달랐어. 아버지가 말을 할 수 있다면 물어보면 간단한 일인데 지금 그럴 수도 없잖아. 내 생각엔 그래. 2대째 조선인민 혁명군에서 항일투쟁을 하고 육이오 전쟁에 인민군 장교로 참전했다 원주에서 폭격으로 사망한 조태진이라는 사람이 우리 아버지 같다는 거지. 할아버지는 물론 윗대에 대해 아는 게 전혀 없는 것도 이상하고. 그런 사연이 아니라면 왜 뿌리가 없겠느냐고.

그런데 문제는 그게 아냐. 얼마 전 이탈리아 대사 대리로 있다 탈출한 조성길이라는 사람이 문제야. 어쩌면 우리와 배다른 형님의 아들일 수가 있는 거지. 심각한 문제는 조성길이 이탈리아에서 탈북을 감행했다는 사실이야. 지금 북한 공작원들은 조성길을 잡아들이려고 눈에 불을 켜고 있어. 그를 찾으려는 것은 정보원들뿐만이 아니야. 전세계의 언론사들도 그를 추적하느라 눈에 불을 켜고 있어. 어쨌든 아버지를 잘 지켜야해. 형도 몸을 조심해야 하고. 평상시와 다른 수상한 행동은 절대로 하면 안 돼. 그리고 혹시라도 아버지가 남긴 일기나 그런 게 나오면 바로 소각시키거나 땅에 묻어버려. 조만간 아버지 뵈러 갈 테니까 부디 몸조심하길 바래. 제발 주변의 낯선 사람을 조심해.]

급하게 쓴 듯했지만 일리가 전혀 없는 건 아니었다. 더구나 인편으로 보낸 편지라니 깊은 수렁 속에 빠져 든 것 같았다. 모든 이야기가 아버지가 남긴 노트 내용과 아귀가 맞아 들어가고 있었다. 나는 재식이 보낸 편지를 다시 한 번 읽어본 뒤 주머니에 넣었다. 운전석 옆에 놓여 있던 단골 횟집의 상호가 적힌 라이터를 들고 집으로 들어섰다.

"무슨 일이래요?"

"한국 오는 길에 재식이 안부 전하려고 왔었대."

거실로 들어서자 묻는 아내에게 무심한 척 대꾸했지만 나는 아내를 똑바로 쳐다볼 수가 없었다. 주머니 속의 편지에 신경이 쓰였다. 오줌이 마려운 걸 참고 있었다는 듯 급하게 화장실로 향했다. 변기를 열고 재식의 편지에 불을 붙였다. 재가 된 편지는 변기 속으로 흘러들어갔다.

무슨 일인지 궁금하다는 듯 눈치를 살피는 아내를 의식하며 수족관의 니모를 들여다보았다. 니모는 다른 물고기들과 함께 유영 중이었다. 한참을 수족관을 보다가 아버지의 방으로 들어섰다. 아내에게는 아버지가 갖다 달라는 물건을 찾아야 한다는 말을 흘리듯 남긴 채.

새삼 아버지의 삶을 돌이켜보았다. 내가 결혼을 할 때까지 평생을 국민은행 앞의 풍경이었던 아버지. 사거리 구석에서 쭈그려 앉아 구두 수선만 하던 아버지의 고단한 모습이 떠올랐다. 아버지가 위험을 피하려는 갑각류처럼 느껴졌던 때도 있었다. 그때마다 우리 아버지는 왜 이렇게 못났을까, 원망스러웠던 내 기억도 아팠다.

아버지의 직업을 적어낼 때면 몇 번을 고민하다 으레 회사원이라고 적었던 일이 새삼 미안했다. 아버지의 직업이 부끄러운 멍에라도 된 듯 늘 어깨를 움츠리고 다녔던 나였다. 그렇지만 아버지의 직업을 끝까지 숨기지는 않았다. 여전히 자랑스러운 건 아니었다. 직업에 귀천이 없다는 말을 수긍하지도, 그 말에 용기를 얻은 적도 없었다. 다만 아버지의 고단한 삶을 이해하게 되었을 뿐이었다. 이해는 구두 수선공 아버지가 내 콤플렉스일 필요는 없다는 생각으로 이어졌다.

대학 생활을 하면서부터였으니 철이 들었다는 표현이 알맞은 것 같다. 어렵사리 아들을 서울에 있는 대학에 보내면서도 뿌듯해 하는 아버지가 조금씩 고맙기도 하고, 그런 아버지를 부끄러워한 스스로가 한심하기도 했다. 부끄러워해야 할 건 아버지의 직업이 아니었다. 자식을 위해 부끄러움을 잊어버리고 거리에 쭈그려 앉아 천대받는 일을 한 아버지였다. 정작 부끄러운 것은 그런 아버지를 부끄럽게 여겼던 줏대 없는 나 자신이어야 했다.

대학 일 학년 첫 여름방학에 집에 내려와 아버지의 옆자리에 앉아 구두 수선 일을 배우기 시작했다. 아버지는 한사코 말렸지만 내 고집도 어지간했다. 간혹 친구 녀석들이 내 앞으로 지나갈 때면 일부러 불러 세웠다. 어떤 녀석은 제가 오히려 부끄러워하며 자리를 슬금슬금 피해갔다.

아버지는 대학에 들어가면서 달라진 나의 태도가 기분 나쁘지 않은 듯했다. 비 온 뒤라 일이 많았던 저녁이었다. 다른 날보다 늦게 일을 마쳤다. 아버지와 함께 포장마차에 들렀다. 처음 있는 일이었다. 대학생이면 당연히 술도 한잔할 줄 알아야 한다며 아버지가 먼저 앞장섰던 것이다.

"그동안 아버지 원망을 많이 했었지?"

"네. 뭐, 딱히 원망까지야⋯⋯."

느닷없는 질문에 당황스러웠다. 아버지가 얼버무리는 내 말을 잘랐다.

"일은 할 만하냐?"

"아버지보다 나을 걸요."

아버지는 흐뭇하다는 듯 엷게 웃으며 소주를 마셨다.

"그래도 이젠 서울에 올라가. 공부해야지. 그다지 도울 일도 없는데 일을 거든다고 방학을 이렇게 허송세월해서야 쓰겠냐?"

아버지가 하고 싶었던 말을 했다.

"아버지 죄송해요. 그동안 속을 썩혀드려서."

"언제 네가 애비 속을 썩인 적이 있었냐?"

"죄송해요."

"무슨 말이냐? 어른이 된 게 죄송해? 그렇다면 술이나 한 잔 더 해라."

아버지는 내 술잔에 소주를 채웠다. 말을 하는 동안 땀이 계속 흘렀다. 밤이 늦어 서늘해진 길거리를 피한 한여름의 더위가 포장마차 안으로 몰려든 것 같았다. 땀에 섞여 눈물도 흘렀다. 땀과 함께 눈물을 훔치자 말간 소주로 채워진 술잔이 보였다. 아버지를 부끄러워했던 어린 시절의 나를 마셨다. 아버지가 다시 술잔을 채웠다. 자존감을 갖지 못해 한심했던 나의 방황기를 들이켰다. 아버지가 다시 따른 술잔에 비로소 지금의 내가 보였다.

"세상에 부끄러운 일이란 없다. 일이란 나를 위해서 하는 것이고 남에게 피해를 끼치는 것이 아니기 때문에 부끄러워할 필요가 없다. 진짜 부끄러운 일이란 남에게 차마 하지 못할 짓을 저지른 것이 부끄러운 일이지. 자기 자신에게도 용서받지 못할 짓을 하는 것이 부끄러운 일이 아니겠니?"

아버지의 말을 들으며 나를 돌아보았다. 그때만 해도 나에게 하는 충고로 들렸다. 남에게 차마 하지 못할 짓을 한 건 뭘까? 곰곰 새겨 봐도 그럴 일은 없었다. 그랬기에 아버지를 부끄럽게 여긴 나에 대한 완곡한 꾸지람이며 서운함이려니 여겼다. 그 때문에 더욱 부끄러웠던 날이기도 했다.

방문을 걸어 잠근 채 아버지의 노트를 다시 펼쳤다. 없애버려야 할 기록인지도 모르지만 내용이 궁금했다. 불길한 수수께끼가 해결도 되지 않은 채 소각되어서는 안 될 것 같았다. 더구나 아버지는 어떤 사실도 밝힐 수 없는 처지가 아닌가.

　[……우리는 보천보 여행을 다녀온 다음 해 대성중학교를 졸업했다. 이종찬은 일본의 동경대학에 진학했고, 박경천은 모스크바로 유학을 떠났다. 이인구와 서석제는 일을 찾아 상해로 갔다. 나는 졸업과 동시에 결혼을 했다. 상대는 이종찬의 사촌여동생 이미숙이었다. 어머니와 단둘이 사는 살림에 유학을 떠날 형편이 되지 않았던 것이다.
　아내는 세상에 둘도 없는 효녀효부였다. 어머니를 도와 열심히 밭농사를 지었고, 나는 명동 소학교에서 교사로 일했다. 아버지의 원수를 갚아야 한다는 생각은 늘 가슴 속에 품고 살았으나 실천할 기회가 오지 않았다. 그 당시 만주에서 독립군이라고는 눈을 씻고 찾아보아도 찾을 수 없었다. 그 해 5월에 상해로 나간 서석제에게서 비밀 연락이 왔다. 만주 일대의 일본군 동향을 파악해 보내달라는 내용이었다.
　나는 주말이면 용정일대의 일본군 동태를 파악하러 다녔다. 여름방학을 맞아서는 차를 타고 멀리까지 나가 일본군의 동태를 파악했다. 명동소학교 선생이란 신분은 어디든 통과할 수 있는 특권이 있었다. 어지간한 일본군 부대를 방문해도 기꺼이 부대 안으로 들였다. 자라나는 아이들에게 일본군의 씩씩한 모습을 알려주기 위해서라는 말만

붙이면 만사 오케이였다.

여름방학 중에 서석제가 직접 나를 찾아왔다. 내가 채집한 정보들을 검토해보고 흡족해했다. 서석제는 올 가을이면 상해에 있는 임시정부에서 국내로 총진격을 할 것이라고 했다. 그동안 조직해온 광복군의 역량을 보여줄 차례라는 말에 힘을 주었다. 조선반도는 광복군의 진격으로 분명히 해방이 될 것이라며 희망도 전했다. 정말 가슴 떨리는 일이었다. 그렇게만 된다면 죽어도 여한이 없을 것 같았다. 마음 같아선 당장 학교를 집어치우고 상해의 임시정부를 찾아가 광복군에 들어가야 할 것 같았다. 그런 내 마음을 알아챈 서석제가 한 마디 했다.

"해방된 조국에는 할 일이 많을 거야. 자네 같은 선생님도 해방된 조국에서 어린이들을 교육해야 되지 않겠나. 이번에 자네가 수집한 정보가 광복군의 진공에 큰 도움이 될 걸세."

"이번 거사가 꼭 성공해서 해방조국으로 돌아갈 수만 있다면 얼마나 좋을까."

"꿈이 아닐세. 반드시 이루어질 것이네."

그러나 꿈은 이상하게 이루어졌다. 서석제가 용정을 떠난 다음 날이었다. 일본천황이 미국에 항복한다는 라디오 방송이 나왔다. 기분은 좋았지만 뭔가 허전한 느낌을 지울 수 없었다.

서석제는 상해로 향하는 걸음을 돌려 용정으로 다시 돌아왔다. 한 달 후에는 모스크바로 유학을 떠났던 박경천이 용정으로 돌아왔다. 일본이 패퇴한 뒷자리를 떠맡은 것은 누구도 생각지 않았던 소련의 붉은 군대였다. 박경천은 서석제와 나에게 조국으로 돌아가자고 권유했다. 해방된 조국에는 지식층들이 해야 할 일이 너무 많을 것이라 했다.

서석제는 박경천의 말에 따르겠다고 했는데 나는 고민하지 않을 수 없었다. 아내가 아이를 가져 만삭이었기 때문이었다. 길을 나섰다가는 길에서 아이를 출산할 것 같았다. 하는 수 없이 다음 해에 가기로 약속할 수밖에 없었다. 서석제와 박경천은 소련군을 따라 평양으로 들어갔다.

아내는 두 달 후에 사내아이를 낳았다. 일가붙이도 없었던 나는 그야말로 세상을 다 얻은 듯 기뻤다. 이름을 재식이라 지었다. 나는 재식이 네 살이 되던 해 가족을 거느리고 평양으로 들어갔다. 그동안 서석제는 평양을 떠나 서울로 들어갔고 박경천은 김일성 장군 밑에서 일을 한다고 했다.

박경천이 사람을 보내 나를 불러들인 것이었다. 해방조국을 새롭게 건설하는 데는 무엇보다도 많은 인재가 필요하다는 전언이었다. 밖으로 나갔던 인재들이 들어오지 않으면 새 나라를 건설하는 게 불가능하다는 말은 상당히 매혹적이었다. 나라가 허약하면 또 다시 강대국의 지배에 들어갈지도 모른다는 말에 사명감도 생겼다. 우리가 또 다시 외세의 지배를 받게 된다는 건 상상할 수도 없는 일이었다.

박경천의 안내로 김일성 장군을 만난 것은 11년 만이었다. 백두산

기슭에서 눈 속에 묻혔다가 구조되었을 내 앞에서 미소를 짓고 앉아 있던 사람. 그가 바로 김일성 장군이었다. 그때보다는 얼굴빛이 한층 좋아보였다. 여전히 온화해 보이는 미소는 바로 며칠 전에 만난 사람처럼 사람을 당기는 힘이 있었다.

"허허. 그때 눈 속을 헤치고 우리를 찾아왔던 꼬마가 자네였구만. 이제 일본 놈들은 우리가 다 물리쳤으니 네 아버지 원수는 다 갚은 것이다. 이제는 아버지의 뜻을 이어 해방조국 건설에 몸을 바쳐야 하지 않겠나."

나는 일본군의 총에 목숨을 잃은 아버지를 생각하고 눈물을 흘리지 않을 수 없었다. 김일성 장군은 나의 손을 두 손으로 감싸 쥐며 위로를 했다.

"조진수 전사 같은 동무들의 희생이 있었기에 해방조국을 맞이한 것이야. 이 나라는 혁명군 전사들의 희생을 잊어서는 안 되네."

김일성 장군의 입을 통해 듣는 아버지의 이름이 샛별처럼 빛을 발했다. 김일성 장군의 위로에 두 어깨가 묵직해졌다. 우리 가족의 거처는 박경천의 지시로 대동강구의 반듯한 기와집으로 배정되었다. 용정의 초막집과는 비교가 되지 않는 웅장한 집이었다. 어머니는 이게 꿈인 것 같다며 기쁨을 감추지 못했다. 이 모든 것이 일제에 대항해 목숨을 바쳐 싸운 아버지의 공로 덕분에 주어진 것이었다. 어머니는 그런 아버지의 생각에 눈물을 흘렸다.

"죽지 않고 살아서 이런 호사를 누렸으면 좀 좋았을까."

사람에게는 누구에게나 한때 좋았던 시절이라는 게 있기 마련이다. 나에게는 이 기간이 제일 행복했던 황금 같은 시기였다. 우리 집 뒷마당에는 한 길 높이의 돌로 쌓은 장독대가 있었다. 그 장독대 안이 석빙고였다. 참나무 판자로 짠 두툼한 문을 두 개나 열고 들어가면 어두컴컴한 공간이 있었다. 제법 공간이 넓어서 한 가족이 생활을 해도 될 만했다.

우리는 석빙고 안에 들어가 전쟁이 나도 이 안에 들어가 있으면 아무 걱정이 없을 거라며 좋아했다. 한겨울에 대동강물이 단단하게 얼어붙으면 얼음을 잘라내 석빙고 안에 채웠다. 여름이 되어 얼음을 꺼내 냉면국물을 만들면 그 맛이 일품이었다. 예전에는 상상도 할 수 없는 호사였다. 겨우내 얼어붙었던 강물이 풀리면 강변에 늘어선 버드나무가지에 파릇파릇 움이 돋았다. 새들이 버드나무 가지 사이를 날아다니며 노래를 불렀다. 낙원이 있다면 바로 이런 곳이리라. 지상의 낙원이 따로 없었다.

나는 박경천이 관여하고 있는 정치총국에 출근했다. 제일 먼저 내가 한 일은 우리 친구들 다섯 명이 발품을 팔며 작성한 보천보 사건조사서를 새로 쓰는 일이었다. 물론 우리들의 이야기가 아닌 김일성 장군을 주인공으로 하는 항일투쟁을 주제로 하는 내용이었다. 백두산 일대의 지형이나 일본군의 정세를 훤히 꿰고 있었던 나는 항일투쟁기를 쓰기에 적격이었다. 내가 급하게 고쳐 쓴 것은 '백두산 일대 김일성 장군 빨치산 항일 투쟁사'였다.

박경천은 서울로 들어간 서석제와 제 삼국으로 나간 이인구를 인민을 배반한 부르조아 매국노로 성토했다. 그리고 동경에 나가 있는 이종찬을 평양으로 불러들이는 데 나의 임무가 막중하다고 했다. 이종찬은 나에게 종처남으로 얽혀 있기 때문이었다.

아내는 박경천의 부탁으로 동경의 이종찬에게 장문의 편지를 썼다. 버드나무가 늘어진 대동강변의 풍경이 얼마나 황홀한지, 우리 집 뒷마당에 있는 석빙고가 얼마나 유용한 것인지까지 적었다. 이렇듯 호사를 누리는 것은 모두 김일성 장군 덕분이라는 것도 빠트리지 않았다. 틈틈이 지금 김일성 장군이 인민들을 얼마나 사랑하고 아끼는 지도자인지도 피력했다. 그리고 지금 평양에선 오빠와 같은 훌륭한 인재를 얼마나 애타게 기다리고 있는지를 강조했다.

아내는 쉴 새 없이 새로운 편지를 썼고 나도 짬짬이 편지를 썼다. 그러나 동경의 이종찬에게서는 단 한 번의 답장이 왔을 뿐이었다. 자신은 공부를 계속해야 하기 때문에 당분간은 갈 수 없다는 답이었다.]

나는 잠시 쉴 겸 노트를 덮고 눈을 감았다. 아버지 인생의 최고 황금기였다는 대동강변의 풍경을 그려보았다. 과연 평화와 안식의 보금자리가 그려졌다. 보지 않아도 마치 본 것처럼 선명하게 멋진 풍경이 떠오르는 것이었다. 생각나는 게 있어 노트를 내려놓고 앨범을 펼쳤다.

몇 장을 넘겨 내가 다섯 살 무렵의 흑백사진 한 장을 찾았다. 성남동에서 태화강변으로 나가 태화루를 배경으로 찍은 가족사진이었다. 버드나무 가지가 휘휘 늘어진 강변에서 아버지가 나를 번쩍 안아 들고 있었다. 풍성한 치마 속에 부푼 배를 감춘 어머니는 아버지에게 살짝 기대 웃고 있었다. 재식이 태어나기 바로 전이었다. 재식이 태어나던 해였으니 1960년이었다. 계산해보니 아버지가 인생의 황금기였다는 대동강변의 풍경과는 십삼 년 정도의 차이가 있었다. 그 십삼 년 사이에 아버지의 인생에는 커다란 변화가 있었던 것이다.

사진 속 아버지는 나를 안고 있었지만 표정은 덤덤했다. 웃음이 활짝 피어 있어야 할 시기 같았는데 어딘지 속앓이를 하는 느낌이었다. 나를 안고 있으면서도 대동강변의 아들을 생각하며 속으로 눈물을 흘리고 있었는지도 모른다는 생각이 들었다.

나는 앨범 속의 사진을 꺼내 주머니에 넣었다. 다시 노트를 펼쳐들었는데 문 밖이 시끄러웠다. 얼른 덮고 서랍을 닫은 뒤 거실로 나갔다.

성길이 제 식구들을 데리고 와 있었다. 방문을 열자 손주 녀석이 와락 품 안으로 달려들었다. 나는 이제 다섯 살인 용규를 번쩍 안아 올렸다. 용규가 만화영화에서 들은 성우의 목소리를 흉내 냈다.

"앗! 할아버지 위험해. 떨어질 것 같아요."

"이 녀석 엄살은."

나는 턱을 용규의 볼에 비볐다. 따갑다며 용규가 얼굴을 찡그렸다. 그 모습이 재롱을 떠는 강아지처럼 귀여웠다. 세상에 내 피붙이보다 더 좋은 게 어디 있을까. 방과 거실을 경계로 아버지를 이해하려던 아들에서 나는 손주사랑에 겨운 할아버지로 바뀌었다.

"할아버지 따가워요. 피가 날 것 같아요."

용규의 과장된 앙탈이 귀엽기만 했다. 눈에 넣어도 안 아플 것 같다는 표현을 처음으로 한 사람은 누구일까. 이런 공감어를 만든 사람이 궁금했다.

"할아버지, 우리 병원에 갔다 왔어요. 큰할아버지 보러요."

"큰할아버지가 아니고 증조할아버지라니까 그러네."

"아차, 또 까먹었네."

"그래 증조할아버지는 어떠시던?"

용규의 반응이 궁금해서 짐짓 물었다.

"증조할아버지 불쌍해. 말도 잘 못해."

"그래서 증조할아버지 싫어?"

"아니요. 좀 답답한데 증조할아버지도 용규가 좋은가 봐요."

"그걸 어떻게 알아. 증조할아버지가 용규한테 좋아한다 그랬어?"

"아니요. 말을 못 하던데요."

"그럼 어떻게 알았냐고?"

이번엔 성길이 나서서 용규를 닦달했다. 용규의 대답이 걸작이었다.

"피는 물보다 진하잖아요."

"……."

모두 입을 벌리고 다물지 못했다. 이어서 와르르 웃었다. 다섯 살 꼬맹이가 하기에는 어울리지 않는 말이었다. 뜻이나 알까 싶으면서도 대견했다.

"용규야, 너 그런 말 어디서 배웠냐?"

"어디서는요. 텔레비전에서 배웠지요."

모두 배꼽을 움켜잡고 다시 웃었다. 아내는 그렇게 아이들에게 못 볼 걸 보여주고 그러면 안 된다며 주의를 주었다. 어른들이 보는 드라마에서나 들음직한 말이라는 의미였다.

성길은 수족관 앞으로 다가가 니모를 촬영하기 시작했다. 아버지에게 보여줄 영상을 다시 편집하려는 것이었다. 매번 같은 동영상을 보여주면 따분할 것 같아 가끔씩 새로 촬영해서 편집하는 것은 성길의 몫이었다.

용규가 촬영하는 성길을 따라 다니며 조잘거렸다.

"아빠, 정말 니모가 화장실 변기에 들어가면 바다까지 갈 수 있어?"

"그건 영화니까 그렇지 실제로는 못 가."

"왜? 화장실에서 내려가는 물은 바다까지 바로 간다고 그랬잖아?"

"그래도 못 가. 변기 아래는 좁고 더러우니까. 숨을 쉬지 못해 죽을 거야."

"피, 영화는 거짓말이구나."

"그래 거짓말이니까 니모를 탈출시켜 줄려고 변기에다 넣으면 절대 안 된다."

성길이 용규의 호기심에 못을 박았다.

"알았어요. 아빠는 니모가 좋아요?"

"그럼 좋지."

"왜 좋아?"

"이쁘니까."

"나보다 더 이뻐?"

"그럼 용규보다 이쁘지."

"흥, 난 니모 안 이뻐. 이제부턴 아빠하고도 안 놀아."

용규가 시무룩해졌다. 촬영을 끝낸 성길이 용규를 꽉 끌어안았다. 용규가 싫은 척 앙탈을 부렸다.

"아빠, 미워. 이젠 안 놀아."

"난 이 세상에서 용규가 제일 이쁜데."

"흥 아까는 니모가 젤 이쁘다 그래놓구."

"니모는 증조할아버지가 제일 이뻐하시잖아."

"맞아. 증조할아버지는 나보다 니모가 더 좋은가봐."

"그렇지는 않을 걸. 용규 이름도 증조할아버지가 지어 주셨잖아. 김용규. 이름이 얼마나 좋아."

"맞네."

사실이었다. 증손인 용규까지 식구들의 이름은 전부 아버지가 지었다. 그러나 호적에 적혀 있는 안동 김씨의 항렬자와는 하나도 맞지 않는 이름이었다. 우리가 안동 김씨 몇 대 손이냐고 물어도 모른다고만 했다. 대신 고리타분하게 조선시대에나 어울리는 항렬자나 따지지 말라며 얼버무릴 따름이었다. 우연한 기회에 족보에 관심을 가져 보았지만 우리 가족의 이름자는 안동 김씨의 어떤 항렬에 넣어도 맞지 않았다.

"그런데 아버지, 병원에서 이상한 이야기를 들었어요."

"무슨 이야기?"

"간호사가 그러는데 모르는 사람들이 병문안을 왔다 갔다는 거예요. 할아버지 조카라고 그랬다는데 그런 사람은 없잖아요?"

"그래서?"

"그래서 인상착의를 물어 보았는데 도저히 누군지 짐작이 안 가더라고요. 아마 사람을 잘못보고 찾아왔었던 것 같아요."

집히는 바가 있었던 나는 혼자 속으로 끙 하고 신음을 내뱉었다.

"아버지는 뭐 집히는 게 없으세요?"

"글쎄다. 하여튼 너도 좀 조심하거라."

"뭘요? 뭘 조심하라는 거죠?"

이상하다는 듯 성길이 미간을 살짝 찌푸렸다.

"하여간 좀 그런 게 있으니 어디 멀리 다니지도 말고 조심하는 게 좋을 것 같다."

"네. 그런데 병문안 왔던 사람들이 할아버지에게 말을 자꾸 시키더라네요. 그러다가 정말 할아버지가 말을 못하니까 투덜거리며 나갔대요."

"내일 가면 낯선 사람들 면회를 시키지 말라고 특별히 부탁을 해야겠구나."

얼마 전에 왔다가 아버지의 인적사항만 묻고 갔다는 사람들인 듯했다.

성길이 돌아간 뒤 깊은 고민에 빠졌다. 진짜 이상하다는 아내의 말은 짐짓 무시했다. 그럴 필요 없다거나, 뭐가 이상하냐, 걱정하지 말라거나 하는 말조차 아내의 궁금증만 키울 것 같아서였다.

내 생각은 한 가지였다. 아버지를 어떻게 지켜야 하느냐는 것이었다. 가능하다면 아버지가 말을 할 수 있도록 건강도 회복시켜야 했다. 몸도 마음도 지칠 대로 지친 아버지였다. 더는 어떤 충격도 받아서는 안 되었다. 그런데 돌아가는 상황은 아무래도 격한 충격을 줄 것 같았다. 어떻게 하지, 아버질 어째야 하지, 머리를 굴렸지만 묘안이 떠오르지 않았다. 낯선 사람의 방문을 차단하기 위해 여차하면 집으로 모실까도 생각해보았다. 나는 곧 고개를 저었다. 이미 국제정보기관의 감시를 받고 있다는 내가 아닌가. 그런 사람들이 우리 집을 모를

리 없었다.

우선 급한 것은 시드니의 재식과 소통하는 것이란 결론에 이르렀다. 일의 발단이 재식으로부터 시작된 것이 아닌가 하는 막연한 생각이 든 것이다. 그렇더라도 조성길과 아버지를 연관 지을 사람은 아무도 없을 것 같았다.

나는 아버지의 삶이 더욱 이해되었다. 나름 인텔리였던 아버지가 길거리 구두 수선공으로 평생을 보낸 것은 철저한 은거의 방책이었다. 누구에게도 출신을 노출하지 않을 수 있는 가장 적절한 방법이었다. 사람들은 누구도 구두 수선공의 과거는 물론 생활상을 궁금해 하지 않았다. 아버지는 북한에 두고 온 처자식을 지키기 위한 최선의 방편을 택한 것이었다. 그 사실을 지금 와서 까발릴 필요는 더욱 없었다. 사실이 밝혀진다고 해서 좋아할 사람도 없고, 좋아질 상황도 아니었다. 아버지의 아픔을 헤집는 일이 될 뿐이며, 나를 비롯한 가족을 혼란에 빠뜨릴 뿐이었다.

조성길 대사 대리의 탈출 사건만 해도 화해무드로 접어든 남북관계를 경직시킬 수 있는 사건이었다. 어떤 짐작도 내색을 해서는 안 될 것 같았다. 다만 조성길의 탈북 이유는 몹시 궁금했다. 조성길과 아버지의 관계를 추리하자면 지금 북한에 나와 이름이 같은 조인식이라는 인물이 살아 있어야 했다. 현재까지의 정보로는 그런 인물이 존재하는지도 알 수 없는 노릇이었다. 재식이 보낸 편지와 아버지의 노트내용으로 미루어 짐작해 보면 충분히 가능성은 있어보였다.

아이들이 돌아간 뒤 호기심을 보이던 아내는 외출을 했다. 그 사이 나는 방으로 들어와 읽던 노트를 다시 펼쳐들었다.

3. 전쟁, 그 참혹한 소용돌이

"동무의 말이 맞는 것 같소. 나도 이 전쟁을 왜 해야 하는지 알 수가 없소."

"이 전쟁은 일어나서는 안 되는 전쟁이에요. 전쟁의 상처가

백 년을 넘게 갈 것이니까요."

*

[……나는 군사훈련에 소집되었다. 박경천의 추천으로 김일성 장군을 만나고 난 뒤였다. 그때는 김일성 장군이 아니라 북조선 인민공화국의 내각수상이 되어 있었다. 김일성 수상은 나의 손을 친히 잡아주면서 격려를 아끼지 않았다. 특히 동북항일연군 시절에 같이 보천보를 습격하고 쫓기다가 일본군에게 사살된 아버지 이야기를 많이 나누었다.

"조진수 열사 같은 분의 애국정신을 인민들에게 널리 알려야 해. 그리고 원수를 갚겠다고 눈 속을 헤치고 나를 찾아왔던 어린 소년이었던 자네 같은 젊은이의 정신도 인민들에게 널리 교육시켜야지. 자네는 아버지의 원수를 갚을 기회를 잃어버렸는데 지금이라도 정식으로 군사교육을 받아 남조선 해방전선에 나서 아버지의 못다 이룬 꿈을 이루어 보는 게 어떻겠나?"

수상이 되어 있는 김일성의 제안을 거부할 어떤 핑계도 있을 수 없었다. 나는 당장 평양교외의 군사훈련학교에 들어갔다. 소련군 군사고문들이 금방 창설된 조선인민군대의 훈련을 맡아 가르치고 있었다. 거기서 육 개월 간 장교교육을 받은 나는 바로 소좌로 임관하여 조선인민군 육군 제6사단에 배치되었다.

조선인민군은 급하게 만들어졌지만 당시의 전력으로 보면 아시아 최강이었다. 완전한 최신 무기는 아니었지만 소련이 독일과의 전쟁에서 사용하던 위력 있는 무기들로 무장되어 있었다. 특히 500여 대를 도입한 T34탱크는 위력이 대단했다. 중국 공산군보다 월등한 화력으로 남조선 해방전쟁을 수행했던 것이었다. 최신식 소련제 무기 때문이기도 했지만 새로 편성된 조선인민군의 사기는 하늘을 찌를 듯했다.

6사단은 중부전선에서 국군2사단과 맞붙었다. 월등한 화력을 앞세운 인민군은 파죽지세로 국군을 몰아붙였다. 춘천과 홍천을 손쉽게 장악하고 원주를 거쳐 제천 영월 영주로 밀고 내려갔다. 국군은 변변한 저항도 없이 낙동강까지 물러났다. 최전선에 배치된 인민군의 뒤를 이어 정치국원들이 마을을 장악하고 새로운 사회주의 정책을 펼쳐나갔다. 박경천도 경상북도 안동까지 내려와 사회주의 건설에 박차를 가하고 있었다.

모든 도시에 인민위원회를 설치하고 반동분자와 부르조아를 색출해 처벌하는 작업을 했다. 나는 다부동 전투에 참여했다가 잠시 교대조로 후방으로 빠졌는데 그때 의성에서 박경천과 조우했다.

"동무 오랜만이야. 해방전선에서 애를 쓰고 있구만."

"경천 동무도 고생이 많구먼."

"그런데 태진동무 안색이 영 안 좋구만. 고생이 너무 심한 것 같구만. 힘들어도 인상을 활짝 펴게. 이제 부산까지 밀고 가려면 얼마나 걸리겠나?"

"글쎄."

"글쎄라니. 영 기운이 빠진 것 같구만. 우리를 인민해방전선에 내보내주신 김일성 수령님 은혜를 생각해 보게. 하루라도 앞당겨 남조선 해방과업을 완성해야 되지 않겠나. 그리고 자네 조심해야 할 게 있네. 강찬구라고 기억하고 있지? 왜 우리 대성중학교 시절 백두산에서 만났던 팥알떼기 혁명군 대장 말일세."

박경천이 내 기억을 들추었다.

"아, 그때 산사람들 마을에서 만났던 말 타고 왔던 사람 말이지? 팥알떼기라니 대번에 알아듣겠네. 흐흐."

"그래. 기억하고 있구만. 그 사람이 바로 6사단 2연대의 연대장일세. 되도록 안 만나는 게 좋을 듯하네."

"그건 왜?"

"몰라서 묻는 겐가. 그때도 하는 짓거리를 보았잖아. 처녀들이나 데려다가 욕을 보이질 않나, 순 비적질만 일삼던 놈이지. 제 버릇 개주 겠나. 하여간 조심하게."

"어쩌다 그런 인간이 연대장까지 오른 거야?"

"그야 빨치산 경력 때문이 아니겠나."

박경천과 나는 의성군 인민위원회에 들러 잠시 잡담을 나누다 헤어 졌다. 그는 헤어지면서 상부에 내 승진을 상신해 놓겠다고 했다. 그 동안의 전과만 가지고 보면 진급을 몇 번은 해도 모자람이 없었다. 더 군다나 지금 고착되어 있는 낙동강 전선의 어려움은 이루 말할 수 없 었다. 피아간에 죽기 아니면 살기로 싸울 수밖에 없는 상황이었다.

처음 38선을 돌파할 때 월등하게 우세했던 화력이 처음만은 못해 진 데다 국군의 화력은 미국의 신속한 지원으로 점점 강화되고 있었 다. T34전차도 미군이 들고 온 바주우카포에 맥없이 무너져 내리고 있었다. 산악지형이라 길옆의 수풀 속에 매복해 있다가 가까운 거리 에서 바주우카포를 쏘면 T34도 맥없이 주저앉았다. 만여 명의 6사단 병력은 모두 끌어모아도 천 명을 넘기지 못할 것 같았다. 내가 속했 던 1여단장은 적의 저격병에게 당하고 말았다. 자연히 2연대와 합칠 수밖에 없었다.

박경천이 조심하라던 그 강찬구가 나의 직속상관이 되었다. 강찬구 는 예전에 백두산 산사람의 집에서 만났던 나를 기억하고 있었다. 그 런데 자랑할 만한 모습을 보이지 않았던 탓인지 나를 좀 꺼리는 듯했다. 내가 아무리 중학생 때라고는 하지만 어린 처녀들을 데려다가 무슨 짓을 했는지는 뻔한 노릇이었다.

박경천의 진급 상신 때문인지 나는 전투 중에 2계급 특진을 했다. 인민군 상좌가 된 것이었다. 빨간 두 줄 안에 별이 세 개 붙은 계급장을 모자에 달았다. 강찬구와 같은 연대장 급이었다. 강찬구는 나의 진급에 대해 노골적으로 불만을 나타냈다.

"같은 상좌라고 맞먹으려고 하지 말라. 나는 엄연한 자네 상관이야."

"맞먹을 리가 있겠습니까. 탁월하신 지도력 본받도록 하겠습니다."

"그 입에 참기름을 바른 듯한 말솜씨가 거슬린단 말이야."

거슬려도 할 수 없었다. 내게 없는 존경심이 우러나 진심으로 따를 수는 없는 노릇이었다.

다부동 전투는 끝을 알 수 없을 정도로 치열해지고 있었다. 낮에는 국군의 화력이 우세해 고지를 점령했고, 밤이면 우리 인민군대의 전술이 뛰어나 고지를 탈환했다. 매일 뺏고 뺏기는 전투를 치르다보니 피아간의 전사자도 헤아릴 수 없을 정도로 늘어갔다. 그야말로 마른 골짜기에 붉은 피가 내처럼 흘렀다. 여기에서 밀리면 전세는 단번에 뒤집어질 수 있었다. 상부에서의 독전도 빗발쳤다.

나는 낮에 점령당한 고지 위에서 국군 장교가 우리 쪽을 마주 보며 서서 오줌을 내갈기는 것을 목격했다. 바로 부하가 들고 있던 모신나강 소총으로 국군장교를 겨냥했다. 조준선 정열을 마치고 가늠쇠 위에 국군 장교의 사타구니를 올려놓았다. 가볍게 방아쇠를 당기자 기분 좋은 폭발음이 들렸다.

"타앙!"

소리와 함께 소변을 내갈기던 국군장교가 앞으로 고꾸라졌다. 짜릿한 전율이 온몸을 휘감았다. 나의 사격솜씨에 부하들이 환성을 질렀다.

그러던 어느 날 전 전선에 싸늘한 냉기가 훑고 지나갔다. 어디서 새어 들어온 소식인지 유엔군이 인천에 상륙했다는 소문이 삽시간에 전선을 휘감았다. 상부에서 곧 후퇴 명령이 있을 것이란 소문도 돌았다. 그러나 하루가 지나고 이틀이 지나도 후퇴명령은 내려오지 않았다. 강찬구는 병사들의 사기를 진작시키기 위해 입에 게거품을 물고 참호를 돌아다녔다.

"적을 막아내지 못하면 우리는 여기서 모두 같이 죽기라우. 동무들 모두 죽을 각오로 지켜내라우."

강찬구의 독전에도 이튿날에는 서서히 탈영병이 생기기 시작했다. 강찬구가 연대본부로 나를 불렀다. 그는 눈앞에 놓인 커다란 나무상자에 한쪽 다리를 올려놓고 있었다.

"이게 뭔지 알겠나?"

"모르겠습니다. 이것도 무슨 무기입니까?"

"사기를 진작시키는 좋은 무기지."

강찬구는 상자뚜껑을 열어 내용물을 확인시켜주었다. 상자 안에 든 물건은 족쇄였다.

"기관총 사수와 부사수에게 이걸 채우라. 죽을 각오로 싸워야 적을 막아낼 것이야."

나는 단번에 상자수령을 거부했다. 인민군 병사들을 잔혹하게 사지로 내몰고 싶지는 않았다. 강찬구는 돌아서는 내 뒤통수에 권총을 겨누었다.

"명령 불복종으로 즉석 총살을 하겠다."

"당신이 직접 가져다 채우든지, 상좌가 어떻게 같은 상좌에게 명령이오?"

강찬구는 씩씩거리며 겨누었던 권총을 거두었다.

"이보라우. 이걸 각 참호로 나눠 주라우."

강찬구의 지시로 참호 속의 기관총사수와 부사수들은 발에 쇠고랑을 찼다. 적군이 고지를 점령해도 쇠사슬 때문에 죽자고 기관총을 쏘아댈 수밖에 없게 되었다. 모두 절망적인 눈빛으로 발목의 쇠사슬을 내려다보았다.

그날은 아침부터 미군비행기가 날아와 참호 위에 폭탄을 떨구고 갔다. 숫자가 불어난 국군과 유엔군은 막강해진 화력을 앞세워 벌떼처럼 고지로 밀고 올라왔다. 기관총 사수들은 죽자고 총을 쏘아댔다. 결국엔 발목에 쇠사슬이 채워진 병사들만 남고 모두 후퇴할 수밖에 없었다.

연대본부로 복귀하니 장교들은 코빼기도 보이지 않았다. 강찬구 역시 마찬가지였다. 남아 있던 병사들이 무조건 후퇴하라는 명령이 내려왔다며 허둥거렸다. 1차 집결지는 강원도 원주였다. 그곳에 재집결해서 전열을 재편성한다고 했다.

원주까지는 대략 200킬로쯤 되는 거리였다. 쉬지 않고 걸으면 이틀이면 갈 수 있었다. 병사들은 소총 하나만 들고 퇴로에 들었다. 지쳐서 대열도 갖추지 못한 군대는 오합지졸이었다. 가다가 배가 고프면 민가에 들어가 소나 돼지를 함부로 잡아먹었다. 주인이 나서서 한 마디 하는 경우에는 가차 없이 총으로 쏘아 죽였다. 인민군은 처음 남진할 때와는 전혀 다른 군대가 되어 있었다.

소백산 죽령을 넘어 단양에 이르렀을 때였다. 부하들과 허기진 배를 달래려 한 민가에 들어갔다. 마을과 떨어져 있는 데다 집 주위에는 변변한 농토도 없는 빈한한 농가였다. 한눈에 궁색한 티가 났다. 그래도 잡곡밥 한 그릇이라도 얻어먹을 수 있으려나 하는 마음으로 들른 것이었다. 주인 남자는 오십대로 보이는 중늙은이였다. 상투를 틀고 있는 몰골이 추레해 보였다. 오랫동안 세수조차 제대로 하지 않은 것 같았다. 가족이라곤 젊은 아낙과 너댓 살쯤 되어 보이는 사내아이가 전부였다.

그런데 가만히 뜯어보니 낯이 많이 익은 듯한 얼굴이었다.

"아바이 동무는 고향이 이곳이 아니지요?"

"네. 이곳이 아니고 함경도 혜산입니다."

"혜산이라구요?"

혜산이라는 말에 귀가 번쩍 뜨였다. 혜산이라면 내가 태어난 고향이었다. 사내의 얼굴과 젊은 새댁의 얼굴을 번갈아 뜯어보니 기억이 선명해졌다. 사내는 다름 아닌 백두산에서 만났던 박성수였다

"나를 알아보시겠습니까?"

"아이구, 그때 우리 집에 왔던 중학생이시군요."

"이게 얼마만입니까? 그리고 어떻게 여기까지 와서 살게 된 것입니까?"

박성수는 내 손을 잡고 부들부들 떨었다. 두 눈에서 눈물이 흘러내렸다. 지저분한 볼을 타고 흘러내린 눈물이 고랑을 만들었다. 젊은 아낙도 나를 알아보고 얼굴을 감싸 쥔 채 울었다. 두 사람이 울자 어린 사내아이도 이유도 모르면서 울음을 터뜨렸다.

"이게 어찌된 일이요. 부인과 아이들은 모두 어디에 있습니까?"

부인과 아이들의 안부를 묻자 박성수는 더욱 서럽게 울었다. 나중에 울음을 가까스로 진정시킨 박성수가 들려 준 이야기는 기가 막혔다. 내가 들렀던 그날 딸을 데리고 간 강찬구는 몇 날이 지나도 처녀를 돌려보내지 않았다. 박성수는 답답한 마음에 딸을 찾으러 산채를 찾아갔다. 산채는 이미 텅 비어있었다. 낙심하여 집으로 돌아왔는데 이번에는 귀틀집 세 채마저 모두 불타 없어져 버렸다는 것이었다. 불탄 귀

틀집 속에는 까맣게 그을린 시체들만 처참하게 뒹굴고 있었다고 했다. 세 가구 이십여 명을 몰살을 시키고 불을 지르고 떠났다는 것이었다.

"그게 누구 짓이요? 강찬구가 저지른 짓인가요?"

아낙이 울면서 고개를 끄덕였다. 오 년 전만 해도 곱디고운 처녀였는데 그 사이 중년여인처럼 시들고 지친 얼굴이었다. 그동안에 겪은 고생이 얼굴에 고스란히 남아 있었다.

"이 아이는 혜산에 나와서 겨우 찾았습니다. 놈들이 쓸모가 없어지니까 그냥 버리고 떠난 거지요. 길거리에서 굶어죽기 직전에 구해냈습니다."

"그길로 이곳까지 내려오신 겁니까?"

"네. 치가 떨려 되도록 멀리 떠나자고 내려온 게 여기였습니다. 강원도 원주에 형님이 살고 있어서 도움을 받을까 하고 갔는데 찾지 못했습니다. 전쟁이 터지고 나서 바로 이곳으로 내려와 살고 있던 참입니다. 이집도 주인이 버리고 떠난 집입니다. 우리 가족이 당한 억울함을 어디다 호소할 데도 없고 원수를 갚을 수도 없는 노릇이었지요"

"이 아이는 누구 아이입니까?"

"……."

"혹시 강찬구의 아이입니까?"

아낙이 고개를 끄덕끄덕했다. 강찬구란 놈은 여자를 노리개로 데리고 놀다가 제 아이를 임신한 줄도 모르고 그냥 버린 것이었다. 강찬구의 상판을 떠올리니 욱하고 울분이 치밀어 올랐다. 지금쯤 저 혼자 살 겠다고 38선을 넘어 꽁지가 빠지도록 도망을 치고 있을 것이었다. 낙동강 전선에서 총으로 쏘아죽이지 못한 게 후회스러웠다.

"얘야. 그러고 있지 말고 뭐라도 먹을 걸 만들어 내오도록 해라. 잠깐만 기다리십시오. 내가 키우던 닭이라도 잡아 올리겠습니다."

박성수가 딸과 나에게 연이어 말을 했다.

"닭은 놔두시고 잡곡밥이라도 한 그릇 지어 주십시오."

"괜찮습니다. 이 난리 통에 목숨붙이고 살아 있는 것만 해도 감지덕진데 닭 한 마리가 대수겠습니까?"

아낙은 밥을 지으러 부엌으로 가고, 박성수는 닭을 잡으러 헛간으로 들어갔다. 조용하던 집에 불안한 활기가 돌았다. 굴뚝에서 연기가 오르고 닭이 내지르는 비명소리가 산골짝을 울렸다. 잠시 후 구수한 밥 냄새에 닭 삶은 고깃국 냄새가 집 주변에 가득 찼다. 그때였다. 한 무리의 인민군들이 떼를 지어 박성수의 집으로 몰려왔다. 원수는 외나무다리에서 만난다고 했던가.

강찬구가 이끌고 온 패잔병들이었다. 대충 헤아려 보니 스무 명이 넘어 보였다. 강찬구가 나를 알아보았다. 나보다 훨씬 먼저 줄행랑을 놓은 작자가 왜 내 뒤를 따라 온 것인지 알 수 없었다.

"조태진 동무레 여기 먼저 와 있었구만. 이 냄새 좀 맡아봐. 우리가 올 걸 미리 알고 있었구만."

강찬구는 김칫국부터 마시며 거드름을 피웠다. 마침 부엌에서 나오는 박성수와 강찬구가 서로 마주쳤다.

"어이, 이게 누구야. 백두산에 살던 동무 아닌가?"

박성수가 두 주먹을 쥐고 부르르 떨더니 다짜고짜 강찬구의 멱살을 움켜쥐었다.

"이 철천지 원수놈. 내 오늘 같은 날이 올 줄 알고 있었다. 네놈이 사람이냐 짐승이냐? 그래 한 마을 사람들을 씨몰살을 시켜놓고 잘도 낯짝을 들고 다녔구나. 오늘은 네놈 제삿날인 줄 알아라."

박성수가 강찬구를 바닥에 내동댕이쳤다. 강찬구는 바닥에서 일어나면서 허리춤에 찬 권총을 뽑아들었다. 그러나 권총을 겨누기도 전에 뒤로 벌러덩 나가 떨어졌다. 박성수의 발길질에 턱을 얻어맞고 그대로 나가떨어진 것이었다. 나이가 들기는 했지만 박성수는 백두산에서 사냥으로 다져진 몸이었다. 곧장 달려들어 넘어진 강찬구의 목을 발로 눌렀다. 그는 얼굴이 벌겋게 달아올라 무슨 말인가 지껄이려 했는데 말이 되어 나오지 못하고 캑캑거리기만 했다.

부하들 몇 명이 박성수에게 소총을 겨누며 둘러쌌다. 강찬구는 부하들에게 어서 자기를 구해달라고 애원하는 듯했다. 가만히 놔두면 부하들이 박성수를 쏠 것 같았다. 얼른 권총을 뽑아서 허공에다 한 발을 쏘았다. 소총을 겨누던 부하들이 모두 움찔 물러섰다.

"모두 물러나시오. 이 문제는 내가 정식으로 처리할 것이요. 내 지시에 따르지 않는 자는 모두 인민재판에 처할 것이요."

인민군 상좌인 나의 지시를 따르지 않는 자는 아무도 없었다. 나는 강찬구의 권총을 회수하고 마당 한가운데 꿇어 앉혔다. 내가 겨눈 권총 총구 앞에선 그도 어찌할 수 없었다. 자기가 북조선 인민공화국의 김일성 위원장과 같이 빨치산 운동을 했던 항일투사인데 이럴 수는 없는 것이라고 발악을 하면서도 총구 앞이라 감히 일어서지는 않았다.

"지금부터 인민재판을 시작한다. 여기 있는 강찬구는 칠 년 전에 우리 북조선 인민 이십여 명을 학살한 죄목으로 나에게 체포되었다. 지금은 전쟁 중이라 적법한 재판을 할 수 없기에 북조선 인민공화국의 육군 상좌인 내가 판사가 되어 인민재판을 적법하게 진행할 것이다. 여기 박성수는 당시에 함경북도 갑산군 혜산진 백두산 자락에서 사냥과 약초 채집으로 살아가던 평범한 우리 공화국 인민이었다. 당시의 상황을 자세하게 설명하시오."

"저놈이 빨치산의 대장이었소. 우리 가족은 물론이고 함께 모여 살던 세 가구 이십여 명을 죽이고 불에 태워 몰살시켰소. 여기 서 있는 이 아이는 나의 여식인데 저놈이 데려가 욕심을 채우고는 아이까지 배게 했소. 저기 저 아이는 이놈의 씨를 받아 태어난 아이요. 놈은 임신한 우리 딸아이까지 그냥 내버린 채 도주하였소. 제발 억울함을 풀어주시오."

강찬구는 넋이 반쯤 나간 눈으로 아이를 바라보았다. 자기의 씨붙이라는 말이 믿어지지 않는 모양이었다.

"지금까지 진술한 내용이 틀림없습니까?"

"하나도 틀림없는 사실입니다. 저놈은 사람의 탈을 쓴 악마입니다."

"피고는 죄 없는 인민을 죽인 죄로 즉결총상형이요. 할 말이 있는가?"

"훗날에 김일성 장군께서 나를 처형했다는 소식을 들으면 조태진 상좌도 목숨 붙이기가 쉽지 않을 거요. 나는 김일성 장군과 함께 항일투쟁을 하던 항일열사요."

"그건 걱정 마시오. 당신 같은 비적질이나 일삼던 놈들 때문에 장군님의 업적에 흠집이 가는 것이요. 그리고 다른 죄목은 전선에서 이탈해 도망을 간 죄요. 부하들을 기관총 포대에 쇠사슬로 묶어놓고 자신은 먼저 전선을 빠져 나와 도망간 것은 탈영과 마찬가지로 즉결총살형이요. 죽기 전에 할 말이 있으면 진술하시오."

"기왕 죽일 거면 닭고기나 먹고 가게 해주시오."

박성수가 부엌에 들어가서 무쇠 솥 안에서 펄펄 끓고 있는 닭을 건져내왔다. 그대로 꿇어 앉아 있는 강찬구 앞에 내던졌다. 강찬구는 마당에 떨어진 삶은 닭을 주워들고 마구 뜯어먹기 시작했다. 죽음을 앞두고도 두려움을 잊은 채 허기진 배를 채우느라 여념이 없었다. 놈은 순식간에 닭 한 마리를 다 뜯어먹고 나서 입가를 훔쳤다. 나는 망설임 없이 방아쇠를 당겼다. 그는 뜯어 먹고 난 닭 뼈를 손에 든 채 그 자리에 고꾸라졌다.

"이걸로 인민재판을 마칩니다. 여러분은 오늘 있었던 일을 똑똑하게 기억해 두셨다가 훗날 우리 공화국의 질서가 바로 서는 날에는 사실대로 진술해 주시오. 분명히 말하는데 인민을 해방시키기 위해 나선 우리가 인민을 죽인다면 바로 총살형이요."

강찬구의 부하들은 아무 말도 못하고 고개를 바닥에 떨구었다. 다부동 전선에서 병사의 발목에 쇠사슬을 채운 게 바로 그들이었으니 사실이 들통 날 경우에는 어떤 처벌을 받을지 알 수 없기에 불안감을 감추지 못했던 것이다.

나는 지시를 내려 그의 시체를 마당 앞의 밭에 묻도록 했다. 그리고는 갓 지은 밥과 닭 삶은 국물을 마당으로 내놓고 국물에 밥을 한 덩이씩 말아 병사들이 먹게 했다. 워낙 배들이 고팠던 참이라 방금 사람이 죽어나간 자리 위에서 게걸스럽게 먹어댔다.

박성수의 집을 떠나 북쪽으로 계속 거슬러 올라갔다. 파죽지세로 내려왔던 길이 지옥 길이었다. 낮에는 연합군의 비행기가 수시로 날아와서 폭탄을 떨어뜨리고 갔다. 무엇보다도 우리를 공포 속으로 몰아넣은 건 비행기가 아니라 보이지 않는 적이었다. 인천에 연합군이 상륙했다고 하니 언제 우리 앞에 연합군의 대부대가 나타날지 알 수 없었다. 당장 눈앞에 보이지 않는 군대가 우리를 더 두렵게 했다.

낮에는 숲 속에 들어가 자고 해가 지면 어둠을 이용해 밤길을 걸었

110

다. 칠흑 같은 밤길을 걸어 5일 만에 원주에 도착했다. 새벽이라 시내로 진입하지 않고 숲 속에서 밤이 오기를 기다렸다. 하늘에서는 쉴 새 없이 연합군의 비행기가 북쪽으로 날아갔다. 비행기들의 숫자로 보아 평양도 온전하게 남아 있을 것 같지 않았다. 원주시내에서 재집결을 해도 수월하게 북으로 갈 방법을 찾기란 불가능해보였다.

　해가 서산으로 넘어가고 땅거미가 내려올 무렵 우리들은 원주국민학교 운동장으로 모였다. 원주시내의 건물이라고는 조그만 원두막도 하나 온전히 남아 있는 게 없었다. 폭격으로 모두 주저앉은 데다 불이 나서 새까맣게 그을려 있었다. 먹을거리는 찾을 수 없고 개나 고양이 같은 짐승들조차 씨도 보이지 않았다. 그야말로 완전한 폐허였다. 어둠이 완전히 깃들자 운동장 안에 모여든 인민군들이 오백여 명이 넘었다.

　장교들이 따로 모였는데 나보다 높은 계급인 소장이 한 명 있었다. 소장 오영태는 후방지원부대 사단장이었다. 계급은 나보다 높았지만 전선에서의 전투경험은 전무한 사람이었다. 그래도 나보다 계급이 높았으므로 함께 논의하지 않을 수 없었다. 그 외에도 소좌와 중좌가 다섯 명 정도 있었다. 위관급인 소위 이상 장교가 이십여 명이었다.

　장교들은 모두 한자리에 모여 앞으로 나갈 방법을 강구했다. 중요한 것은 무선통신으로도 상부와 연락이 안 된다는 점이었다. 연합군이 인천에 상륙했으면 전선이 북으로 많이 올라갔을 텐데 어떻게 돌아가고 있는지 알아낼 길이 없었다.

오영태 소장은 무조건 북으로 올라가서 전선에 합류해야 한다고 주장했다. 반론을 펼친 장교들은 이미 전선과 우리가 격리되었음을 강조했다. 지원을 받을 수 없는 입장이니 깊은 산 속으로 들어가 게릴라 투쟁을 시작해야 한다는 주장이었다.

정확한 정보를 알 수 없으니 결론을 쉽게 내릴 수도 없었다. 우선 위관급 장교 몇 명이 병사들을 스무 명씩 줄을 세웠다. 각급부대에서 뒤섞여 몰려온 병사들이니 편제를 다시 짜야 했다. 스무 명씩 줄을 세워 보니 딱 24줄 480명이었다. 장교들을 합치면 500명이었다. 어림짐작으로 본 것과 거의 일치했다.

오랜 회의 끝에 오영태 소장이 결론을 내렸다. 소장이 직접 병력을 이끌고 홍천을 경유해 춘천으로 올라가 38선을 넘어 전선으로 복귀하는 계획이었다. 나와 몇 명의 장교는 뒤에 남아 후속으로 도착하는 인원을 다시 모아 계속 북으로 보내기로 했다.

500명의 군대가 다시 편제를 하고 나니 제법 그럴 듯한 위용을 갖춘 것 같았다. 오영태 소장이 앞장서 어둠을 뚫고 운동장을 나서 북으로 걸음을 옮겼다. 인민군은 줄을 지어 일사불란하게 움직였다.

나는 인원이 다 빠져 나가기 전에 운동장을 나와 낮에 은신해 있던 숲으로 돌아왔다. 아니 미처 숲으로 돌아오기 전이었다. 뒤에서 섬광이 번쩍하더니 사방이 대낮처럼 밝았다. 천지를 뒤엎는 듯한 폭음이 들려왔다. 오밤중이었는데 연합군의 비행기들이 몰려와 원주 시가지를 불바다로 만들고 있었다. 아마도 원주시내에 인민군 패잔병들이 집결한다는 정보가 새어 나간 것 같았다.

비행기에서 떨어지는 것은 폭탄만이 아니었다. 커다란 드럼통이 함께 떨어졌다. 드럼통이 떨어진 곳에서는 거대한 화염이 하늘 높이 솟아올랐다. 개미 한 마리 빠져 나갈 수 없도록 원주시내 전체가 화염에 휩싸였다. 오영태 소장이 이끌고 가던 부대는 화염 속에서 마른 낙엽처럼 연기가 되어 사라진 듯했다.

나와 함께 숲속으로 피신해 목숨을 보전한 장교들은 새로운 역할을 수행하지 않으면 안 되었다. 꾸역꾸역 죽음의 도시로 몰려들고 있는 인민군병사들을 막아 세워야 했다. 다음 날 제천 쪽에서 올라온 인민군들이 백여 명이었다. 어둠이 내린 뒤 시내로 들어가려는 걸 잡아 숲속에서 대기시켰다. 몇 명이 투덜거렸는데 나보다 계급이 높은 병사가 없어 명령으로 잡아놓은 것이었다.

나는 인민군들과 함께 숲 속에 남고 소위 한 명과 상위 한 명이 원주국민학교로 내려갔다. 다른 방면에서 올라온 병사들이 원주시내로 숨어 들어왔기 때문이었다. 그러나 시간이 지나도 시내로 나간 두 사람은 돌아오지 않았다. 두 시간쯤 지나자 연합군의 비행기들이 나타났다. 어제 저녁과 똑같은 일이 벌어졌다. 원주 시가지는 그야말로 지옥불에 갇힌 듯했다. 나중에야 상위가 기진맥진 쓰러질 듯 숲속으로 찾아 들어왔다.

"어찌 된 일이야?"

"작전을 잘못 세웠습니다. 우리가 여길 지키고 상좌님이 시내에 갔어야 했습니다."

"그건 무슨 소린가?"

"통솔 장교가 상좌님과 같은 최창석이란 상좌였는데 우리들이 하급 장교라고 깔보고 말을 듣지 않았습니다. 결국 모두 불에 타 죽었습니다. 같이 갔던 소위도 타죽고 말았습니다."

"몇 명이나 모였었나?"

"300명 정도였습니다."

기가 찰 노릇이었다. 하룻밤에 수백 명씩 생화장을 당하고 있는 꼴이었다.

"거기서 들었는데 제천 쪽에서 올라오는 사람들도 있고 충주 쪽에서 올라오는 사람, 어떤 사람은 여주 이천 쪽에서 올라왔다고 했는데, 오는 도중에 포로로 잡힌 사람이 더 많다고 했습니다."

"포로로 잡힌 사람은 목숨이라도 건졌지만 불에 타죽은 사람은 어쩔 것이야. 참 한심한 노릇이야."

"우리가 병사들을 다 구할 수는 없으니까 이곳에서 제천 쪽으로 후퇴해서 미리 진입을 막는 게 어떨까요?"

"그것도 좋은 방법 같네. 원주시내로 들어왔다가는 빠져 나갈 방법이 없으니 들어오는 걸 애초에 막아야지. 제천 쪽으로 내려가서 올라오는 병사들을 동쪽인 평창 쪽으로 돌려야겠네."

우리는 야음을 이용해 제천 쪽으로 내려갔다. 어렵게 고생해가며 올라온 길이었다. 북으로 올라가려고 해도 평창으로 방향을 틀어 백두대간을 타고 올라가야만 안전할 것 같았다. 원주에서 치악산 자락을 따라 내려가면 평창으로 빠지는 신림이라는 곳이 있었다.

우리는 그곳에서 숲속에 들어가 올라오는 병사들을 막아 세우기로 했다. 어지간한 병사들은 내 말을 듣고 원주가 아닌 평창 쪽으로 발길을 돌렸다. 그 길도 안전하기만 한 것은 아니지만 원주에서 불에 타 죽는 것보다야 나을 것 같았다. 패잔병들을 모아 전열을 재정비한다는 것은 불가능했다. 각자 알아서 태백산맥 줄기를 타고 올라가다가 아군부대를 만나면 천행인 것이었다.

우리는 낮 동안 숲속에 처박혀 있다가 마을에서 번듯해 보이는 민가를 발견하고 들어가 보기로 했다. 제대로 된 밥 한 그릇을 얻어먹고 싶은 생각에서였다. 주인 남자는 내 나이로 또래로 보였는데 깔끔한 옷차림이 돋보였다.

인사를 나누고 보니 나와 이름이 같은 김태진이었다. 나이는 나보다 두 살이 많았다. 이 전쟁통에 깔끔한 옷차림에 단정한 모습을 보고 놀랐다. 원래 사는 곳이 원주 시내인데 포화를 피해 이곳에 내려 온 것이라 했다. 자신은 일본 동경대학 출신이며 원주에서 교편을 잡고 있었다고 했다. 내가 동경으로 유학 간 이종찬의 이름을 꺼냈더니 잘 아는 후배였다며 반겼다.

"그 친구 만주 용정 출신이었어요."

"제가 이종찬이 친굽니다. 대성중학교에 같이 다녔습니다. 사촌 처남이기도 하구요."

"결혼도 하셨군요? 가족들은 어디에 있나요?"

"평양에 있습니다. 연로하신 어머님과 다섯 살 된 사내아이가 한 명 있습니다."

"가족이 보고 싶지는 않습니까?"

불현듯 아내가 보고 싶었다. 그 마음을 누른 채 말을 이었다.

"보고 싶어도 참아야지요. 남조선 해방임무를 완수할 때까지는요."

"동경에 있을 때 이야기한 적이 있어요. 평양에서 사촌 여동생과 제매가 부른다고요. 고민을 많이 했죠. 나하고 밤새도록 그 문제를 의논하기도 했습니다. 조국이 둘로 갈라졌는데 어느 쪽으로 가야 하는가 하고요."

"그래서 김 선생님은 남조선으로 오신 겁니까? 이종찬도 같이 남조선으로 들어왔나요?"

"아니요. 아직 동경에서 공부를 하고 있을 겁니다."

"결론은 공부를 마쳐도 북조선으로는 오지 않을 거라는 말씀이군요?"

"북조선인민군의 장교이신 분에게 드릴 말씀은 아닙니다만 우리나라는 남북이 모두 잘못 돌아가고 있는 겁니다. 정말로 국가와 민족과 국민은 뒷전이고 개인의 욕망을 앞세워 세운 나라죠. 남북이 모두 같습니다. 외세를 등에 업고 있는 것도 일본제국주의에 나라를 팔아먹은 자들과 다를 게 없습니다. 국민은 죽거나 말거나 이런 전쟁을 하고 있는 자체가 잘못이 아닙니까?"

대답할 말이 없었다. 낙동강 전선에서 그토록 많은 젊은이들이 죽어나간 것은 도대체 누구를 위한 것이었는지 혼란스러웠다. 서로 이상이 다르면 다른 대로 같이 살아가면 될 것을, 꼭 상대방을 죽여야 하는 것인지 의문이 들었다.

"동무의 말이 맞는 것 같소. 나도 이 전쟁을 왜 해야 하는지 알 수가 없소."

"이 전쟁은 일어나서는 안 되는 전쟁입니다. 전쟁의 상처가 백 년을 넘게 갈 것이니까요."

그는 이 전쟁의 부당함과 함께 개인의 욕망을 적나라하게 드러내고 있는 이승만과 김일성의 부당함에 대해 조목조목 이야기했다. 들어보니 모두가 합당한 이야기였다.

따뜻한 밥을 얻어먹고 난 우리는 숲으로 돌아왔다. 그의 집은 숲속에서도 한눈에 내려다보이는 위치에 자리 잡고 있었다. 우리가 그의 집에서 돌아온 지 서너 시간 쯤 지났을 때였다. 한 발의 총 소리가 공기를 찢었다. 나는 즉시 김태진의 집으로 달려갔다. 마당으로 들어서니 소장 계급장을 단 이충렬이란 인민군 장교와 서너 명의 병사들이 서 있었다. 소장은 급하게 마당으로 들어선 우리를 쏘아 보았다.

"총소리를 듣고 왔습니다. 무슨 일입니까?"

"방금 부르조아 반동분자를 처형했소."

서너 시간 전에도 단정한 모습으로 나와 이야기를 나누었던 김태진이 이마 한가운데 총알을 맞고 마루 앞에 쓰러져 있었다.

"이 동무는 내가 잘 아는 동무인데 우리에게 협조적인 동무였습니다."

"뭐라고 지껄이는 거야. 상관을 우습게 보는 거야. 반동분자라 처형했다고 하지 않았나?"

"무슨 반동 짓을 저질렀는지 알고 싶습니다."

"이 간나새끼!"

이충렬 소장이 허리춤의 권총을 뽑으려는 순간 내 권총이 먼저 불을 뿜었다. 심장에 정확하게 총알을 맞은 소장은 그 자리에 나무토막처럼 쓰러졌다. 소장을 따라왔던 병사들이 마당 밖으로 냅다 뛰었다. 나는 도망치는 그들의 뒤에다 대고 계속 권총을 쏘았다. 두 명이 총에 맞고 논두렁 아래로 굴러 떨어졌다. 나머지 두 명은 숲속으로 뛰어 들어갔다. 역시 숲속에서 기다리던 상위의 총에 맞아 쓰러지고 말았다. 그러나 숲과는 반대쪽으로 내달린 병사 한 명은 끝내 놓치고 말았다.

도망간 병사가 중간에 죽으면 몰라도 살아서 부대에 복귀한다면 나는 죽은 목숨이나 마찬가지였다.

이마에 총을 맞은 김태진의 시체를 내려다보니 온갖 상념이 머릿속에 떠올랐다. 평양에 살고 있을 아내와 어머니 그리고 어린 아들의 모습이 떠올랐다. 다시는 만나질 것 같지 않았다. 인민군 군복을 벗어버리고 김태진이 입었던 옷을 벗겨 입었다.

나는 스스로에게 암시를 걸었다. 나는 강원도 원주에 사는 김태진이다, 나는 김태진이다. 속으로 중얼거리면서 방향을 남쪽으로 잡고 무조건 걸었다. 뒤쫓아 올라오는 국군을 한 명도 만날 수 없었다. 오래전에 북쪽 전선으로 모두 이동한 듯했다. 전쟁이 지나간 산천은 태연하게 나를 반겼다. 영주에서 한 떼의 피난민 무리에 섞여 들었다. 주로 춘천이나 홍천 원주에 살던 사람들이었는데 폭격으로 집을 잃은 사람들이 대부분이었다. 전투가 치열했던 군위 다부를 피해 동해안 쪽으로 내려갔다. 포항을 지나 경주를 거쳤다.

검문소에서 몇 번 조사를 받는데 떼를 지어가는 피난민들이라 무사통과였다. 전쟁으로 가족을 모두 잃고 부산에 있는 친척집으로 간다고 둘러댔다. 군인들은 원주의 참상을 알고 있었는지 모두 측은한 눈길로 나를 바라보았다.

그렇게 걸어서 도착한 곳이 부산 피난민촌이었다. 대부분의 인민군 포로들은 거제도 수용소로 끌려갔다. 나는 용케 부산 피난민들 틈에 끼어 생활했다. 나처럼 인민군대열에서 이탈해 피난민으로 가장해 들어와 있는 사람이 더러 있을 것 같았다. 피난민촌의 쪽방에 쭈그려 앉아 전쟁이 어떻게 돌아가고 있는지에만 신경을 곤두세우고 있었다.

전쟁은 내가 원하는 대로 돌아가지 않았다. 나는 차라리 국군과 연합군이 북쪽 끝까지 밀고 올라가 통일이 되었으면 싶었다. 그러면 평양의 가족을 만날 수 있는 길이 열릴 것 같았다. 중공군이 참전했다는 말을 들었을 땐 제발 다시 부산까지 밀고 내려와 처음부터 큰소리쳤던 남조선 해방이 이루어졌으면 하고 바랐다. 그러나 그것은 나만의 헛된 바람이었다. 전쟁은 지리멸렬하게 계속되다가 원위치에서 멈추고 말았다. 38선 대신 휴전선이 새로 만들어진 것뿐이었다. 많은 사람이 죽고 국토는 갈가리 찢어졌는데 어느 쪽도 얻은 것은 없었다.

전쟁이 끝난 다음 나는 부산을 떠나 울산으로 올라갔다. 울산의 분위기가 대동강을 끼고 있는 평양의 모습과 닮은 데가 있다는 생각에 끌렸다.]

4. 끝나지 않은 전쟁

"세계적으로 그 나라의 대사가 망명을 신청하는 경우는 거의 없습니다.

2007년도 영국영사관에 있던 태영호씨가 망명을 해서

지금 국내에 들어와 있긴 하지만 아주 드문 경우였죠."

*

　노트를 잠시 덮었다. 울산에 정착하기 전 아버지의 행적을 한눈에 파악할 수 있었다. 언제나 국민은행 앞에 쪼그려 앉아 구두 수선에만 몰입해 있던 아버지의 모습이 새삼스레 떠올랐다. 손님 중에도 자신의 모습을 알아보는 사람이 있을까봐 더욱 고개를 바닥으로 구부리고 있었던 것 같았다. 얼굴에 검은 구두약이 묻어 있었던 것도 어쩌면 위장술이었는지 모른다는 생각이 들었다.

　구두 수선 일이 특별히 어려운 일은 아니었다. 방학 동안 아버지의 곁에서 일을 도와주면서 얻은 경험의 결과였다. 다만 자식 둘을 대학까지 시키기에 넉넉한 수입은 아니었다. 그렇지만 나 혼자서 등록금을 벌기에는 나쁜 일도 아니었다. 다음 학기에 서울로 올라가자마자 자취방에서 가까운 상업은행 앞에 구두 수선센터를 차린 것도 그래서였다.

평일엔 강의를 마치고 저녁시간에 일을 했고 주말엔 하루 종일 구두 수선 일에 매달렸다. 큰 힘을 들이지 않고 제법 짭짤한 돈을 만질 수 있었다. 아버지에게 크게 기대지 않고 등록금을 마련할 수 있다는 사실이 뿌듯했다. 아버지에 대한 죄스러움과 고마움을 보답하는 의미여서 마음 편하게 일을 했다.

아내와도 손님으로 만나 교제를 시작하게 되었다. 경상도 사투리를 쓰는 시골 거지쯤으로 여겼던 청년이 어엿한 대학생이라는 사실에 신선한 충격을 받은 듯했다. 아내가 먼저 데이트 신청을 했다. 나는 둘 다 얼굴에 구두약을 칠하고 만날 수 있으면 데이트에 응하겠다고 했다. 아내는 기꺼이 그렇게 하겠다고 해서 첫 데이트를 했다. 물론 얼굴에 구두약을 바르지는 않았지만 처음부터 둘의 대화는 진지할 수밖에 없었다.

"보통사람이라면 아버지의 직업이 구두 수선공이라고 말하지도 못했을 거예요. 더군다나 아버지가 하던 구두 수선 일을 떳떳하게 대로변에서 할 수 있다는 것은 그만한 패기가 있다는 거 아니겠어요?"

아내의 설득에 장인 장모는 반박할 말을 꺼내지 못했다. 우리가 졸업과 동시에 결혼식을 올린 것은 아내의 뜻이 많이 반영된 것이었다. 내가 군에 가 있는 동안 먼저 발령을 받은 아내는 시집이 있는 울산으로 내려왔다. 나도 제대 후에 아내와 함께 울산에서 교사생활을 시작했다. 우리 부부는 울산교육계에서는 금슬이 좋기로 소문난 부부였

다. 광역시가 되기 전에 경남지역으로 전근을 한 적도 있지만, 광역시
가 되었을 당시는 둘의 근무지가 울산이었던 것도 금슬이 불러온 행
운이라고까지 했다.

목욕탕에서 돌아온 아내가 저녁을 준비했다. 아무 일도 없었던 듯
저녁을 먹고 아버지의 방으로 다시 들어섰다. 임종이 가까운 아버지의
유품정리를 하려는 것쯤으로 여기는 아내가 은근히 고마웠다.

우리 부부에 비해서 동생인 재식의 삶은 변화가 많았다. 처음에 육
군사관학교에 2차 시험까지 합격했는데 신원조회에서 불합격하고 말
았다. 최종검사에는 집안의 내력을 세세히 조사했는데 중요한 전과
나 용공이력이 붙어 있으면 탈락이었다. 할아버지에 대한 기록이 없
는 데다 어머니의 집안 내력이 애매한 데가 있었기 때문이었다. 그때
는 할아버지 쪽보다는 지리산에서 빨치산 활동을 하다 사살된 외삼촌
탓인 걸로 생각했었다.

재식은 군인이 되는 걸 포기해야 했다. 적성과 관계없는 경영대학을
졸업 후 바로 외국으로 나갔다. 내가 약간의 돈을 보내주기는 했지만
스스로의 힘으로 일어선 것이나 마찬가지였다. 재식은 좀처럼 국내에
는 들어오지 않았다. 백인 아가씨와 결혼을 하면서 우리더러 시드니
로 오라고 했다. 오지 못해도 할 수 없다는 식이었다. 하는 수 없이 나
혼자서 겨우 결혼식에 다녀왔다.

어머니는 재식에게 죄를 지은 사람처럼 미안해했다. 어머니가 잘못

한 것이라고는 아무것도 없었다. 전쟁이 끝났을 때 호남 쪽에는 청년들이 거의 다 죽고 없었다. 산사람이 되었다가 죽고, 토벌대에 들었다가 죽고, 가만히 있었던 사람들도 어느 한쪽에게 죽을 수밖에 없었던 현실이 많은 처녀들을 타지방으로 흩었다. 그 바람에 고향을 등졌을 뿐 어머니가 미안할 일은 없었다.

재식은 은연중에 대한민국의 정통성에 의문을 품고 있는 듯한 말을 종종 했다. 우리나라는 민족성에 문제가 많다는 투의 이야기가 많았다. 북한도 북한이지만 남한의 정통성도 북한과 비교해 나을 것이 하나도 없다는 거였다. 직접 입 밖으로 내어 말하지는 않았지만 스스로를 국가에서 내쳐진 사람이라고 여기고 있었다.

대한민국의 장교가 될 수 없다는 것은 국민으로서의 자격을 주지 않겠다는 의미라는 듯했다. 생각이 생각을 잇다 보니 이번 일은 재식으로부터 문제가 시작된 것 같았다. 전쟁이 끝난 지 벌써 66년이나 지난 일이다. 설령 인민군 장교 출신이라고 해도 그동안 쥐죽은 듯 숨죽이고 살았으면 되었지 않은가.

시간이 늦기는 했지만 국제전화를 걸었다. 일이 돌아가고 있는 상황이 궁금해 견딜 수 없었다. 난데없이 나타난 제니카란 여자의 정체는 무엇인지도 가늠할 수 없었다. 정말 편지의 내용처럼 재식이 북한에 들락거렸는지도 확신할 수 없었다.

전화는 계속 연결되지 않았다. 재식이 어렵다면 내가 시드니로 날아가 볼까 하는 생각도 들었다. 잔글씨를 오래 들여다보느라 눈이 따끔거렸다. 아버지의 일기는 남한에 정착하고 적은 기록이었다. 적은 날짜가 기록되어 있지는 않으니 자서전이라고 해야 하나, 아무려나 아버지의 글 솜씨도 놀라웠다. 노트를 마저 읽을까 하다가 앨범을 다시 펼쳤다.

첫 장을 잠시 들여다보다가 대학 졸업사진을 펼쳤다. 내가 건네준 사각모를 쓴 아버지가 활짝 웃고 있었다. 좀처럼 볼 수 없었던 아버지의 웃는 모습이었다. 그때만 해도 나는 배우지 못한 아버지가 아들을 통해 색다른 성취감에 기뻐하는 걸로 착각했었다. 아버지가 용정에서 소학교 교사까지 했었던 사람이라고는 생각지도 못했던 일이었다.

대성중학교 학생시절 교복을 입은 아버지의 사진이 한 장이라도 남아 있었으면 좋았을 걸 하는 아쉬운 생각이 들었다. 아버지는 앨범을 들여다보며 평양에 남아있는 가족이 그리워 남몰래 눈물을 흘리곤 했을 것 같았다. 아버지의 사진을 들여다보며 옛 생각에 젖어 있는데 진동으로 맞춰 둔 휴대전화기가 부르르 떨었다. 전화기를 들고 벽시계를 보니 11시가 넘어 있었다.

"밤늦게 죄송합니다. 조인식 씨 되시죠?"

"아닙니다. 전화 잘못 거셨습니다."

"잠시만요. 조인식 씨가 아니고 김인식 씨요. 김인식 씨가 맞으시죠?"

"오밤중에 전화를 하시다니 무례하군요. 아무튼 잘못 거신 것 같으니 끊겠습니다."

"아, 잠시만요."

나는 사정없이 전화를 끊고 말았다. 곧이어 다시 전화벨이 울렸는데 받지 않았다. 몇 번인가 더 벨이 울리더니 포기했는지 멈추었다. 이번에는 메시지 알림음이 울렸다.

– 우리는 국정원 직원입니다. 선생님 신변에 아주 중요한 일들이 일어나고 있어 전화 드린 겁니다. 제가 성함을 잘못 부르는 실수를 했지만 그만한 문제로 신경을 곤두세울 만큼 사소한 문제가 아닙니다. 오늘 낮부터 선생님 주변에 신변보호조치로 감시망을 설치했습니다. 병원에도 물론이고요. 전화통화를 하기는 그렇고 하니 내일 방문해서 자세히 설명드리도록 하겠습니다. –

문자를 확인하고 나니 정신이 번쩍 들었다. 불안하고 불길하던 정체 모를 사건이 조금씩 형태를 드러내는 것 같았다. 국정원이 개입했다면 사소한 문제가 아닌 것이 분명했다. 무엇보다도 걱정되는 건 요양병원 병실에 있는 아버지였다. 아버지가 평생을 구두 수선을 하며 감추려했던 것이 순식간에 무너질 수 있었다.

삶의 종점까지 달려와 모든 것이 수포로 돌아간다면 너무나 잔혹한 운명이 아닌가. 지금까지 아버지가 바라온 것은 무엇이었을까 생각해 보았다. 남북통일. 남에도 북에도 속할 수 없는 아버지로서는 가장 큰 바람일 것 같았다. 남북이 하나로 통일이 되기만 한다면 당당하게 북녘의 가족을 찾을 수도 있을 거라는 생각으로까지 이어졌다.

아버지로서는 섣불리 나설 수도 없는 일이었을 것이다. 오히려 일이 그르칠까봐 그랬는지 남북문제에 대해서는 일절 관심을 보이지 않았던 아버지였다. 남북이산가족상봉으로 나라 전체가 들떴을 때도 아버지는 조금도 흔들리지 않았다. 남북정상회담이 개최되었을 때도 아버지는 별다른 반응을 보이지 않았었다. 아버지가 한 일이라곤 그저 고개를 바닥에 수그리고 남의 구두만 내려다본 것뿐이었다. 그때만 해도 아버지가 북한과 연관이 있다는 생각조차 하지 않았다.

아버지의 기록을 읽는 중인 지금은 상황이 다르다. 아버지는 물론 시드니에 살고 있는 재식도 걱정스러웠다. 재식의 마음속에는 표현하지는 않아도 국가에 대한 부정적인 생각이 자리 잡고 있었다. 아무래도 이번 일은 재식에게서부터 시작되었다는 막연한 생각이 확신으로 굳어지고 있었다. 재식에게 다시 전화를 걸기에는 시간이 너무 지나 있었다. 우리나라와 2시간의 시차를 감안하면 시드니는 모두가 잠든 한밤중일 것이다. 아내가 잠을 깨지 않은 터라 잠을 잘까 생각하다가 아버지의 노트를 다시 펼쳤다.

[……사는 게 그렇게 어려운 것은 아니다. 새로 발급받은 도민증을 받아들고 피난민들이 모여 사는 청학동 언덕길을 오르면서 혼자 미소를 지었다. 인민군들 중에는 총 한 번 제대로 쏘아보지도 못하고 국군에게 사로잡혀 포로가 된 자들도 수두룩했다. 그들은 거제도 포로수용소에서 힘든 포로 생활을 하고 있을 것이다. 거기에 비하면 나의 피난민촌 생활은 안락한 것이었다. 개중에는 나와 같은 부류들이 섞여 있을 것 같아 불안하기는 했다.

단양에서 강찬구를 쏘아 죽인 일이나 신림에서 인민군 소장을 쏘아 죽인 일이 두고두고 마음에 걸렸다. 그러고 보면 내가 총으로 쏘아 죽인 사람은 인민군 장교 두 명이 아니었다. 낙동강전투에서 기관총 사수들에게 사격술을 가르치고 화망 구성법 등을 가르쳐 효과적으로 적을 사살하게 만든 것도 나였다. 간접적인 살인이나 마찬가지였다. 기관총 사수가 쏘아대는 총탄에 적들이 풀잎처럼 쓰러질 때 짜릿한 쾌감까지 느꼈었다. 어쩌면 내 안에 악마가 들어 있었던 것인지도 모른다. 아니면 아버지의 원수를 갚겠다는 분노가 엉뚱한 방향으로 표출된 것인지도 몰랐다.

고지 위에 뻣뻣이 서서 우리 쪽에다 오줌을 갈기던 국군장교에게 괜한 반감을 가졌던 일도 있었다. 괘씸한 생각에 모신나강 소총으로 저격해 쓰러뜨렸지 않은가. 부러진 나뭇가지처럼 사람이 떨어져 죽었는데도 사냥에 성공한 것처럼 짜릿한 쾌감이 느껴졌던 일이 새삼 가슴을 찔렀다. 내가 사살한 모든 사람들이 일본 제국주의자들이었다면 마음속에 이런 혼란이 일어나지는 않았을 것 같았다.

생각해보니 내가 사살한 모든 사람들이 나와 한 핏줄인 사람들이었다. 잘못되어도 한참 되었다고 느낀 것은 원주 신림에서 인민군 소장이 김태진을 사살한 것을 목격했을 때였다. 성이 다르지만 나와 이름이 같다는 사실만으로도 묘한 동질감을 느꼈던 사람이었다. 대화를 하면서 그와 마음까지 잘 통한다고 생각했었다. 더구나 사촌 처남인 이종찬과 동경 유학생활을 같이 했었다고 했을 땐 강한 유대감까지 느껴졌었다. 그런 그가 합당한 이유도 없이 총살을 당했을 때는 공산주의니 자본주의니 하는 이야기들이 모두 헛소리라는 생각이 들었다. 상관을 사살한 행위는 즉결 처형감이었다. 북으로 올라가 전선에 합류한다고 해도 언제 총살을 당할지 알 수 없는 노릇이었다.

도민증을 손에 들고 청학동 꼭대기에서 멀리 북쪽 하늘을 바라보았다. 두고 온 아내와 어머니가 떠올랐다. 다섯 살배기 재식의 얼굴도 떠올랐다. 언제쯤 식구들을 찾으러 가게 될지 막막했다. 함부로 움직이다가는 신분이 발각되어 내 목숨도 부지하기 힘들 것 같았다. 인민군 상좌 조태진은 이제부터 원주에서 폭격으로 사망하고 만 것이었다. 나는 이제 영도 청학동에서 강원도 원주 사람 김태진으로 다시 태어난 것이었다.

나는 아침이면 벙거지 모자를 눌러 쓰고 남포동으로 내려갔다. 피난민들로 북적거리는 거리에서 혹시나 아는 얼굴을 만나지는 않을까 하는 기대감으로 사람들의 얼굴을 살피고 다녔다. 그러나 내 얼굴은 되도록 노출하지 않았다. 분명히 피난민들 중에는 나처럼 전선을 이탈해 틈에 섞여 들어온 자가 있을 법한데 쉽게 눈에 띄지 않았다.

딸린 식구가 없어 내 한 몸 목숨 부지하는 것은 그리 어려운 일이 아니었다. 동냥질을 해서 한 끼를 채운 적도 있었고 길거리에서 내다 파는 음식을 슬쩍 훔쳐 먹은 적도 있었다.

내가 사는 청학동 비탈 동네에 강원도 원주에서 내려온 가족이 있었다. 남자의 이름은 박성진이었다. 나이는 사십대 중반이었는데 부인은 피난길에 폭격을 만나 죽었다고 했다. 경상도 대구에 오기 전에 폭격을 맞았다고 했는데 아마 낙동강 전투가 치열할 때 전장 가운데를 뚫고 오느라 당한 것 같았다. 아이가 둘이었는데 큰아이는 열다섯 살 사내아이였고 열두 살 된 딸이 하나 있었다. 아이들은 아침이면 시내로 나가 먹을 걸 구하러 다녔다.

박성진은 집에서 구두를 만들었다. 미군부대에서 빼돌린 군화를 사다가 그 가죽으로 남자 구두를 만드는 일을 했다. 미군부대에서 나오는 군화는 대부분 사이즈가 너무 커서 어른들도 조금은 크기를 줄여야 신기가 편했다. 어떤 사람들은 헐렁한 군화를 그대로 신고 다니는 사람들도 있었지만 보기에 좋지는 않았다. 그는 미군군화를 이용해 멋진 일반구두를 만들어 내다 팔았다.

나는 그가 강원도 원주 사람이라는 사실을 알고 의도적으로 가까이 했다. 왜냐면 도민증에 강원도 원주 사람으로 등록했기 때문에 원주에 대한 정보를 최대한 많이 알고 있을수록 유리하다고 생각했기 때문이었다. 박성진이 구두를 만들고 있을 때도 수시로 찾아가 말을 걸고 은근히 원주에 대한 이야기를 하도록 유도했다.

그는 그런 의도를 전혀 눈치 채지 못하고 미주알고주알 원주에서 살던 때의 이야기를 들려주었다. 양손으로는 구두 만드는 일을 계속하면서 입으로는 쉴 새 없이 떠들었다. 그는 혼자서 무료하게 일을 하는 것보다는 옆에서 이야기를 들어주는 사람이 있어 좋아했다.

그러는 사이 그로부터 기막힌 소식을 듣게 되었다. 자기의 원래 고향은 함경도 혜산인데 어려서 그곳을 떠나왔다는 것이었다. 혜산에는 자기의 형님이 살고 있는데 전쟁통에 어찌되었는지 알 수 없다고 했다. 형님의 이름은 박성수라고 했다. 나는 그 이야기를 듣고 화들짝 놀랄 수밖에 없었는데 함부로 말을 꺼낼 수가 없었다. 형님을 단양에서 만났다는 말을 해 줄 수가 없었다. 당장 단양으로 형님을 찾으러 갈 것은 불 보듯 뻔한 일인데 가자마자 내 신분이 탄로날 것이었다.

단양의 박성수도 내가 피난민으로 신분을 속이고 부산에 내려와 살고 있는 것은 모르고 있을 터였다. 시간이 되면 보낸 사람이 누군지 모르게 편지를 쓰려고 마음먹고 있었다. 지금 당장 편지를 썼다가는 박성수가 이곳으로 올 수도 있기 때문에 당장 실행하기도 그랬다.

"하는 일도 특별히 없는 것 같은데 이 일을 배워보는 건 어떻겠소? 생각보다 과히 어렵지 않은데."

나는 기꺼이 그가 가르쳐 주는 구두제작기술을 배웠다. 그의 말대로 배워보니 생각보다 어렵지 않았다. 한 달이 지나자 나의 구두 만드는 솜씨는 몰라보게 늘었다. 내가 만든 구두를 그가 만든 구두와 섞어 보내도 아무런 문제가 없을 정도였다. 그는 나에게 약간의 돈도 나눠주었다. 월급이라고는 할 수 없는 수준이었지만 딱히 돈쓸 일도 없는 나에게는 횡재나 마찬가지였다.

내 몸 하나 배만 곯지 않고 지내면 된다는 안일한 생각을 하고 있을 때였다. 그와 같이 일하면서 그가 지껄이는 원주에 대한 정보를 얻어듣는 것으로도 만족이었던 참이었다.

일 년을 그와 같이 구두 만드는 일을 하고 나니 원주에 살았던 사람만큼 지리를 훤히 알 것 같았다. 어디 가서 진짜 원주 사람을 만나도 막히지 않고 대화할 수 있을 정도가 된 것이었다. 거기다 말투까지 따라하다 보니 감쪽같이 원주 사람으로 다시 태어난 것이었다.

그 다음 봄에 박성진과 나는 울산으로 여행을 갔다. 엄격히 따지자면 여행이라기보다 답사였다. 그가 아는 사람이 울산에서 하던 구둣방을 그만두려 하는데 인수하면 어떻겠느냐는 제안을 받고 나선 것이었다. 혼자 가기도 심심해서 나를 동무삼아 데려간 것이었다.

나는 처음으로 울산이라는 도시에 들어서면서 깜짝 놀랐다. 강을 끼고 있는 모양새가 평양과 흡사했기 때문이었다. 강변에 연둣빛 새싹을 달고 주렁주렁 늘어져 있는 버드나무도 대동강변의 풍경과 아주 흡사했다. 그동안 오매불망 보고 싶었던 가족들의 모습이 떠올랐다. 나도 모르는 새에 눈물이 흘렀다.

박성진은 그런 나의 모습을 보고 알 수 없다는 표정을 지었다. 볼 일을 마친 그에게 먼저 내려가라 이르고 사흘을 울산에 머물렀다. 대동강변과 닮은 태화강을 떠나기가 아쉬웠다. 사흘째 되던 날에 내 마음속에 단단한 결심이 섰다.

울산은 부산에 비해 전쟁의 냄새가 나지 않았다. 부산처럼 협소한 비탈길에 판잣집들이 빼곡하게 들어서 있지도 않았다. 남루하고 초췌한 피난민들의 모습도 보이지 않았다. 한가한 촌락들과 편안해 보이는 사람들의 모습에서는 전쟁의 경험은 엿보이지 않았다. 모든 풍경이 온화해 보였다. 자연풍광도 전쟁과는 동떨어진 도시 같았다. 태화루가 있는 용금소 위쪽 강변으로 울창한 대나무 숲이 끝없이 이어져 있었다. 대나무 숲엔 백로들이 한가하게 날갯짓을 하고 있었다. 어찌 보면 우리나라에서 전쟁의 소용돌이에 휘말리지 않은 유일한 도시 같다는 느낌이 들었다.

더 이상 생각해 볼 필요가 없었다. 가져올 짐 보따리도 없었지만 그래도 박성진에게만은 인사를 하고 와야 할 것 같아 영도로 돌아갔다. 그러나 마지막 인사를 하러간 내 계획은 빗나갔다. 그 짧은 며칠 사이에 박성진은 이 세상을 훌쩍 떠나고 없었다.

구둣방을 돌아본 뒤 청학동으로 돌아간 그는 그날로 죽었다. 아이들이 구해온 먹음직한 생선 내장을 삶아먹은 것이 원인이었다. 아들딸들과 그 자리에서 꼼짝없이 황천행을 하고 말았다. 누가 버린 복어 내장을 구해다 먹고 일가족이 몰살을 한 것이었다. 전쟁터에서 사람이 죽어나가는 모습을 숱하게 보아왔지만 그의 죽음은 너무 어이가 없었다.

나는 끝까지 박성진에게 형님의 소식을 전해주지 못하고 말았다. 큰 죄를 지었다는 생각에 마음이 무거웠다. 그의 가족의 시신은 혜련사 아래 청학동 공동묘지에 묻혔다. 아무 연고가 없었지만 마을 사람들이 모두 나서서 그를 장사지내 주었다. 피난민들은 모두가 같은 처지이기 때문에 서로 아웅다웅 싸우며 살다가도 죽음 앞에서는 형제처럼 똘똘 뭉쳤다.

나는 그가 사용하던 구두제작 도구들을 챙겨 청학동을 떠났다. 그 길로 울산으로 올라왔다. 처음에 단칸방 하나를 구한 곳은 복잡한 골목길이 있는 복산동이었다. 완만한 남향 경사지여서 무척 따뜻해 보이는 곳이었다. 조금만 걸으면 울산국민학교를 지나 옥교동 중심이었다. 또 거기에서 조금 걸으면 태화강변이었다.

나는 옥교동 사거리에 있는 국민은행 화단 옆에 구두 수선센터를 펼쳤다. 센터라고 해 보아야 비를 피할 수도 없는 곳에 낡은 판자 하나를 주워 간판 하나를 화단에 세워놓은 것이 전부였다. 처음에는 은행직원들이 나와 자리를 비우라고 윽박지르기도 했다. 하지만 시간이 지나면서 은행 직원들은 시나브로 나를 기다렸다. 직원들의 구두를 무료로 수리해 주기도 하고 더러운 구두는 닦아주기도 했던 진심이 통한 것이었다.

큰 수입은 아니지만 벌이는 꽤 쏠쏠했다. 나 혼자 먹고 사는 데는 아무런 지장이 없었다. 시간의 구애를 받지도 않아 손님이 뜸한 오전에는 강바람을 쐬곤 했다. 태화강변에 나가 무심히 흐르는 강물을 하염없이 바라보다 돌아오기도 하고 용금소까지 가서 대나무 숲에 군무를 이루고 있는 두루미 떼를 보노라면 외로움이 가셨다.

시간의 여유가 생길수록 북에 두고 온 가족생각이 간절했다. 아들은 얼마나 컸을까 궁금하기도 하고 연로한 어머니가 잘 계실지도 염려가 되었다. 평양의 소식은 전해들을 수도 없고 전할 수도 없었다. 전쟁을 치른 남한사회는 공산당이라면 치를 떨며 저주를 퍼부었다. 아이들이 부르는 노래에도 김일성을 저주하는 가사가 숱하게 들어가 있었다. 나는 그런 노래를 들을 때마다 묘한 기분이 들곤 했다. 마치 나를 향해 비웃으며 저주를 퍼붓는 듯했다.

그 당시 다른 도시에서는 간첩이 잡혔다는 소식이 간간이 신문을 장식했다. 울산에서는 한 번도 그런 기사가 난 적이 없었다. 그러니까 울산이라는 지역은 전쟁과는 무관한 도시였던 셈이었다. 그래도 나는 구두 수선 일을 하면서 고개를 빳빳하게 들 수 없었다. 혹시라도 나를 알아보는 사람을 만나지 않을까 염려되었다. 대부분의 날에는 일부러 볼에 시커면 구두약을 슬쩍 바르고 일을 했다. 예전의 꼿꼿하던 인민 군상좌 조태진의 모습은 흔적도 없이 사라져 갔다. 대신에 원주에서 피난 내려온 실제보다는 두 살이 더 많은 김태진이 된 것이었다. 손님 중에 강원도 사람을 만나면 내 말투를 알아보고는 대번에 동향사람이냐고 물었다. 말투까지도 완전한 강원도사람으로 변신했다는 사실에 안도감이 생겼다.]

눈이 뻑뻑했다. 잠시 노트를 덮었다. 다음부터 일어난 일은 굳이 읽지 않아도 될 것 같았다. 시계를 보았다. 새벽 1시를 넘긴 시각이었다. 국정원 직원이라는 사람의 문자가 생각나 창문을 열고 밖을 내다보았다. 늦은 밤이라 그런지 골목길엔 사람의 그림자가 보이지 않았다. 그냥 말로만 겁을 준 것이 아닐까 하는 생각이 들었다.

갈증이 났다. 주방에서 보리차를 한 잔 마셨다. 안방으로 가려는데 거실 한쪽에서 푸른빛을 뿌리고 있는 수족관이 눈에 들어왔다. 희미한 거실 조명 때문인지 은은하게 퍼진 푸른빛은 신비감을 더해 주었다. 작은 물고기들이 수초 사이에 부유물처럼 떠 있었다. 눈을 뜬 채로 잠이 든 것이다. 물고기들은 잠을 잘 때도 눈을 감지 않는다는 걸 확인하는 순간이었다.

니모는 저 혼자서 수초 윗부분에 자리 잡고 있었다. 천천히 입을 껌

벅거리는 걸 보니 수면호흡 중인 듯했다. 자면서도 눈을 뜨고 있는 물고기들은 사물을 보고 있을까? 아니면 눈은 뜨고 있어도 눈앞에 있는 사물을 인식하지 못하는지도 모르겠다. 사람들처럼 꿈을 꾼다면 무슨 꿈을 꿀까. 정말 만화영화에 나오는 물고기처럼 먼 바다를 꿈꾸는 물고기가 있기는 할까.

잠든 니모가 살짝 꼬리를 흔들었다. 나를 알아본 것인지 아니면 꿈을 꾸다 몸을 뒤채는 것인지 알 수 없었다. 아버지가 좋아하는 물고기답게 과연 아버지의 운명과 많이 닮았다는 생각이 들었다. 물고기들이 잠에서 깰까봐 슬그머니 자리를 벗어나 방으로 들어갔다.

아침에 잠을 깬 것은 대문 밖에서 누르는 벨소리 때문이었다. 아침부터 제니카가 찾아왔다. 아내는 아침식사 전에 손님을 들이는 게 탐탁지 않은 표정이었다.

"서양 사람들은 이런 방문예절은 잘 지킨다고 하던데."

"예절을 지킬 만한 상황이 아닌가 보지."

제니카는 현관문을 열어주자 다소 쫓기는 듯한 걸음으로 현관을 들어섰다. 간단한 아침인사도 없이 거실 소파에 앉기 무섭게 이야기를 시작했다.

"하마 사람들이 본격적으로 움직이기 시작했어요."

"어떤 사람들이요?"

"어떤 사람이라니요? 몰라서 물으시는 겁니까?"

"네. 전혀."

약간의 두려운 마음을 숨긴 채 담담하게 말했다.

"전 세계의 시선이 이곳에 쏠리고 있어요. 정보원들도 그렇고 일부 기자들도 그렇구요."

"이유가 뭐죠?"

"지금 세계의 이슈가 북한의 비핵화니까 그렇죠."

"북한의 비핵화라니요? 아니 그거하고 나하고 무슨 연관이 있다는 겁니까?"

"당신이 아니라 당신의 아버지죠."

제니카의 말에서 다소 어이없다는 기미가 전해졌다.

"아버지는 또 북한의 비핵화와 무슨 연관이 있습니까?"

"천천히 생각해보세요. 지금 북미 2차 회담 물밑작업을 하고 있는 시점이잖아요. 북한으로서는 심각한 상황이죠. 고위급인사의 탈북으로 내부의 취약점이 드러나면 큰 타격을 입을 수밖에 없는 상황이죠. 그냥 덮어놓고 가려던 인권문제가 발목을 잡을 수도 있으니까요. 북한으로서는 최고의 위기상황이라고 봐야 합니다. 북한의 정보당국은 물론이고 중국과 러시아도 가만히 앉아 불구경만 하고 있을 수 없는 상황이죠."

"조성길이 우리 가족이라는 증거가 있습니까?"

"표면에 드러나지는 않았어도 정보당국간에는 기정사실로 받아들이고 있는 상황입니다. 아마 여러 곳에서 확인을 위해 조태진 선생님의 DNA를 채취해 갔을 겁니다."

"제가 모르고 있는 상황인데요."

정말이지 어처구니가 없었다.

"정보원들은 그렇게 어수룩하게 일하지 않습니다. 공개적으로 드러내놓고 하지는 않죠."

"하긴 어제 이상한 사람들이 아버지에게 왔다갔다고 했습니다."

"분명히 정보원들이었을 겁니다."

"우리나라 국정원 사람들인가요?"

"이곳에서 한국말을 쓴다고 무조건 한국의 정보원들이 아닙니다. 한국인이면서 CIA요원인 사람도 있고, 러시아의 정보원인 사람도 있을 겁니다. 물론 북한 정보원일 수도 있고요. 간첩인 것이죠. 그러니까 조심해야 된다는 겁니다. 되도록이면 낯선 사람과 만나지 않는 게 좋을 겁니다."

저절로 긴장감이 드는 제니카의 말이었다.

"시드니의 동생과는 어떻게 연락해야 합니까?"

"재식 씨 주변은 모두 도청당하고 있기 때문에 연락할 내용은 저하고만 가능합니다."

"제니카 씨는 어떻게 믿어야 하지요? 정말 재식 편이 맞습니까?"

"말씀 잘하셨습니다. 저를 비롯한 모든 사람을 조심해야 합니다."

제니카의 말은 들을수록 어처구니가 없었다.

"제 판단으로 조성길의 탈북에는 동생 재식이 연관되어 있는 것 같은데 어느 정도 개입되어 있는지 궁금하군요."

"아주 깊이 개입되어 있습니다. 아주 깊이요."

"이 사건의 중심에 서 있다는 이야기군요."

"그렇습니다."

"저는 어떻게 하든지 내 동생 재식과 직접 이야기를 해보아야 하겠습니다. 내가 시드니에 가든지 재식더러 오라고 해야겠어요."

"지금 두 분이 비행기를 타는 건 매우 위험합니다. 선생님 일가족을 모두 납치하거나 살해하려는 세력도 있을 테니까요."

나는 납치 살해라는 말에 머리칼이 곤두섰다. 그 정도로 위험한 상황이라고 생각하지는 않았었기 때문이었다. 아내는 제니카에게 아침 식사를 같이할 것을 권했다. 제니카와 함께 식탁에 둘러 앉아 수저를 들려고 하던 참이었다. 현관 벨이 요란하게 울렸다. 수저를 들었던 제니카가 깜짝 놀라며 수저를 식탁 위에 내려놓았다.

"혹시 누가 묻거든 호주에서 온 안나 씨의 동생이라고 말하세요. 선생님의 제수씨 말입니다."

"알겠습니다."

내가 직접 마당으로 나가 대문을 열었다. 말쑥한 정장차림의 중년 남자 둘이 대문 밖에 서 있었다. 그 중 한 사람이 지갑 속에서 명함을 꺼내 내밀었다. 역사 바르게 세우기 교육연구소 과장. 김동일이라고 적혀 있었다. 다른 한 사람도 명함을 내밀었다. 대경기계 기술연구소 연구원 이상규였다. 직책은 분명 허구일 테지만 이름까지 가명인지는 알 수 없는 노릇이었다. 한참 동안 명함을 들여다보고 있는 나에게 김동일이 입을 열었다.

"직책은 아무 상관없는 것이고요. 국정원 직원입니다. 어제 문자 드렸던 사람입니다. 선생님 아버님에게 심각한 일이 발생한 것은 알고 계시지요?"

"아니오. 저는 아직 무슨 일이 일어난 것인지 전혀 모릅니다."

"모른다고 하셔도 어쩔 수 없습니다. 일어난 일은 일어난 것이니까요. 엎질러진 물을 쓸어 담을 수는 없지요. 안에 잠깐 들어가서 이야기 좀 나눌까요? 아니면 선생님께서 편한 곳으로 가시겠습니까."

"꼭 그래야 합니까?"

"선생님은 무학고등학교 교장선생님으로 은퇴하신 분이시죠?"

"그렇소만. 그것하고 무슨 상관이 있단 말이요?"

불쾌한 마음을 담은 내 물음은 다소 퉁명스러웠다.

"우리의 목적은 개인의 자유를 침해하는 일이 아닙니다. 국가의 안전을 지키기 위한 일이죠. 선생님께서 평생 아이들을 가르친 것도 국가에 헌신한 일이 아닙니까. 이 일은 나를 위해서도 아니고 선생님을 위해서도 아닙니다. 우리 대한민국의 안전을 위한 일입니다. 평생을 국가에 헌신하신 분이 국가에서 하는 일에 나 몰라라 하셔서는 안 되는 것 아닙니까?"

"그렇다면 안으로 잠시 들어오시지요."

두 사람은 집 안으로 들어오면서 사방을 살폈다. 정보원다운 습관인 모양인데 나로서는 여간 불쾌한 게 아니었다. 이상규는 머릿속에 도면을 그리듯 거실의 크기까지 꼼꼼히 체크하는 것 같았다.

"제가 아침식사를 하던 중이라 마저 마무리를 하고 나오겠습니다."

"그러시지요."

아침을 안 드셨으면 같이 식탁으로 가자고 권하려다가 그만두었다. 남아 있는 밥이 있는지 없는지도 알 수 없고 제니카의 존재도 신경 쓰였다. 아내는 대충 식사를 마치고 거실 손님들에게 커피를 내다주었다. 내가 급하게 아침 식사를 마치고 거실로 나오자 아내는 주방에서 설거지를 시작했다. 제니카는 아내의 곁에서 설거지를 돕는 시늉을 했다.

김동일은 주방 쪽을 흘끔흘끔 살폈다. 낯선 외국인 여자에게 호기심이 가는 건 당연한 것 같았다.

"누구시죠. 백인 여자 분은?"

"시드니에 사는 내 동생의 처제입니다. 한국 여행 중이라 들었지요."

"아. 시드니에 있는 김재식 씨 말이죠?"

"네. 제 동생이죠."

"이번 사건이 김재식 씨 때문에 일어난 것은 알고 계시나요?"

쏘아보는 듯한 김동일의 눈이 예리하게 빛났다.

"전 도무지 무슨 이야기인지 모르겠습니다. 이번에 일어난 사건이 뭔지도 모르겠구요. 내 동생이 무슨 심각한 사고를 일으켰나요?"

"이건 사고라고는 할 수 없고 전 세계의 주목을 받을 만한 일의 발단이 된 셈이죠."

"난 아직 모르겠습니다."

"차차 이해하시게 될 것입니다. 시드니에 계신 동생 분에게 우리 정보원들이 밀착해서 정보를 캐고 있습니다. 처음엔 우리도 무척 당황했습니다. 다른 당사국들도 마찬가지였겠죠. 세계적으로 그 나라의 대사가 망명을 신청하는 경우는 거의 없습니다. 2007년도 영국영사관에 있던 태영호씨가 망명을 해서 지금 국내에 들어와 있긴 하지만 아주 드문 경우였죠.

그 당시 북한으로서는 군대로 계산하면 한 개 사단을 잃은 것과 같은 타격을 입었다고 보면 될 겁니다. 그런데 이번에는 그보다 더 큰 타격을 입게 되겠죠. 왜냐면 북미간 비핵화 회담을 진행 중이기 때문이죠. 트럼프는 비핵화에 자기 정치생명을 걸고 있고 김정은 역시 마찬가지죠. 트럼프는 비핵화 회담의 성공을 위해 북한의 인권상황이나 이런 걸 언급하지 않고 그냥 눈 감아 줄려고 하죠. 이번의 대사관 망명사건은 트럼프 대통령도 아주 싫어하고 있겠죠."

"미국 대통령이 연관되어 있을 만큼 심각한 사건이란 말이죠?"

"그렇습니다. 그런데 아직 이 사건을 주도한 세력을 파악하지 못하고 있습니다. 트럼프 대통령이 싫어할 거라고 말씀드렸는데 그 반대일지도 모르는 상황이죠. CIA에서 주도한 사건인지도 모르는 일이니까요."

"CIA에서 왜 이런 사건을 주도할까요? 북미협상에 지장이 된다면."

"협상의 주도권을 쥐기 위해 벌인 일인지도 모르잖습니까."

"내 동생이 CIA하고도 연결이 되어 있을 거라는 말씀인가요?"

도무지 혼란스러워서 이야기의 갈피도 헷갈렸다.

"그건 아직 모릅니다. 중요한 것은 김재식 씨가 사건의 핵심에 들어 있다는 것은 분명합니다. 선생님은 동생인 김재식 씨에 대해 어떻게 생각하고 있습니까?"

"어떻게 생각하다니 그게 무슨 말씀이십니까. 내 동생인데 따로 어떻게 생각하고 말고 할 게 있습니까."

"형제간에 우애는 있다고 생각합니까?"

"그야 그렇죠. 하나밖에 없는 동생인데."

"동생분의 국가관에 대해서도 말씀해 주실 수 있나요?"

"지금은 호주시민권자인데 국가관이라면 그 나라의 국가관을 묻는 것인가요?"

몰라서 물은 것은 아니었다. 그들이 알고 있는 재식의 소식이 궁금했던 것이었다.

"그건 알 필요가 없죠. 한국을 떠나기 전에 품고 있었던 생각이나 그런 부분을 여쭈어 보는 겁니다."

"동생이 육군사관학교 시험에서 탈락한 이유가 신원조회 결과 때문이라고 알고 있습니다."

"그건 저희도 알고 있습니다. 어머니의 집안 내력 때문이었죠."

"모두 알고 계시는군요."

"그것 때문에 김재식 씨가 국가에 대한 반감을 품게 되었을까요?"

되묻는 김동일의 말에 어떻게 대답해야 할지 잠시 머뭇거렸다.

"제가 보기에 반감은 없었던 것 같습니다. 전혀 그런 티가 나지 않았으니까요. 호주라는 나라가 우리나라보다는 좀 자유로운 나라니까 정착한 것으로 알고 있는데요."

"미국에 본부를 두고 있는 ECW라는 단체에 소속되어 있었습니다. 전세계복음화 교회라는 곳이죠. 아마 북한 전도를 위해 그곳에 드나들었던 것 같습니다. 대한민국 법에 저촉되는 것은 아닙니다. 호주시민권자니까요. 선생님께서는 이런 사실을 알고 계셨나요?"

"아니요. 전혀 몰랐습니다."

"요양병원에 계신 아버님은 알고 계셨나요?"

"모르겠습니다. 아마 모르고 계셨던 것 같은데요."

내막을 속속들이 알지 못하는 내 대답은 간결했다.

146

"아버님과는 의사소통이 불가능하시죠. 혹시 선생님과는 의사소통이 가능한가요?"

"완벽한 소통은 아니지만 기본적인 것은 통할 수도 있습니다. 우리가 하는 말을 다 알아들으시니까 오 엑스로 대답을 유도하면 어느 정도 소통도 가능합니다."

"글자도 읽으실 수 있나요?"

"네. 소리 내서 읽지는 못해도 해독은 가능하십니다."

"우리가 첨단기기를 이용해 아버님과 소통을 해보아도 괜찮을까요?"

"제가 아버님 의사를 물어보고 난 뒤에요."

"알겠습니다. 국정원이라면 예전에 국민의 인권을 무시하고 초법적으로 활동하던 이미지를 가지고 있는데 지금은 그렇지 않다는 걸 알아주십시오. 이것은 오로지 국가안보와 심각하게 얽혀 있는 사건이라 저희도 신중하게 다루도록 하겠습니다. 혹시 저희들의 신분에 대해 의문을 가지고 계실까봐 드리는 말씀인데요. 선생님이 원하시는 정부요직의 인사와 화상통화를 하실 수 있도록 하겠습니다. 대통령님과의 통화를 원하시면 그것도 가능합니다. 장관님들도 가능하고요. 원하시면 지금 당장 연결해 드리겠습니다. 어느 분과 통화해보고 싶으십니까?"

이 정도의 제안을 할 정도면 믿을 만하다고 생각했지만 그래도 호기심에 외교부장관과 통화를 해보고 싶다고 했다. 확실하게 얼굴을 알고 있는 사람이 외교부 장관이기도 했다.

"잠깐만 기다리십시오. 어제 국무회의에서 이 안건을 다루었기 때문에 장관님께서 바로 응답해 주실 겁니다."

김동일은 자신의 휴대전화로 화상통화를 연결시켰다. 통화음이 몇 번 가더니 곧바로 연결이 되었다. 김동일이 나를 연결해 주겠다고 한 뒤 바로 전화기를 넘겨주었다.

"안녕하세요? 저는 외교부장관 강무식입니다. 선생님 만나서 반갑습니다."

"아아, 안녕하세요. 이렇게 장관님을 바로 만나게 되어서 영광입니다. TV에서 뵌 모습과 똑같으시네요."

"네. 우리 직원들에게 잘 협조해 주시기 바랍니다. 이번 사건이 국가 안보에 아주 중요한 사안이어서요."

"알겠습니다."

"뭐, 더 확인하고 싶으신 게 있으신가요?"

이번에는 외교부장관이 영어로 물었다. 내가 영어를 전공했다는 사실도 알고 있다는 뜻인 것 같았다. 나도 영어로 지금 어디에 계시는 가 묻고 전화를 끊었다. 더 이상 김동일, 이상규의 신원에 대해 의심할 필요는 없을 것 같았다.

"이제 믿으실 수 있겠지요?"

"네."

"혹시 아버님께서 남기신 일기 같은 게 있나요?"

나는 순간 가슴이 철렁 내려앉았다. 간밤에 읽던 노트를 안방으로 들고 가 침대 매트리스 사이에 묻어두었다는 데 생각이 닿은 순간 가슴을 쓸어내렸다.

"일기는 없지만 가족 앨범은 있습니다."

"좀 보여주시겠습니까? 그리고 아버님이 생활하시던 방도 좀 보여주십시오."

두 사람을 데리고 아버지의 방으로 들어갔다. 이상규는 방에 들어가면서도 자로 재듯이 사방을 두리번거리며 아버지의 방으로 따라 들어왔다. 곧장 서랍을 열고 앨범을 꺼내 김동일에게 건네주었다. 그는 앨범을 받아 들고 방바닥에 퍼질러 앉았다. 첫 장부터 꼼꼼히 살피며 앨범을 넘겼다. 아버지의 결혼사진은 보이지 않고 내 어릴 적 사진부터 나오자 김동일이 물었다.

"두 분의 결혼식 사진은 없군요?"

"네. 전쟁 끝이라 사진을 찍기도 쉽지 않았다고 하더군요."

김동일은 페이지를 넘기고 이상규는 휴대전화 카메라로 계속 촬영을 했다. 기분이 썩 좋지는 않았다. 내용을 전부 기록한 다음 그가 앨범을 건네주며 물었다.

"다른 걸 더 보여주실 수는 없나요?"

"다른 게 별로 없는 것 같네요."

앨범을 서랍에 넣은 뒤 닫으려고 하는 순간에 그가 내 팔을 잡았다.

"잠깐만요."

그가 서랍에 집어넣은 앨범을 꺼내더니 밑에 있는 얇은 대학노트를 꺼내들었다.

"이건 뭐죠?"

유행이 좀 지난 듯한 얇은 대학노트였다. 내 눈에 띄지 않았던 물건이었다.

"저도 처음 보는 물건입니다."

첫 장에는 아무글씨도 없었다. 글씨가 없어 노트를 꺼내면서도 신경을 쓰지 못했던 것 같았다.

그가 첫 장을 넘기자 제목이 눈에 들어왔다.

－보천보사건 조사서－

아래쪽에는 다섯 명의 이름이 적혀 있었다.

－서석제. 박경천. 이종찬. 이인구. 조태진－

글씨체는 아버지가 볼펜으로 꼼꼼하게 적어 내려간 손글씨였다. 나는 제목을 보는 순간 가슴이 두근거리기 시작했다. 아버지의 노트에 적혀 있던 그 보고서였다.

"아!"

김동일이 짧은 한숨을 내쉬었다. 마치 흙탕물 속을 더듬어 잃어버린 반지를 찾아낸 사람의 표정 같았다. 표지 아래 부분에 적힌 다섯 명의 이름 중에 끝에 적혀 있는 조태진이란 이름이 금붙이보다 더 반짝거리는 듯했다.

"생각보다는 쉽게 찾았군요. 이게 중요한 단서가 될 것 같습니다. 이건 저희가 가져가서 조사한 다음 돌려 드리겠습니다."

안 된다고 거부할 명분이 없었다. 이상규는 노트를 한 장씩 넘겨가며 사진을 찍었다. 만일을 위한 안전조치인 것 같았다. 내가 먼저 읽어 보았으면 좋았을 걸 하는 후회가 들었지만 어쩔 수 없는 일이었다.

"조사에 협조해 주셔서 감사합니다. 오늘부터 아버님이 계신 요양병원에 특급보안조치가 내려질 겁니다. 아버님께 최대한 안전하게 충격이 가지 않도록 모셔야 하기 때문입니다. 선생님의 도움이 없으면 불가능한 일입니다."

거실을 나가려던 김동일이 무엇인가 잊어버렸다는 표정으로 다시 안으로 들어왔다. 수족관 앞으로 걸어가더니 안을 유심히 들여다보는 것이었다. 나는 무엇인가 또 다른 비밀을 들킨 사람처럼 가슴이 두근거렸다.

"이 녀석이 니모로군요. 니모를 찾아서라는 애니메이션 영화에 나왔던."

"아, 네. 물고기 이름은 흰동가리지만 니모라고 부른답니다."

"네, 니모를 찾아서, 애니메이션 영화지만 감동이 있었죠."

김동일은 만족한 웃음을 짓고 거실을 나갔다. 나는 아버지의 노트를 들키지는 않았지만 뭔가 잃어버린 듯 허전한 기분이 들었다. 계속 주방에 머물던 제니카가 거실로 나와 무슨 일이 있었냐고 물었다. 나는 대답을 하지 않고 제니카의 얼굴을 유심히 들여다보았다. 제니카는 내 눈길의 의미를 알아챈 듯했다.

"정보원들이었나요?"

"네. 대한민국 국정원 사람들이었죠. 외교부장관과도 화상통화를 했습니다."

"무슨 말씀을 하고 싶으신 줄 알겠습니다. 김재식 씨의 친필 편지만 가지고는 완전한 믿음이 가지 않는다는 뜻이겠지요. 제 전화로 제 삼자의 전화에 연결해 김재식 씨와 직접 통화하도록 해드리겠습니다."

제니카는 내가 대답을 하기도 전에 국제전화번호를 눌렀다. 잠시 후 유창한 영어가 흘러나왔다. 제니카가 김재식을 바꿔달라고 요구하자 잠시 시간이 흐른 뒤에 남자 목소리가 들렸다. 제니카는 전화기를 나에게 넘겨주었다.

"형?"

"그래 나야. 어떻게 된 일이야?"

"제니카가 말한 대로야. 지금 우리 가족 모두가 전쟁터에 나와 있는 꼴이야. 예를 들자면 휴전선의 군사분계선 한가운데에 서 있다고 생각하면 될 거야. 아니면 예전에 거제도 포로수용소에서 반공포로와 공산주의 포로가 갈 길을 달리했던 것과 같은 상황이지."

돌아가는 상황을 감안하면 재식의 목소리는 예사로웠다.

"너는 어느 쪽에 가담해 있는 것인데? 혹시 김일성주체사상이나 사회주의 사상에 젖어 있는 건 아니겠지?"

"그렇게 말하는 형은 대한민국 교육공무원 티가 나네. 하하."

"이게 지금 웃을 일이냐?"

"형, 웃을 일은 아니지만 아버지의 입장을 조금이라도 생각해봐. 불쌍하지도 않아?"

"나는 여태까지 아버지의 깊은 사정이라는 걸 알지 못했어. 솔직히 너보다는 둔감한 편이었지."

재식의 말이 나를 돌아보게 했다.

"형은 그런 면에서는 좀 둔한 편이었어."

"그런 것 같다. 너는 사관학교 시험에 떨어지고부터 마음이 바뀐 것 같구나."

"바뀐 게 아니라 그때부터 생각이 좀 깊어졌다고 해야지. 솔직히 말하면 나는 사회주의자는 아니야. 그렇다고 대한민국이 표방하는 자유민주주의자도 아니지. 세계 어디에도 없는 가증스런 위선자들이 이끌어 온 나라니까."

"북한 체제가 정의롭다는 이야기냐?"

반감이 서린 내 목소리에 약간의 날이 섰다.

"형, 나를 그런 식으로 몰아세우지 마. 나도 지금 북한 체제가 얼마나 꼴사나운지 정확하게 알고 있어. 세계에서 유일하게 삼대 세습을 하고 있는 나라잖아. 외국인들에게 한국인라고 말하기가 부끄러울 정도잖아. 지금 남한 사람들은 외국인들에게 한국사람이라고 하면 잘사는 나라에 사는 대단한 사람이라고 생각하는 줄 아나봐. 외국인들은 그게 아니야. 김정은이를 북한 사람이라고 생각하는 게 아니야. 그냥 한국인이라고 생각을 해. 그게 맞기도 하고. 김정은이 일본사람이나 중국인은 아니잖아."

"네 말이 맞기는 하지만 왠지 대한민국정부에 불만이 많은 듯하구나. 이제 어떻게 해야 하겠니?"

"신중하게 움직이고 최대한 정보를 주지 마. 그리고 아버지의 의사를 최대한 존중해 주어야 하지 않을까?"

"알겠다. 너도 신중하게 움직이기 바란다. 지금 시드니에 있는 것이냐?"

"아니 여긴 미국이야. 미국 LA에 있는 ECW라는 교회야."

"알겠다. 부디 몸조심해라."

"응. 아버지 안전하게 잘 모셔."

통화를 끝낸 전화기를 제니카에게 돌려주었다. 제니카는 이제는 믿을 수 있겠느냐는 표정으로 나를 바라보았다.

"ECW라는 교회는 어떤 곳입니까?"

"빌리 그레이엄 목사님을 기억하십니까?"

"네, 기억합니다. 우리나라에도 왔던 걸로 알고 있습니다. 전 세계적으로 유명한 분이었죠."

"알고 계셨군요. ECW교회는 빌리 그레이엄 목사님의 복음주의 교회에서 갈라져 나온 교회입니다. 국경과 민족을 초월하는 복음주의 교회죠."

"거기서 왜 북한에 공을 들이는 것이죠?"

"이슬람 국가보다 거기가 더 복음을 전하기 힘든 곳이니까 그렇죠. 사람들은 다 같은 사람들인데 정치가 전혀 다른 사람들로 갈라놓은 곳이죠. 하나님의 복음이 제일 필요한 곳이라는 뜻이죠."

"북한을 자유롭게 드나들면서 미국의 CIA에 이용당하는 것은 아니겠지요."

"그건 장담할 수 없습니다. 우리 중에 정보원이 있는지 없는지 어떻게 장담을 하겠습니까."

"알겠습니다. 이제 어떡하죠? 저는 제가 묵는 호텔에 돌아가 있겠습니다. 김재식 씨에게 전화를 걸면 제가 달려올 것입니다."

제니카는 아침식사를 잘했다는 인사를 빼놓지 않았다. 제니카가 돌아간 다음 다시 M이라는 발신자에게 문자 메시지가 들어왔다. 역시 먼저와 똑같은 문자였다.

-Don't believe anyone.-

도대체 누구를 믿지 말라는 것인지 알 수 없는 노릇이었다. 문자를 보내는 자도 믿을 수 없는데 무엇을 믿지 말라는 것인지 엉뚱한 장난질 같다는 생각이 들었다. 어쩌면 제니카와 국정원말고도 또 다른 정보원이 주시하고 있을지도 모른다는 사실은 인지할 수 있었다.

어제 읽다 매트리스 사이에 감추어 놓은 노트가 불안했다. 노트를 감출 적당한 장소를 생각해 보았다. 장롱 밑에 귀중품을 숨겨놓는 것은 도둑놈에게 가져가라고 내놓는 것과 같다는 말을 들은 적이 있었다. 귀중품을 숨길 때는 장롱 밑보다는 차라리 쓰레기통에 넣어두는 게 더 안전하다는 말도 들었다. 그러다가 쓰레기장으로 귀중품이 실려 가는 경우도 종종 있다는 얘기도 생각났다. 그러니 그 방법도 썩 좋은 것이라고는 할 수 없었다.

고민 끝에 내가 생각해낸 방법은 책 속에 숨기는 것이었다. 기발한 장소보다는 모래알 속에 좁쌀을 숨기듯이 비슷비슷한 많은 물건 속에 감추는 방법이었다. 서재로 올라가 손수 만든 책 한 권을 뽑아 들었다. 영어교사로 근무하면서 영어공부의 방법론을 적은 것부터 손쉬운 지도 방법 같은 것을 정리해 놓은 열 권짜리 자료집이었다.

뽑아 든 책은 그중에 일곱 번째 책인 영어단어 연상 암기법을 정리해 놓은 책이었다. 크기가 아버지의 노트와 비슷했다. 겉표지를 살짝 떼어내고 내용물은 책꽂이 아래에 있는 바구니에 담아 놓았다. 아버지의 노트를 떼어낸 표지로 덮었다. 그대로 있던 자리에 꽂아 놓으니 감쪽같았다. 이제 노트에 대해서는 한시름 놓아도 될 것 같았다. 마저 읽지 못한 부분은 밤에 읽으리라 마음먹었다.

아버지가 궁금했다. 곧바로 병원으로 갔다. 아버지는 전날보다 한결 표정이 밝아 보였다. 아침식사는 맛있게 잡수었느냐고 물으니 고개를 끄덕였다. 고개를 움직이는 폭만으로도 아버지의 기분을 알 수 있었다.

"아버지 오늘은 아들하고 좀 진지한 대화를 나누어 볼까요?"

아버지는 또 고개를 크게 끄덕였다.

"제가 말하는 걸 다 들으시니까 제가 묻는 말에 맞다 아니다 표시만 하시면 됩니다. 맞으면 고개를 끄덕여 주시고 아니면 그냥 가만히 계시면 됩니다. 아셨죠?"

아버지는 고개를 끄덕였다. 알아들었다는 뜻이었다.

"아버지 지금 제일 보고 싶은 사람이 누구죠?"

"아 으어 우."

아버지는 말을 하려고 입을 오므리며 발성을 했는데 내가 알아들을 만한 말로 되어 나오지 않는다. 처음부터 오, 엑스 단답식으로 묻는다 하고선 왜 약속대로 하지 않느냐고 항의하는 것 같았다.

"아버지 죄송해요. 이제부턴 쉽게 해볼게요."

"……."

"지금 둘째아들이 제일 보고 싶으시죠?"

아버지는 주저 없이 턱을 당겼다.

"니모도 보고 싶으시죠?"

아버지는 천천히 고개를 끄덕였다. 정도로 보아 니모보다는 둘째아들이 더 보고 싶은 것 같았다.

"니모보다는 재식이가 더 보고 싶지요?"

끄덕. 아버지의 고개가 움직였다. 아직 아버지의 인지력이 지극히 정상적이라는 판단이 섰다. 듣고 판단하는 능력은 정상인데 말로 표현이 안 될 뿐이었다.

"니모하고 둘째아들 말고 다른 사람 중에 보고 싶은 사람도 있지요?"

아버지는 한참 동안 생각을 정리하는 듯 고개를 끄덕이지 않았다.

"천천히 생각해 보세요. 보고 싶은 사람이 있는가 없는가. 돌아가신 할아버지 할머니는 보고 싶지 않으세요?

아버지는 아주 천천히 고개를 끄덕였다. 눈빛으로 보아도 어느 먼 시점에 생각이 다가가 있는 듯했다.

"할아버지는 원주에서 폭격으로 돌아가신 게 아니죠?"

잠시 생각하는가 싶더니 아버지가 고개를 끄덕였다. 표정은 점점 어두워졌다. 일본군에 쫓겨 가는 할아버지를 생각해내고 있는 것 같았다. 얼굴을 찡그리는 듯하더니 결국 두 눈을 질끈 감고 말았다. 일본군의 총탄에 쓰러지신 할아버지를 만난 것 같았다.

"흐으 어 흐으."

괴로운 듯 아버지가 신음소리를 냈다. 말로 되어 나오지 못하는 신음이 파편 같았다. 질문을 쉬었다. 아버지가 생각을 정리할 때까지 기다리기로 했다. 어차피 다른 질문을 해보아도 제대로 대답을 못할 것 같았다. 머리맡에 놓인 물을 한 컵 따라 아버지의 입에 흘려 넣었다.

"어제 성길이가 니모를 새로 찍었는데 오늘 보여드리러 올 거예요. 니모 직접 보고 싶으시죠?"

아버지는 더 이상 고개를 움직이지 않았다. 상영관에서 영화 '니모를 찾아서'를 보던 때의 아버지를 떠올렸다. 몸 속에 그렇게 많은 수분이 있었다는 게 믿기지 않을 정도로 많은 눈물을 쏟았던 아버지. 그런 아버지의 모습을 처음 봤던 터라 당황했던 기억이 어제 일처럼 또렷했다. 무엇이 그토록 많은 눈물을 흘리게 했는지 당시에는 짐작조차 하지 못했던 일이 오늘 혼란의 시초였다니. 아버지의 노트를 읽어보고 나서 눈물의 시원을 어렴풋이나마 짐작할 수 있었다.

간호사실 앞을 지나는데 의사 한 사람이 아는 체 인사를 해왔다. 낯이 익지 않은 얼굴이었다.

"안녕하세요, 아버님. 처음 온 최영기라고 합니다. 할아버지 간호를 집중적으로 맡기로 했습니다."

"아, 그러십니까. 저희 아버지 잘 부탁드립니다."

"잠시 안에 들어오셔서 말씀 좀 나눌 수 있을까요?"

"그러죠."

최영기는 간호사실 옆에 있는 직원 휴게실로 나를 불러 들였다.

"차를 한 잔 하시겠습니까? 녹차도 있고 원두커피도 있습니다."

"그냥 간단하게 녹차나 한 잔 주시죠."

그는 녹차 한 잔과 원두커피 한 잔을 준비해서 테이블 위에 올려놓고 나의 맞은편에 앉았다.

"저는 사실 이런 요양병원에 근무하는 의사가 아닙니다. 제가 전공한 분야는 심리치료학입니다. 정신과의사죠. 지금 소속되어 있는 곳은 병원이 아니라 심리치료 연구소인데 정보기관과 연계되어 있는 국가기관입니다."

"그러십니까? 저는 그런 곳이 있는지조차 몰랐습니다."

"대부분의 일반사람들은 모르는 곳입니다. 저는 김태진 할아버지를 위해서 이곳에 파견 나와 있는 겁니다."

최영기는 최대한 친절하게 자신의 파견 이유를 전했다.

"환자를 치료하기 위해 나와 계신 건 아니네요?"

"아닙니다. 꼭 정보를 얻어 내기 위한 목적만은 아닙니다."

"그럼 정보 말고 뭐가 필요하신 거죠?"

"너무 민감하게 생각하시는 것 같습니다. 솔직히 말씀드리면 환자에게 충격을 주지 않으면서 최대한의 정보를 얻었으면 하는 게 우리 목적이기는 합니다. 그러나 정확한 진단으로 환자의 치료에 도움을 드릴 수 있을 겁니다."

160

"치료라구요?"

"네. 환자를 치료해야 하지 않나요?"

"지금 아버지는 특별한 치료를 받고 있지 않습니다. 다시 회복한다는 걸 염두에 두고 있지 않은 거죠. 연세가 95세인데 치료라고 하면 좀 그렇지 않습니까? 이곳에 계신 모든 환자분들이 치료를 위해 입원해 계신 건 아니지 않습니까."

"그렇긴 합니다만 할아버지께서 치료를 받아 정확한 의사소통이 가능하게 된다면 본인의 마지막 삶도 더 나은 게 아닐까요?"

"그게 가능하겠습니까?"

"100퍼센트 확답을 드릴 수는 없지만 가능성이 전혀 없는 것이 아니니 시도를 해보아야지요. 저 말고도 각 분야의 최고의사 선생님들이 할아버지 치료를 위해 여기로 올 것입니다. 대학병원의 치료수준보다 월등한 치료를 받으시게 될 것입니다. 걱정하시지 않아도 되는 것은 치료의 기본 원칙은 환자에게 고통을 주지 않는다는 것입니다.

선생님께서 오해하실까 염려 되어 드리는 말씀인데요. 국정원에서도 할아버지로부터 정보를 캐내려는 게 목적이 아니라 보호해 드리는 게 주목적이라는 걸 알고 계시면 되겠습니다. 너무 염려하시지 않아도 됩니다. 할아버지에게 접근하려는 세력이 많이 있으니까 드리는 말씀입니다. 이해하시겠습니까?"

나는 대답 대신 아버지처럼 고개를 끄덕여 보였다. 아버지와 정확한 의사소통이 가능하다면 나로서도 더 이상 바랄 게 없을 것 같았다. 아버지가 쓰러진 지 3년이 다되어 가는데 후회가 되는 건 딱 한 가지였다. 쓰러지기 전에 좀 더 깊이 있는 대화를 나누지 못했다. 그게 마음에 걸려 자책감이 들었다. 연로한 부모가 있다면 항상 안부를 물어보고 많은 대화를 나누는 것이 최고의 효도라는 걸 뼈저리게 느끼는 중이었다.

아버지와 깊이 있게 마음을 나눈 것은 대학생이 된 이후였다. 첫 방학을 맞아 아버지의 곁에서 구두 수선을 도와드릴 때뿐이었다. 구두 수선을 하는 아버지를 부끄럽게 생각하던 아들이 그걸 극복하고 옆에서 일을 거들러 나왔을 때, 아버지는 만류하면서도 행복해 했다. 점심시간이 되어 가까이에 있는 중앙시장 국밥집에서 점심을 같이 먹었다. 아버지와 마주 앉아 국밥을 먹던 모습이 아직도 눈앞에 선명하게 그려졌다.

아버지는 대부분 집에서 어머니가 챙겨 준 도시락으로 길바닥에서 점심을 해결했다. 나는 도시락을 먹고 있는 아버지의 모습을 여러 번 본 적이 있었다. 길바닥에서 도시락을 먹는 아버지의 모습은 초라하기 그지없었다. 얻어먹는 걸인 같아서 가까이 가지도 않았다. 그랬던 내가 아버지의 일을 도우러 같이 나갔던 것이었다.

아버지는 나에게 따뜻한 밥을 먹이려고 일부러 도시락을 싸지 않고 국밥집으로 데리고 간 것이었다. 아들에게 한 점이라도 더 먹이려고 자신의 국밥 그릇에서 내 그릇으로 고기를 옮기던 마음도 새삼 온기로 다가왔다. 그게 또 내 마음에 걸려 도로 아버지의 그릇에 건네주면 서운하다는 듯 나무라던 아버지였다.

"젊은 놈이 고기를 많이 먹어야 힘을 쓰지. 나야 이제 나이가 들어 힘쓸 일이 없지 않느냐."

"고기 많이 드렸는데 부자간 정리를 보는 내가 기분이 좋군요."

국밥집 주인아주머니가 끼어들었다. 국자 가득 퍼 담은 고기 건더기를 아버지와 나의 국밥그릇에 넣어 주었다. 지금은 사라지고 없을 중앙시장의 그 국밥집이 그리웠다. 아버지가 잠시만이라도 기력을 회복할 수 있다면 아버지와 그 국밥집에 다시 한 번 가보고 싶다. 인생에서 행복이란 건 그렇게 대단한 것에 있지 않다는 생각이 들었다. 가진 게 충분하지 않아도 괜찮았다. 사랑하는 사람과 마주 앉아 고기 한 점으로 마음을 나누는 것. 그것이 인생의 최고 행복이라 여겨졌다.

"할아버님을 위해 병실을 특별히 개조할 겁니다. 옆에 함께 계신 분들도 그대로 두고 할 겁니다. 급격한 환경의 변화는 좋지 않을 수도 있으니 최대한 배려를 할 겁니다."

"돈이 많이 들지 않을까요?"

"돈은 아무 상관이 없습니다. 설령 수십억 원이 든다 해도 걱정하실 필요 없습니다."

"그렇다면 수족관을 병실에 설치할 수도 있을까요?"

"수족관이라니요?"

"아버지께서 니모를 닮은 해수어를 좋아하셔서요."

"아, 그 영화로도 만들어졌다는 물고기 말씀이지요?"

"네, 그렇습니다. 집에 수족관이 있는데 너무 커서요. 매일 동영상 촬영을 해서 보여드리고 있습니다."

"그렇군요. 그럼 적극 활용해 보도록 하겠습니다."

직원휴게실에서 나오다가 마주치는 병원직원들에게 눈길이 갔다. 자주 보던 직원들의 얼굴도 다시 살폈다. 내가 일일이 직원들의 얼굴을 기억하지 않는 이상 낯선 정보원들이 직원을 가장해 들어와 있어도 알아볼 수 없을 것 같았다. 다행인 것은 병원의 보안이 강화될수록 아버지의 신변이 안전할 거라는 믿음이 생겼다. 엄두를 내지도 못했던 수족관을 옮기는 일도 해결해 준다니 아버지가 아주 좋아할 것 같았다.

엘리베이터를 타고 1층 로비로 내려오니 김동일과 이상규가 기다리고 있었다.

"전해드릴 이야기가 있습니다. 어디 조용한 곳으로 가실까요. 선생님 댁으로 다시 가도 되고 저희 사무실도 괜찮습니다."

"가까운 커피숍으로 가면 안 될까요?"

"아무데나 함부로 할 이야기가 아닙니다. 괜찮으시면 저희 사무실로 가시지요. 옛날처럼 사람을 잡아다 묶어놓고 물고문을 하는 그런 곳이 아니니 걱정하시지 말구요."

김동일의 말을 믿기로 했다. 그의 차를 타고 사무실이라는 곳으로 갔다. 성안지구에 있는 국정원 건물은 울산사람이면 모르는 사람이 없었다. 그런데 그는 성안이 아닌 학산동으로 차를 몰았다. 요양병원에서 걸어가도 될 만한 거리였다. 예전의 안기부 건물이었다는 건 알고 있었지만 아직까지 사용하고 있는 줄은 몰랐다. 높은 담장에 둘러싸여 있어서 위압감을 느끼지 않을 수 없었다.

"어떻습니까. 좀 살벌한 느낌이 들기도 하지요?"

"그렇군요."

"예전엔 여기다 사람들 잡아넣고 매질도 많이 했던 곳입니다. 지금은 예전과 많이 달라졌죠."

김동일 이상규와 마주 앉은 방은 예전엔 어땠는지 몰라도 그저 평범한 부동산 사무실쯤으로 보였다. 여직원이 커피까지 내다 주는 모양이 여느 사무실과 조금도 다르지 않았다.

"선생님은 지금까지 아버님의 신분에 대해 한 번도 의심을 품어 본 적이 없었습니까?"

"네. 한 번도요. 아버지를 의심하는 아들이 어디에 있겠습니까."

"선생님은 그러신데 시드니에 살고 있는 동생 분은 그렇지 않잖아요?"

"내 동생도 아버지를 못 믿고 그런 애가 아니었습니다."

"이건 믿고 안 믿고의 문제가 아닙니다. 우리가 파악한 바로는 아버님은 간첩이었습니다."

"네에? 간첩이라구요? 어떻게 그런 말씀을?"

"놀라셨죠. 북한의 지령을 받았는지는 알 수 없지만 출신은 분명합니다. 아버님은 인민군 장교였습니다. 물론 우리는 지금 아버님의 간첩행위를 밝히려고 하는 게 아닙니다. 밝혀진다고 해도 전혀 처벌이나 불이익을 주지도 않을 것이고요."

아버지의 노트에 적혀 있던 사실을 정보원들이 어떻게 알고 있는 것인지 궁금했다. 일부러 아주 놀란 척 연기를 할 수밖에 없었다.

"아버지는 평생을 구두 수선을 하면서 사신 분입니다. 그런 일을 할 사람이 아닙니다."

"모두 알고 있습니다. 평생은 아니었죠. 선생님도 태어나기 전의 일은 모르시는 것 아닙니까. 이번 이태리 대사 대리의 탈출에 동생 분이 개입되어 있습니다. 아니 개입이 된 것이 아니라 중심이 되어 벌인 일입니다. 동생 분이 아니면 영원히 일어나지도 않을 일이었죠."

"그걸 어떻게 알아내었습니까?"

"정보라는 게 그렇습니다. 빨리 알아내야 하고 그걸 적정하게 활용할 줄 알아야 하죠. 크게 걱정은 하지 않아도 됩니다. 동생 분이 대한민국에 위해를 가할 그런 목적으로 움직인 것 같지는 않으니까요. 북한 고위급의 탈북이 우리에게는 대체적으로 나쁠 게 없으니까요. 그런데 문제는 지금 시기가 아주 민감한 때라는 것이죠. 북한 비핵화가 전면에 걸려 있어서 말이죠."

"저로서는 상상도 할 수 없는 일이군요."

"그러실 겁니다. 시드니의 동생 분에게 특별히 연락을 받은 건 없습니까?"

"네. 그런데 이상한 문자는 여러 번 받은 게 있습니다."

나는 휴대전화를 꺼내 M이라는 사람이 보낸 영문 문자를 그에게 보여 주었다.

"이 M이라는 사람이 누군지를 모르겠습니다. 제 동생은 아닌 것 같습니다."

"최근에 김재식 씨하고 통화한 적이 있습니까?"

"아니요. 어제 전화를 했는데 받지 않더군요."

"지금 한 번 걸어 보시겠습니까?"

"그러죠."

나는 전화를 걸었다. 001에서부터 머릿속에 외우고 있는 번호였다. 신호는 가는데 전화는 받지 않았다. 무슨 사정인지는 몰라도 일부러 받지 않는 게 분명했다.

"받지 않는군요."

"됐습니다. 지금 우리 직원하고 같이 있는지도 모르죠."

"그게 무슨 말씀이신지요. 호주에도 우리나라 정보원들이 있나요?"

"정보원들은 호주뿐만 아니라 전 세계 어디에나 있습니다. 동생 분은 지금 우리 정보원과 만나고 있을 수도 있고 탈북한 북한 대사 대리와 만나고 있을지도 모릅니다. M이라는 발신자도 이 사건과 밀접한 관계가 있는 사람이겠죠. 다른 걸 노리고 있는 정보원일 가능성이 크죠. 아니면 기자일지도 모르고요. 기자들도 특종을 내려면 정보원들처럼 움직여야 하니까요."

김동일은 생각과 달리 많은 말을 했다. 짐작으로만 알고 있는 정보원의 냉철한 이미지가 다소 부드럽게 다가왔다.

"나는 어떻게 해야 할까요? M이라는 사람에게서 연락이 오면요."

"만나야지요. 그가 설령 북한의 정보원이라도 만나야 합니다."

"북한의 정보원이 나를 만나러 오는 것도 가능합니까?"

"가능합니다. 정보원이 국경을 넘는 일은 기본입니다."

"그들이 우리 가족에게 해코지를 할 수도 있나요?"

"그럴 수도 있지만 걱정할 정도는 아닌 것 같습니다. 아침에 가져왔던 서류 말입니다. 보천보 사건조사서 같은 거 말입니다. 그런 걸 가지고 있다면 위험할 수도 있지요. 오늘 아침에 우리에게 들어왔길 천만다행입니다. 아버님이 북한의 김일성과 백두산 일대에서 어떤 방법으로든 얽혀 있었던 게 분명해 보입니다. 그래서 이 사건이 중요한 거지요. 저들의 정통성에 흠이 갈 수도 있는 문제니까요. 하여튼 너무 겁을 먹지는 마시고요. 우리가 항상 옆에 있으니까요. 무슨 일이 생기거든 바로 연락 주십시오."

김동일은 나를 병원이 아닌 집 앞까지 태워다 주었다. 집 안에 들어 오자마자 성길에게서 전화가 왔다.

"아버지, 여기 지금 대단해요. 할아버지 병실을 완전 호텔처럼 만들려나 봐요. 할아버지 침대 옆에 수족관도 설치한다고 하네요."

"그래 알았다. 할아버지에게 니모 동영상 보여드리고 집으로 와라."

"어? 알고 계셨어요, 병실 리모델링하는 거?"

"그래 알고 있었다."

"이거 완전 대박이에요."

"덤벙대지 말고 할아버지에게 재미있는 이야기 많이 해드리고 오너라."

"네."

성길과 전화를 끊고 2층 서재로 올라갔다. 곧바로 영어공부 자료집 중에서 일곱 번째에 꽂혀 있는 영어단어 연상 암기법 책을 꺼내 들었다.

[……사람은 어느 환경에 가도 적응해가며 살 수 있는 존재 같다. 가끔씩 꿈속에서 아들과 아내가 나타났다. 아내는 기다리다 지친 표정이 측은해 보였다. 철없는 어린 아들은 아버지 언제 돌아오느냐고 보챘다.

그러나 매번 꿈을 꿀 때마다 마지막에는 총상을 입은 시체들이 나타났다. 강찬구도 있었고 이충렬 인민군 소장의 모습도 보였다. 죽어 귀신이 되어서도 마음씀씀이가 포악한 것인지 눈을 부릅뜨고 금방 잡아먹을 듯 노려보았다.

발목에 쇠사슬을 묶고 몰려오는 적군을 향해 진땀이 나도록 기관총사격을 해대느라 땀을 뻘뻘 흘리기도 했다. 아무리 기관총을 쏘아대도 적군은 꾸역꾸역 총구를 향해 몰려드는 것이었다. 바로 코앞에서 적군의 시체가 갈가리 찢겨져 산처럼 쌓여 갔다. 기관총을 버리고 도망을 치려해도 발목을 감고 있는 쇠사슬 때문에 꼼짝할 수 없었다.

어떤 때는 긴장감 있게 저격을 하는 꿈을 꾸기도 했다. 높은 고지 위에 국군 장교가 서 있었다. 그 사람은 우리쪽 진지를 향해 바지를 내리고 오줌을 내갈기고 있었다. 마치 우리 모두를 경멸하는 행동으로 보였다.

내가 부대원을 대표해서 모신나강 소총을 겨누었다. 소련제 모신나강 소총은 수동식이어서 그렇지 사거리가 750m에 이를 만큼 성능이 뛰어난 총이었다. 정확한 조준을 마치고 방아쇠를 당기니 경쾌한 폭발음을 일으켰다. 총탄은 날아가 오줌을 내갈기는 국군의 그곳을 정확하게 맞히는 것이었다. 꿈속에서도 짜릿한 쾌감을 느끼며 잠에서 깨어났는데 영 기분이 좋지 않았다.

구두 수선 일을 하며 부족함 없이 살고 있었지만 꿈속에서는 매일매일 전쟁을 치렀다. 언제까지 이런 악몽을 꾸게 될지 알 수 없는 노릇이었다. 그래도 일을 하다말고 버드나무 가지가 휘휘 늘어진 태화강변에 나가 강바람을 쐬고 있으면 고향에 돌아와 있다는 착각에 빠져 기분이 금방 좋아지곤 했다. 그나마 울산으로 오길 잘했다는 생각이 들게 한 것도 역시 태화강 때문이었다.

울산으로 온 지 몇 년 후에 지금의 아내를 만났다. 가끔씩 들렀던 중앙시장 안의 돼지국밥집에 일하는 아가씨가 왔다. 전라도 전주에서 왔다고 했는데 자세가 아주 다소곳한 게 여성스러운 여자였다. 혼기가 꽉 찼는데 전라도에는 전쟁을 치르느라 젊은 남자들이 모두 죽어나가는 바람에 결혼 상대자를 구할 수 없는 지경이라고 했다.

국밥집 아주머니는 은근히 나를 아가씨의 결혼상대로 밀어 넣으려 했다. 언감생심 나에게는 있을 수 없는 일이라 단정하고 있었다. 평양의 아내와 어린 재식이를 생각해서라도 함부로 결혼 같은 걸 할 형편이 아니었다. 국밥집 아주머니는 처음에 말을 꺼냈다가 내가 펄쩍 뛰자 더 이상 이야기를 하지 않았다. 전주 처녀는 전혀 흔들림 없이 일만 하고 있었다. 그런데 하루는 국밥집 아주머니가 일하고 있는 나에게까지 찾아왔다.

"김씨 총각 한 번 다시 생각해 보게. 우리 집에 있는 봉순이 말이야. 김씨가 아니면 다른 남자한테는 시집을 안 간다고 하는데 어찌하면 되겠나?"

"봉순 씨가 정말 그래요?"

"그렇다니까. 내가 없는 이야기를 지어내서 하겠나? 결혼을 하겠다고 전주에서 이곳까지 와서 고생을 하고 있는 생각을 하면 불쌍하지 않은가? 어떻게 다시 한 번 생각해 보게. 서로 좋은 게 아닌가. 처갓집이 멀어 근본을 속속들이 알 수는 없지만 하는 행실을 봐선 함부로 굴러먹던 처자는 아니었던 것 같네. 처가집이 멀기는 하지만 뭐 어떤가. 변소와 처갓집은 멀수록 좋다고 했네."

아주머니의 말에 어안이 벙벙했다. 세상에 어떤 처녀가 대화도 제대로 해 본 적 없는 남자를 배우자감으로 찍는단 말인가. 기껏해야 나는 자신이 일하는 국밥집의 단골손님일 뿐인데 말이다.

아주머니의 말을 들은 다음부터 봉순 씨를 면밀히 살폈다. 무엇보다도 봉순 씨가 나를 배우자감으로 생각하고 있다는 말에 헛헛하던 마음이 사라졌다. 가슴에 훈풍이 부는 듯 한동안 북에 두고 온 아내와 아들을 잊고 지냈다. 봉순 씨 생각에 정신이 다른 곳에 가 있었던 것 같았다. 평양의 가족들 생각을 깜빡하고는 결혼을 승낙하고 말았다.

국밥집 아주머니의 주선으로 절에서 결혼식을 하기로 했다. 백양사에 가서 간단한 예식을 치렀다. 내가 이래도 되는가, 아내와 아들 생각이 났을 때는 이미 어쩔 도리가 없었다.

"신랑신부가 참 잘 어울리는구만. 천생연분이야, 천생연분."

국밥집 아주머니는 자기가 사위라도 본 것마냥 신이 나서 떠들었다. 나는 첫날밤을 치르고 나서 신부 몰래 방에서 빠져 나와 북쪽 하늘을 바라보며 눈물을 흘렸다. 영원히 돌아갈 길이 막혀 버리고 만 것 같았다.

시간이 지날수록 북으로 돌아갈 기회는 자꾸 멀어지고 있었다. 그러는 사이 인식이 태어나고 다시 삼 년 후에는 재식이 태어났다. 원래대로라면 조씨 성을 붙여야할 아이들이었다. 그렇지만 이미 나는 김씨 총각으로 살고 있었다. 아이들에게 김씨 성을 붙여 이름을 지을 수밖에 없었다. 첫 아이는 인식으로 지었는데 둘째는 평양에 있는 아이의 이름과 같은 재식으로 지었다. 인식은 맏이답게 이해심이 깊었다. 재식은 둘째답게 씩씩하고 성격이 활달했다.

아이들이 성장해 가면서 평양의 가족들은 어찌할 수 없는 아픔으로만 굳어져 갔다. 차라리 전쟁이 다시 일어난다면 어떻게든 다시 만날 수 있는 길이 열릴지도 모른다는 생각을 하고 있었는데 그럴 기미는 전혀 보이지 않았다.

나는 혹시라도 내 신원이 노출될까봐 겁이 났다. 사람을 눈여겨보지 않고 살았다. 찾아오는 손님들과도 되도록 얼굴을 마주 보지 않았다. 어쩌다가 군화를 신은 군인들이 손님으로 오면 가슴이 마구 두근거렸다.

군인이나 경찰관을 마주친 날은 어김없이 자다가 꿈을 꾸었다. 높은 고지 위에서 소변을 보는 국군장교를 저격하는 꿈이었다. 깨고 나면 혹시 오늘 왔다갔던 군인이 그때 내가 죽인 국군의 동생이나 조카는 아닐까 하는 쓸데없는 생각이 들었다. 그런 꿈을 꾼 다음날은 일을 하러 나가서도 고개가 더욱 움츠러들었다. 수선을 맡기고 앞에 서 있는 손님은 또 내가 죽인 사람과 혈연관계로 맺어진 사이가 아닌가 하는 생각이 들었다.

내가 권총으로 사살한 강찬구 상좌나 이충렬 소장은 꿈에 자주 나타나지 않았다. 스스로 잘 쏘아 죽였다는 생각이 들기도 했기 때문인지 몰랐다. 그러나 기관총 화망 안에 들어 무수하게 쓰러져갔던 국군들의 모습이 두고두고 머릿속에서 지워지지 않았다. 지금 내 앞을 지나가는 사람들이 그때 전쟁터에서 죽어나간 군인들의 친척들이라는 생각을 하면 인간으로서 차마 못할 짓을 했다는 자괴감에 괴로웠다.

1968년 1월 21일에 124군부대인 속칭 김신조 부대가 청와대를 습격한 사건이 있었다. 나는 그때도 그들이 성공하지 못하고 모두 사살된 것이 무척 아쉬웠다. 그해 11월에는 울진삼척지구에 120명의 북한군이 침투하여 여러 날 군경과 교전이 벌어졌다. 당시 강원도 평창군 용평면 운두령을 넘어가던 공비들은 민가에 들어가 아홉 살의 이승복 어린이의 입을 찢고 살해했다. 남조선이 좋으냐 북조선이 좋으냐 물었더니 '나는 공산당이 싫어요'라고 대답했다는 이유였다. 만약에 내가 울산이 아닌 그 사건 현장에 살고 있었더라면 무슨 일이 벌어졌을까 생각해 보았다. 적어도 공산당이 싫다는 발언을 하지 않았을 것이고 그들도 입을 찢는 만행을 저지르지는 않았을 것이다.

나는 긴장하지 않을 수 없었다. 다시 전쟁이 벌어진다면 어떻게 해야 할지 고민에 빠졌다. 북을 선택했다가는 남의 가족이 문제가 될 것이고 남을 선택했다가는 북의 가족이 위험해질 수밖에 없었다. 다행히 사태는 크게 번지지 않고 무난히 끝났지만 나는 여러 날 동안 밤잠을 설쳤다.

두 사건이 일어나고부터 반공열풍이 불었다. 간첩을 신고하자는 포스터가 거리 곳곳에 나붙었다. 하루는 울산경찰서의 사복경찰관 두 명이 나를 찾아왔다. 다짜고짜 조사할 것이 있으니 경찰서로 가자고 했다. 달아날 생각을 해보아도 방법이 없었다. 마흔을 훌쩍 넘긴 나이에 하루 종일 쪼그려 앉아 일하느라 다리근육은 다 풀어져 버린 상태였다. 혹시 달아나는데 성공한다 해도 다음이 문제였다. 무장한 군인들도 모두 사살되는 판에 나 혼자 성공적으로 도망친다는 것은 꿈도 못 꿀 일이었다.

"당신 간첩이지?"

울산경찰서 취조실에서 마주앉은 경찰관은 곤봉을 거칠게 책상 위에 내려놓으며 큰소리로 물었다.

"네? 그게 무슨 말씀이십니까?"

"신고가 들어왔단 말이야. 당신이 간첩과 접선하는 걸 국민학생이 목격했다고 했어. 암호쪽지를 받는 걸 봤다는데 꺼내 놓아봐."

나는 주머니에 넣어두었던 쪽지를 꺼내 경찰관에게 내밀었다. 쪽지에는 학성동의 주소가 적혀 있었다. 경찰관은 쪽지를 좌우로 돌리기도 하고 거꾸로 뒤집어 보기도 했다.

"여기가 접선장소인가 보군. 언제 모이기로 했지? 바른대로 불어."

나이도 나보다 한참 어려보이는 경찰관은 숫제 반말이었다. 간첩이 확실하다는 투였다. 내가 구두를 배달해 주어야 할 손님의 집주소라고 해명을 해도 곧이 들으려고 하지 않았다.

"지금이라도 바른대로 불면 사형은 면하게 해줄 테니까 바른 대로 불어."

그날의 사건은 해프닝으로 끝나고 말았지만 나는 가슴을 쓸어내리지 않을 수 없었다. 어린 학생의 눈에는 구석에 쭈그려 앉아 구두 수선을 하고 있는 내가 간첩으로 보였던 모양이었다. 중학교와 초등학교에 다니던 두 아이들에게 면목이 없었다. 기껏 간첩으로나 오인 받을 만큼 초라한 모습을 아이들에게 보이는 게 가슴 아팠다. 아이들은 학교에 다니고부터는 한 번도 내가 일하는 곳에 와본 적이 없었다. 친구들에게 구두 수선공인 아버지를 내보이기가 쉽지 않았을 것이다.

어린 학생들이 나를 간첩으로 신고한 것은 반공교육의 효과가 제대로 드러난 탓이었다. 하지만 반전은 금방 찾아왔다. 울진삼척사건이 끝난 4년 뒤인 1972년 7월 4일에 남북공동성명이 발표되었다. 발표문의 내용대로라면 통일이 멀지 않아 보였다. 일말의 기대감이 일었다.

그러나 기대처럼 통일은 쉽게 다가오지 않았다. 그러저러하게 세월은 후딱후딱 지나가고 있었다. 그래도 내 앞에 최고의 날도 있었다. 인식이 서울의 대학에 보란 듯이 들어갔다. 1975년의 일이었다. 아이들은 나처럼 구석에 쪼그려 앉아 살지 않아도 된다는 안도감에 허리가 펴졌다. 더군다나 대학에 들어가고 나서 인식의 마음이 어른처럼 의젓하게 바뀐 모습을 보고 감사의 눈물을 흘리지 않을 수 없었다.

제 아비의 일을 부끄러워하기만 하던 녀석이 여름방학에 내려와 내 일을 돕겠다고 나섰던 것이었다. 20여 년을 혼자서 쭈그려 일하던 곳에 대학생이 된 아들이 같이 있어주니 세상을 다 얻은 것처럼 든든했다. 처음 아내를 나에게 소개했던 중앙시장의 국밥집 아주머니는 자기 일처럼 기뻐했다.

"김씨가 아들 하나는 잘 키웠어. 공부도 잘하는 데다 마음씀씀이까지 반듯하니 얼마나 좋아. 아들을 훌륭하게 키웠어."

큰아들 인식은 그 후로도 나에게 삶의 기쁨을 계속해서 안겨주었다. 대학을 졸업하기 전에 마음에 쏙 드는 며느리감을 데려왔고 군에 갔다 온 후로는 울산으로 내려와 며느리와 함께 교사로 근무했다.

반면에 재식은 인식과는 좀 달랐다. 사뭇 반항적인 성격이었던 재식은 군인이 되고 싶어 했다. 고등학교를 졸업하고 육군사관학교에 지원해 2차 시험까지 합격했다. 신원조회 때 울산경찰서에 불려갔다. 간첩신고를 당한 후 두 번째로 불려간 경찰서였다. 조사관들은 전쟁 이전의 나의 삶의 궤적에 대해 물었고, 나는 청학동에서 박성진에게 들었던 이야기에 살을 붙여 꾸며대느라 진땀을 뺐다.

문제는 아내였다. 아내의 오빠가 남부군에서 활동하다 사살되었다는 명백한 사실 때문에 곤욕을 치렀다. 당시에는 아내의 동생이 경찰관으로 토벌대에서 혁혁한 전공을 세워 표창까지 받는 바람에 오빠의 활동은 묻힐 수 있었다. 하지만 대한민국 육군 장교를 뽑는 데는 간과하고 넘길 수 없었던 모양이었다. 나와 아내와의 만남 과정도 끈질기게 캐물었다. 중앙시장 국밥집 아주머니가 경찰서에 불려 다녀야 했다.

남부군의 오빠를 둔 여자와 신원이 모호한 남자의 만남에 대해 의심의 눈초리를 보냈다. 하지만 결정적인 증거를 발견하지는 못했는데도 재식의 합격은 취소되고 말았다.

재식은 인식처럼 너그러운 품성을 지닌 아이가 아니었다. 군인이 아니라도 할 일은 천지라고 마음을 돌려세우려 해도 막무가내였다.

"국가가 나를 내치는데 내가 이곳에 남아 있을 필요가 있나요?"

재식은 대학 졸업 후 곧바로 외국으로 떠났고, 마음도 이 나라에서 멀어진 것 같았다. 외국인 처녀와 결혼을 했는데 자신의 모국을 지워버리기 위한 몸부림으로 보였다.]

성길은 집에 들어오자마자 나를 찾았다.

"아버지. 할아버지에게 무슨 일이 있나요?"

"왜?"

"병원이 난리도 아니더군요. 옆에 있는 할아버지 한 분은 다른 병실로 옮겼구요. 그 자리에 수족관을 설치한다며 받침대를 만들고 있던데요. 할아버지를 위해서 집에 있는 수족관을 그곳으로 옮긴다네요. 그리고 병원직원들이 많이 늘어난 것 같아요. 못 보던 의사선생님들이 많이 보이던데요. 도대체 무슨 일이 일어난 건지 모르겠어요."

"흠. 정부에서 무료로 그렇게 해준다는구나. 신경 쓸 거 없다. 무료로 해준다니까 나쁠 건 없지 않느냐."

"그렇긴 한데 너무 갑자기 그러니까요."

"어쨌든 지켜보자꾸나."

[……재식은 한 번도 나에게 속마음을 내보인 적이 없었다. 내 자식이기는 하지만 언제 터질지 모르는 폭탄처럼 불안한 아이였다. 내 생각으로는 빨치산 활동을 하다 죽은 저의 외삼촌과 내가 무관하지 않다고 생각하는 것 같았다. 나는 하늘에 맹세코 북한과 관련된 사람을 만난 적이 없었다. 나더러 간첩이라고 하는 건 얼토당토 않는 말이었다. 통일이 된다면 남쪽의 가족을 버리고 북의 가족들에게 돌아간다는 것도 있을 수 없는 일이었다. 다만 통일이 되어서 북의 가족들 소

식이라도 들었으면 하고 바랄 뿐이었다.

1983년 6월 30일에 이산가족찾기 생방송이 있었다. 원래는 세 시간 동안 진행하려던 방송이 신청자가 몰리자 정규방송을 하지 않고 5일 동안이나 릴레이 생방송을 했다. 6·25전쟁 때 헤어진 가족들이 가까운 거리에 살고 있으면서도 만나지 못하고 살던 사람들이 많았다. 나도 혹시나 가족들이 남쪽으로 넘어오지는 않았을까, 하는 생각으로 신청을 하려다 그만두었다. 괜히 신분만 노출되어 불이익을 당할 것 같아서였다.

나는 엄연히 북한 인민군 패잔병이었다. 거제도 포로수용소로 갔으면 합당하게 반공포로가 되어 남한사회에 적응할 수도 있었다. 반대로 북한으로 송환되어 인민의 영웅으로 대접받을 수도 있었다. 하지만 북으로 돌아갔을 경우 상관을 사살한 죄로 군사재판을 받아야 했을 것이다. 그러면 즉결처형이 됐을 것이다. 남과 북 어느 쪽에도 신분을 드러낼 수 없는 입장이 되어 버린 것이었다. 그래도 혹시나 북의 아내가 남으로 넘어와 나를 찾고 있지는 않을까 하는 마음에 뜬 눈으로 생방송을 지켜보았다.

바로 그 해인 1983년 10월 9일에는 획기적인 사건이 일어났다. 전두환 대통령이 서남아 순방길에 나섰다가 첫 방문지인 미얀마에서 폭탄테러를 당한 것이었다. 이 사건으로 전 세계의 이목이 우리나라로 집중되었다. 대통령은 무사했지만 수행원 17명이 사망하고 14명이 부상당했으니 그럴 만도 했다. 세계 역사상 이런 테러가 일어난 경우는 없었다.

범인은 북한군 정찰총국 소속의 진모 소좌와 강모, 신모 대위였다. 사건의 심각성으로 보아 분명 전쟁이 발발할 것 같았다. 전두환 대통령이 군인 출신이라 가만히 당하고 있을 사람이 아니지 싶었다. 그 와중에 나는 또 다시 전쟁이 일어난다면 어떻게 하든 평양의 아내와 아들을 찾아 나서야겠다는 결심을 굳혔다.

그러나 신기하게도 전쟁은 일어나지 않았다. 당연히 일어나야 하는 전쟁이 일어나지 않았던 것이었다. 뿐만 아니었다. 어떤 보복조치 조차 일어나지 않았다. 나는 전두환이 천하에 둘도 없는 겁쟁이라고 마음속으로 낙인을 찍었다.

1993년 3월에는 비전향 장기수 이인모 씨가 최초로 북으로 인도되었다. 비전향 장기수는 말 그대로 정부의 전향정책에 끝까지 저항하며 버틴 사람들이었다. 말은 하지 않아도 교도소에서 모진 고문을 당하면서 짐승취급을 받았을 거라는 생각이 들었다. 2000년 9월에는 63명의 비전향장기수들이 북으로 송환되었다. 모진 시련을 견뎌내고 송환되어 가는 것이었다. 나는 고향으로 돌아가는 그들이 무척 부러웠다.

63명의 명단을 하나하나 꼼꼼하게 살펴보던 나는 입을 떡 벌리고 말았다. 대성중학교 시절의 박경천이 명단에 들어 있었다. 인민군 정치

장교로 의성의 인민위원회에서 만났던 그 박경천이었다. 신문에 실린 그의 모습은 초라하기 짝이 없었다. 전쟁이 시작된 지 50년이나 지났으니 당당하던 군인의 모습은 온데간데없고 75세의 늙은이가 되어 있었다. 북으로 돌아가면 영웅대접을 받을 수는 있겠지만 반겨줄 가족이 남아 있을지조차 장담할 수 없을 것 같았다.

내가 북으로 돌아갈 방법은 통일이 되길 기다리는 수밖에 다른 방법이 없었다. 김대중 대통령이 평양에서 김정일과 만날 때 일말의 희망이 보이는 듯했다. 그러나 다가올 듯도 하던 희망은 그렇게 쉽게 오지 않았다. 노트에 예전에 지나 온 일들을 기록에 남기기 시작한 건 이때부터였다. 번번이 희망이 좌절된 때문이었다.

먼저 별도의 노트에 박경천, 이인구, 서석제, 이종찬 등과 같이 작성했던 보천보 사건 조사서의 내용을 기억에 의존해 새로 작성했다. 그때 같이 했던 서석제는 70년대에 잠시 정치인으로 얼굴을 내밀었다가 들어갔다. 이인구는 한 번도 소식을 들을 수 없었고, 이종찬은 60년대에 제일동포 북송문제로 신문에서 확인할 수 있었다.

사촌 처남이기도 했기에 각별한 관심을 가지고 있었는데 아마도 조총련에서 활동을 했던 것 같았다. 서석제나 이종찬은 만나려고 마음만 먹으면 만날 수도 있었지만 내가 공개적으로 만날 수 있는 입장이 아니었다. 이제는 만난다고 해도 서로 얼굴을 알아보기조차 쉽지 않을 것 같았다.]

–Don't believe anyone–

또 다시 M에게서 카톡 문자가 왔다. 전화를 해도 받지 않을 것은 뻔
할 것 같아 카톡 답장을 보냈다.

–I don't trust anyone. You, too–

곧 바로 답장이 왔다.

–Watch out for the nearest–

바로 답글을 달았다.

–Who are you?–

다시 답글이 왔다.

–I'm a reliable friend of yours–

짧은 문장이 답답해서 당신은 누구고 무슨 목적으로 나에게 문자를
보내는 것인지 이유를 밝히라고 긴 문장을 보내자 답이 없었다. 보이
스 톡으로 통화를 신청해도 받지 않았다. 예민하게 반응할 필요가 없
다고 자위하며 휴대전화를 꺼버렸다.

저녁이 되어 가족 모두가 병원으로 갔다. 아내는 아버지가 평소에
좋아하던 감자전을 부쳐 가져갔다.

아버지 옆자리의 침대는 치워지고 수족관을 올려놓기 위한 받침대
가 만들어져 있었다. 벽에 걸려 있던 32인치 벽걸이 TV는 60인치 대
형 TV로 교체되어 있었다. 비어 있던 흰 벽에는 주홍색 홍시가 주렁주
렁 달린 150호 그림이 걸려 있었다. 모르긴 해도 기천만 원은 나가는

그림 같았다. 건너편 침대의 노인은 좋아서 싱글벙글이었다.

"아버지가 젊어서 나라를 구하기라도 했었나봐? 이렇게 대접을 잘 해주는 걸 보면."

"아, 예. 그런가 봅니다."

"연세를 봐서는 일제 강점기 때 일본군이라도 때려잡았는가 보이."

노인은 이미 아버지를 애국지사로 인정했다.

"예. 그렇다고 합니다."

"허이 참. 어르신이 말을 못 하시니 답답하네. 일본놈들 때려잡은 이야기나 들려주시면 참 재미있었을 건데."

노인의 말에 슬며시 웃기만 했다. 노인이 다시 물었다.

"아들은 알고 있겠지? 아버지가 일본놈 때려잡은 이야기."

"죄송하지만 저는 잘 모릅니다."

아버지에 관한 한 어떤 말도 할 수 없는 아들의 심정을 노인이 알 리 만무했다.

"아들이 아버지가 독립운동한 걸 모른다니 말이 되나. 단단히 듣고 적어 놓게. 후대에 길이 알려줘야 하지 않겠나."

"네, 그렇게 하겠습니다."

노인은 마냥 즐거운지 싱글거렸다. 나는 더 이상 노인이 질문을 해 댈까봐 자리를 멀리했다. 정말 독립운동을 한 독립투사에게는 이 정도의 특급서비스를 해주는지도 알 수 없는 노릇이었다. 오전에 만났던 의사 최영기가 병실에 들어왔다.

"내일 선생님 댁에 있는 수족관을 옮겨 올 예정입니다. 수족관을 옮길 동안에 아버님은 울산대학병원으로 MRI촬영을 하러 모시고 갔다 올 겁니다. 촬영기계를 옮겨올 생각까지 했는데 워낙 기계가 무게가 있는 것이라서요. 조금 귀찮아도 한 번 모시고 다녀오는 게 좋을 것 같아서요. 내일은 뇌출혈치료의 최고 권위자이신 서울 대학병원의 장기영 박사님께서 오실 겁니다. MRI촬영 필름을 가지고 치료방법을 찾아 주실 겁니다."

"언어 장애도 치료가 가능할까요?"

"글쎄요. 100퍼센트 장담할 수는 없지만 장기영 박사님이라면 가능할 겁니다."

나는 언어치료가 가능할 거라는 말에 적잖이 기분이 들떴다. 아버지도 최영기 의사가 하는 말을 듣고 있었다. 듣는 기능은 이상이 없으니 자신의 병이 치료될 것이라는 이야기에 나처럼 기분이 좋아졌을 것 같았다.

"아버지 좋으시죠? 이제 치료를 받으면 말을 하실 수도 있대요. 좋아요?"

아버지는 고개를 두 번 까딱했다. 아주 좋다는 뜻이었다. 오늘은 병실환경이 눈에 띄게 확 달라진 데다가 언어장애를 치료할 길이 있다는 말에 기분이 좋아질 수밖에 없는 날이었다. 거기에다가 아들 며느리와 손자와 손부, 증손자까지 몰려와 옆에 있으니 이보다 더 좋을 수는 없는 일이었다. 아버지는 며느리가 집어 주는 감자전을 맛있게 받아먹었다.

나는 즐거워하는 아버지의 모습을 보며 측은한 생각이 들었다. 예전에 몰랐던 아버지의 과거를 알고 나니 구두 수선공으로만 살았던 삶이 얼마나 힘들었는가 짐작이 되었다.

아버지에게는 마음 터놓을 친구도 한 명 없었다. 80을 넘기고도 경로당이나 노인복지회관 같은 곳에도 다니는 법이 없었다. 오직 혼자만 집 안에서 책을 읽거나 마당에 나가 화초를 가꾸는 일로 소일거리를 삼았다. 가끔씩 태화강변을 혼자서 유유히 산책하기도 했는데, 팔순을 넘기고는 힘에 부쳐서 그런지 산책하는 일도 그만 두었다. 아버지의 노년은 수족관 안을 맴돌고 있는 물고기 같은 삶이었다.

5. 니모의 전쟁

"조태진의 아들이 조재식이란 것과 손자가 조성길이라는 것까지 알게 되었어.
조재식은 공산당에서 제법 높은 고위직에 있었고, 손자인 조성길도 김일성대학을
나온 수재였어. 미국 정보부에서 봤을 땐 멋진 먹잇감으로 보인 거야."

*

[······아들이 영화구경을 가자고 재촉을 했다. 젊은 애들도 아니고 팔십이 넘은 노인네가 무슨 영화냐고 역정을 부려도 막무가내다. 며느리도 따라 나서고 고등학생인 손주 녀석도 같이 영화관에 갔다. 집에서 TV를 보고 있으면 될 텐데 영화관을 찾아가는 내가 영 자리에 어울리지 않았다. 영화는 '니모를 찾아서'란 만화영화였다. 손주 녀석도 고등학생이고 모두가 나이들이 지긋한데 무슨 뚱단지 같은 만화영화인가 하고 들여다보고 있었다. 잠시 집중하고 보았더니 영화 속으로 빨려 들어가는 듯했다. 만화라는 생각은 멀리 사라지고 물고기가 사람과 똑같은 존재로 인식되었다.

아들을 찾아 온갖 위험이 도사리고 있는 바다로 나가는 물고기가 애처로워 눈물이 났다. 중간쯤에서는 눈물이 흐르기 시작해 멈추지 않앗다. 아들과 손자가 옆에 같이 앉아 있는데도 북에 두고 온 아들 생각이 났다. 집에 돌아와서도 주홍색 줄무늬가 선명한 그 물고기 생각이 떠나지 않았다. 다음날, 아들에게 그 물고기의 진짜이름이 무엇이냐고 물으니 바다에 사는 농어목 자리돔과의 흰동가리라는 물고기라고 했다. 그 흰동가리라는 물고기를 구할 수 있느냐고 물으니 수족관 집에 가면 해수어를 파는데 구할 수 있을 거라고 했다.

아들은 기꺼이 늙은 아버지를 위해 커다란 해수어 수족관을 설치해주었다. 그때부터 내 유일한 취미는 니모라고 불리는 흰동가리를 들여다보는 것이었다.

'네가 조그만 게 인간인 나보다 낫구나. 나는 언제나 내 새끼를 찾으러 나가보니?'

나는 하루 종일 수족관 옆에서 니모와 대화를 나누며 시간을 보냈다. 니모를 보면 멈추어 있던 심장이 드디어 움직이는 듯한 느낌이 들었다. 니모가 내 몸의 피를 돌게 하고 기운을 충전시켜주는 것 같았다. 그러나 니모도 생명을 가진 물고기이다 보니 운명을 어쩔 수 없는 모양이었다. 3년 쯤 지나 니모는 수족관 안에서 자연사했다.

아들은 니모에게 집착하는 나를 염려해서 말도 안하고 새로 흰동가리를 사다 넣었다. 매일 들여다보는 물고기의 무늬가 바뀐 걸 못 알아볼 리가 없었다. 아들의 효심에 모른 척하고 그냥 넘어갔다. 마음씨가 넉넉한 큰아들이 대견하기만 했다.

내가 80이 넘어 이런 글을 남기는 이유는 꿈을 포기했기 때문이다. 이 나라는 내가 살아 있는 동안에는 통일이 될 것 같지 않다. 혹시라도 내가 죽은 다음에라도 남쪽의 아들들과 북쪽의 아들이 만날 수 있는 기회가 생길지 모르기 때문이다. 효자 아들 인식에게 부탁한다. 만약에 너의 세대에서도 통일이 되지 않거든 이 노트는 불에 태워 버리도록 해라.]

나는 노트를 덮고 잠시 허공을 올려다보았다. 아버지의 삶을 돌이켜 보니 눈물이 났다. 보고 싶은 사람이 있어도 말조차 꺼내기 쉽지 않은 상황이 얼마나 가슴 저미는 일이었을까. 이제 막바지까지 달려온 아버지의 삶이 안타까웠다.

내일이라도 당장 통일이 된다면 얼마나 좋을까 싶다. 아버지에게는 오로지 통일이 되어야만 맺힌 한을 풀 기회가 올 수 있는 것이었다. 아버지는 병원에 꼼짝없이 누워 있어도 눈과 귀는 남북 간의 정치상황에 민감하게 반응하고 있었을 것이다.

얼마 전까지만 해도 북한의 핵실험으로 한반도에 전쟁이 일어날 것처럼 불안하더니 다시 급작스럽게 남북 간에 화해무드로 돌아서곤 했다. 아버지는 마지막 안간힘을 쓰며 남북정상회담과 북미 정상회담을 지켜보았을 것이다. 휴전선에서 남북 정상이 만나 둘만의 비밀회담을 할 때는 통일이 금방 될 듯한 분위기였다. 아버지가 쉽게 눈을 감지 못하고 있는 것은 이런 통일에 대한 기대감 때문일 것 같았다.

내일부터 집중적인 치료로 언어능력을 회복한다고 해도 남아 있는 시간이 평탄하지는 않을 것 같았다. 잠적한 이탈리아 조성길 대사 대리가 아버지의 친손자라고 해도 상황이 달라지지는 않을 것 같았다. 오히려 북에 남아 있는 아버지의 아들, 그러니까 나와 배다른 형이나 딸린 식구들이 온전할 수 있는지도 문제였다. 마지막 남은 아버지의 인생에서 한쪽 집안이 무너져 내리는 모습을 보는 것도 또 다른 고통이 될 것 같았다.

제니카가 어제처럼 일찍 집으로 찾아왔다. 롯데호텔에 묵고 있다고 했는데 아침식사라도 하고 오면 좋을 건데 하는 생각이 들었다. 제니카는 아침 식사 자리에서 아버지의 안부를 물었다. 나는 아무런 생각 없이 오늘 있을 아버지의 일정을 알려 주었다. 오전에 울산대학병원으로 MRI촬영을 하러 갈 것이며, 그동안에 집에 있는 해수어 수족관을 병실로 옮기게 될 것이라고 가르쳐 주었다.

모두 털어 놓고 나니 M이라는 발신인이 보낸 영문문자가 생각났다.

-Watch out for the nearest-

가까이 있는 사람을 조심하라니 과연 가까이 있는 사람이 누구인지 짐작할 수 없었다. 김동일이나 이상규 같은 국정원요원들이 조심해야 할 인물인지 아니면 제니카를 의심해야 되는 것인지 종잡을 수 없었다. 나는 제니카를 집에 남겨두고 먼저 집을 나왔다. 아버지를 울산 대학병원으로 모시는 데 동행하기 위해서였다.

요양병원은 한눈에 보안이 강화되었다는 걸 느낄 수 있었다. 마당 앞에 있는 공원벤치에 서너 명의 장정들이 둘러 앉아 잡담을 나누고 있었다. 모양새로 보아 감시요원들이었다. 그동안 보지 못했던 간호사들과 의사들의 모습도 눈에 띄게 불어나 있었다.

원래 요양병원에는 많은 수의 의사가 상주해 있지 않았다. 병실에 들어가자 아버지는 이미 이동용 침대에 옮겨져 있었다. 정신과 의사인 최영기가 아버지에게 불편한 곳은 없는가 물었고 심리적으로 불안해 할까봐 친절하게 말을 붙이고 있었다. 김동일과 이상규가 환자 옆에 바짝 붙어 호송할 준비를 하고 있었다.

"이제 출발하도록 합시다. 되도록 환자에게 충격이 가지 않도록 천천히 이동하시기 바랍니다."

병실에 남아있는 다른 환자들은 밖으로 실려 나가는 아버지를 부러움이 가득한 눈으로 바라보았다. 치료를 위해 대학병원으로 검사를 하러 간다는 것은 호사 중의 호사인 것이다. 요양병원이라는 곳이 완쾌를 목적으로 하는 곳이 아니기 때문에 치료를 위해 뭔가를 한다는 것은 좀처럼 있을 수 없는 일이었다. 기껏해야 죽기 전에 중환자실로 내려가 겨우 연명치료를 받다가 영안실로 실려 가면 그것으로 모든 것이 끝나고 마는 것이다.

요양원 마당에는 두 대의 구급차가 대기하고 있었다. 그 중의 한 대에 아버지를 태웠다. 아버지의 차에 나와 최영기 그리고 응급의사 한 명이 동승했다. 김동일과 이상규는 또 다른 응급차에 올랐다. 요양병원을 출발한 구급차는 요란한 사이렌 소리를 울리며 울산대학병원을 향해 출발했다.

30분을 달려 대학병원에 도착했다. 문을 열고 내리니 응급실 앞이었다. 먼저 도착한 김동일과 이상규가 밖에서 기다리고 있었다. 대학병원 응급실 직원들이 몰려나와 아버지를 병원 안으로 이송했다.

"휠체어에 모실 수 있을까요?"

"아니 불가능합니다. 하체가 이미 굳었기 때문에 무릎관절이 구부러지지 않습니다."

"알겠습니다. 그대로 모시도록 하겠습니다."

응급실에서 혈압과 맥박을 체크한 뒤 곧장 2층에 있는 영상 의학과로 갔다. MRI촬영실 앞에 가니 촬영기사가 아버지의 배 위에 놓인 차트를 집어 들고 내용을 확인했다.

"두부 촬영이군요?"

최영기에게 내용을 물었다. 몰라서 묻는 게 아니라 확인을 위해 묻는 것이었다.

"환자 분. 김태진 씨가 맞으시죠?"

"……."

"아. 환자 분은 말씀을 못 하십니다. 성함은 김태진 씨가 맞고요."

"네, 알겠습니다. 안에 촬영하시는 분이 나오시면 바로 시작하도록 하겠습니다. 잠시만 기다리시면 됩니다."

촬영기사는 앵무새같이 자기 할 일을 정확하게 진행했다. 기계 같은 안내 멘트에도 불친절하다는 느낌은 들지 않았다. 오 분도 지나지 않아 안에서 촬영을 마친 오십대 남자 환자가 휠체어를 타고 나왔다.

"김태진 할아버지 안으로 들어오세요. 보호자 분들은 밖에서 기다려 주시고요."

직원 두 사람이 아버지의 이동용 침대를 끌고 촬영실 안으로 들어갔다. 촬영실은 복도에서 문을 두 개 통과해야 들어갈 수 있었다. 문을 한 개 열고 들어가면 촬영기사가 작업을 하는 공간이 있고 진짜 방사선에 노출되는 MRI기계가 있는 방은 문을 하나 더 열고 들어가야 했다.

나는 아버지가 촬영실 문 안으로 들어가는 것을 지켜보았다. 이제부터는 직원이 알아서 촬영을 진행할 것이므로 신경을 쓰지 않아도 되었다. 두 개의 문이 모두 닫히자 안을 들여다볼 수도 없었다.

"촬영을 마치고 요양원으로 돌아가면 서울대학병원의 장기영 박사님이 기다리고 계실 겁니다. 뇌 안의 혈관이 막히거나 터져 일어나는 질병이니 꼼꼼하게 정성을 들이면 회복할 수도 있을 겁니다."

"벌써 3년이 다 되어 가는데 가능할지 모르겠네요."

"그래도 희망을 가지고 기다려 보지요."

그때 입구 문이 열리고 안에서 휠체어 한 대가 나왔다. 머리에는 털모자를 쓰고 입에는 마스크까지 끼고 있는 상태로 보아 심각한 뇌 환자 같았다. 아버지가 촬영에 들어가기 전에 앞서 촬영을 끝낸 환자였다. 푸른색 가운을 입은 직원 두 사람이 휠체어를 밀고 나와 복도 저쪽으로 갔다.

휠체어가 나올 때 얼핏 촬영실 안을 들여다보았다. 아버지의 상반신은 이미 MRI촬영기계 안으로 들어가 있었다. 문이 닫히고 한참의 시간이 지났다. 십 분쯤 지나니 다음 촬영환자가 문 앞에 와서 대기했다.

십 분이 더 지나자 다음 환자를 데리고 온 직원이 조바심을 치기 시작했다. 성질이 좀 급한 사람인 것 같았다. 오 분이 더 지나자 그 직원은 더 이상 못 기다리겠다는 듯 문을 열었다. 나도 궁금해서 안을 들여다보았다. 유리가 끼워진 촬영실 문 안으로 MRI촬영기계가 보였다. 아버지는 여전히 상반신이 촬영기계 안에 들어가 있었다.

"이거 시간이 무지 오래 걸리네."

김동일이 짜증이 난다는 듯 한 마디 했다.

"아참, 바빠 죽겠는데 빨랑빨랑 하지 않고."

다음 환자를 데리고 온 직원이 짜증 섞인 목소리로 투덜댔다.

"두부 촬영을 하는데 보통 시간이 얼마나 걸립니까?"

김동일이 그 직원에게 물었다. 직원은 그의 얼굴을 빤히 쳐다보더니 억지로 친절한 미소를 지어 보였다.

"길어야 십 분이면 충분하죠."

김동일은 팔목을 들어 시간을 확인했다. 나는 복도 벽에 붙은 시계를 쳐다보았다. 아버지가 촬영실에 들어간 지 30분을 넘어서고 있었다.

"우리는 들어간 지가 30분이 넘었는데요."

그가 직원에게 그럴 수도 있느냐는 투로 말했다.

"그럴 리가요. 이 친구들 놀고 있나?"

직원이 다시 문을 열었다. 복도문은 촬영하는 직원이 외부의 간섭을 받기 싫어 설치한 문이지 방사능과는 무관한 것 같았다. 촬영기계 안에 아직까지 아버지의 상반신이 들어가 있었다. 직원은 문을 열고 안으로 들어갔다.

"엇!"

안에서 직원의 놀란 비명소리가 들렸다. 김동일이 잽싸게 안으로 들어갔다. 촬영기사가 의자에 앉아 앞으로 엎드린 채 잠이 들어 있었다. 김동일이 촬영실 문을 열고 들어갔다. MRI기계 안에 있는 아버지의 다리를 잡고 강제로 끌어내었다. 아버지의 상반신이 기계 안에서 빠져 나온 순간 나도 비명을 질렀다. 아버지는 어디로 가고 직원 한 사람이 기계 안에서 빠져 나왔던 것이다.

김동일과 이상규의 얼굴이 흙빛으로 변했다. 정신과 의사 최영기도 놀란 눈을 크게 부릅떴다. 도대체 무슨 일이 일어난 것인지 짐작도 할 수 없었다. 운신이 불가능한 환자가 촬영실에서 사라지다니 도저히 있을 수 없는 일이었다.

"아까 그 사람! 바로 휠체어를 타고 나왔던 환자. 우리가 깜박 속았어. 빨리 병원을 폐쇄해."

촬영기사 한 사람은 아버지가 입었던 요양병원의 환자복으로 갈아입혀져 있고 촬영을 하고 있던 직원은 그대로 잠이 들어 있었다. 두 사람 모두 강제로 마취되어 있었다.

누구보다도 놀란 것은 김동일과 이상규였다. 환자를 보호한다고 따라 온 정보부 직원이 눈앞에서 환자를 잃어버리고 만 것이었다.

"병원을 폐쇄하고 동구를 빠져 나가는 모든 길목을 차단해."

김동일은 전화기에 대고 미친 듯 떠들었다. 아버지가 사라진 시간이 삼십 분이 흘렀으므로 아직까지 동구를 벗어나지는 못했을 것 같았다.

"인원을 보내서 병원을 수색하도록."

김동일은 연이어 지시를 내렸다. 밖으로 빠져 나가지 않고 병원 안에 은신해 있을지도 모른다는 판단에 지시를 내린 것이었다.

"아, 이걸 어떻게 해야 하죠?"

김동일은 면목이 없어서 그런지 내 얼굴을 바라보지도 못했다.

"어떻게 하든 찾아내도록 하겠습니다. 너무 걱정하지 마십시오."

그러나 그의 말대로 걱정을 하지 않을 수 없었다. 무엇보다 휠체어에 아버지를 태우고 간 것 같은데 무릎을 다치지는 않았는지 걱정이 되었다. 오랫동안 굽히지 않은 채 뻣뻣하게 굳은 무릎을 어떻게 굽혀 휠체어에 태웠는지 알 수 없는 노릇이었다. 마취주사를 놓고 휠체어에 강제로 태운 것 같았다. 촬영 직원 둘을 마취시킨 걸로 보아 아버지에게도 마취제를 투여한 게 분명해 보였다.

그나저나 누가 무슨 목적으로 아버지를 납치해 간 것인지 알 수 없었다. 다급한 상황에서 제니카와 카카오톡 문자메시지를 보낸 M이 생각났다. 나는 김동일에게 M에게서 추가로 온 카톡 문자를 보여주었다.

"가까운 사람을 조심하라는 이야기인데 가까운 사람이라면 누굴까요?"

"음, 각국의 정보원들이 모두 달려든 상황이니 알 수가 없군요. 혹시 가족 중에 의심이 가는 사람이 있습니까?"

"그런 사람은 아무도 없습니다. 가족이라고는 우리 집사람과 아들 하나뿐인걸요."

"집에 드나들던 외국인 여자는 어떻습니까?"

"그 여자가 의심스럽기는 해요. 나와 시드니의 재식과 연락을 하도록 주선한 여자니까."

"분명히 그 여자가 개입되어 있을 겁니다. 그리고 시드니의 재식 씨도 같이 개입되어 있을 거구요. 외국인 여자에게 연락을 해봐요. 환자를 데리고 쉽게 빠져나가지는 못할 겁니다. 꼭 찾아내야죠."

병원 밖으로 나오니 경찰관들이 5미터 간격으로 줄을 서서 지키고 있었다. 주차장 출구에서 나가는 차량들을 일일이 검색을 하고 있었다. 특히 승합차나 SUV차량들은 내부까지 샅샅이 검사를 하고 난 뒤에야 내보내 주었다. 순환도로와 남목을 지나 염포쯤 오는데 곳곳에서 검문을 하고 있었다. 동구를 빠져 나가지 않았다면 무사히 검색 망을 빠져 나가는 일은 쉽지 않아 보였다.

그동안에 아버지의 안전이 심히 걱정이 되었다. 하반신은 오랫동안 사용하지 않아 거의 굳어져 있는데 강제로 이리저리로 끌려 다닌다면 견디어 내기가 쉽지 않을 것 같았다. 중풍으로 쓰러진 환자들은 3개월이 아니면 3년이 지나 죽는다는 속설이 있었다. 그 속설이 맞는다면 아버지의 수명도 얼마 남지 않았을 거라는 생각도 들었다.

음식을 제대로 섭취하지 않아 아버지는 근육도 모두 사라지고 없었다. 그야말로 뼈 위에 가죽만 남은 상태인 데다 하루 종일 침대에 누워서 지내니 몸의 활력은 점점 떨어져 가고 있는 참이었다. 적의를 가지고 있는 사람들에게 시달린다면 하루를 버티어 내기가 쉽지 않을 것이다.

제니카는 전화를 받지 않았다. 문자로 간단하게 보고 싶다는 메시지를 보냈다. 시드니의 재식에게도 연락을 달라고 메신저를 보냈다.

집으로 돌아오니 인부들이 수족관의 물을 퍼내고 있었다. 니모는 작은 버킷에 담긴 채 가만히 호흡을 하고 있었다. 갑자기 변한 환경에 놀란 듯했다. 니모가 요양병원의 병실로 이사를 가서 아버지와 만나게 될지는 장담할 수 없는 일이었다.

성길에게 전화를 걸어 집으로 불렀다. 아무래도 지금의 상황을 가족 모두가 알고 있어야 할 것 같아서였다. 수족관 이전 작업을 끝낸 인부들은 마지막으로 니모가 담긴 버킷을 차에 실었다. 아내와 나는 넋이 나간 사람처럼 떠나가는 니모를 바라보고만 있었다.

내 설명을 모두 듣고 난 성길은 표정이 굳은 채 입을 꾹 다물고 있었다. 우리의 힘으로는 어쩔 수 없는 상황이란 걸 성길도 짐작하고 있었다.

"우리는 전혀 모르고 있었던 일이라면 시드니의 작은 아버지께서 벌인 일이 아닐까요? 할아버지도 평생 입을 안 열고 살아오셨는데 그걸 어떻게 정보원들이 다 알아내었단 거죠?"

"그런 생각은 드는데 지금은 연락이 제대로 되지 않으니 알 수가 없구나. 어쨌든 가족 모두가 몸조심을 해야 할 것 같다. 조금 있다가 병원에나 가보자 니모를 제대로 옮겼는지 봐야지."

"네."

M에게서 카카오톡 문자메시지가 들어왔다. 이번에는 누굴 믿지 말라는 내용이 아니었다. 대신 타이항공의 비행기 표가 사진으로 전송되어 왔다. 김해공항에서 방콕으로 가는 타이항공 838기의 좌석 표였

다. 나는 즉시 김동일에게 전화를 걸었다.

김동일에게 내용을 이야기하니 바로 받은 사진을 전달해 달라고 했다. 나는 즉시 M에게서 받은 타이항공 항공권 사진을 김동일에게 전달했다. 전달을 하고 나서 항공권을 자세히 들여다보니 오후 3시 10분 출발이었다. 시계를 보니 2시 반이었다. 출발시간은 앞으로 40분이 남아 있었다. 그렇다고 내가 뭘 어쩔 수 있는 방법은 없었다. 잠시 후에 김동일에게서 전화가 왔다.

"우리가 타이항공의 출발을 막아 놓았습니다. 아무래도 아버님이 그 비행기를 탄 것 같으니 공항으로 가봐야 하겠습니다. 지금 우리 요원들이 비행기로 바로 올라가 수색을 할 것입니다. 우리는 바로 출발해서 갈 테니 혼자서 따라 오실려면 오세요. 공항에 오시면 전화하시고요."

김동일은 제 할 말을 마치고 바로 전화를 끊었다. 나는 성길의 차를 타고 바로 출발했다. 경부고속도로를 타면 한 시간이면 공항까지 갈 수 있었다. 성길은 시속 150킬로미터 이상으로 급하게 차를 몰았다. 옆에 앉은 내가 불안할 정도였다.

"애야, 좀 천천히 몰아라. 우리가 조금 빨리 간다고 일이 달라지지는 않을 것이다."

"예, 알겠습니다.

대답을 해놓고도 성길은 속도를 늦추지는 않았다. 다행히 주말 오후라 그런지 차들은 많지 않았다. 남양산을 지나 대동톨게이트를 통과하는데 김동일로부터 전화가 왔다.

"찾았습니다. 아버님은 안전합니다."

"어디 다치시지는 않았나요?"

"네. 조금 힘들어 하시기는 해도 크게 다치신 곳은 없는 것 같습니다. 그리고 일당들을 모두 체포했습니다. 지금 바로 울산으로 호송하려고 합니다."

"우리는 지금 대동톨게이트를 통과했는데 공항까지 내려갈까요?"

"오지 마시고 바로 되돌아가세요. 우리도 바로 출발할 테니까요."

공항으로 달려가 보아야 이미 출발을 했다면 아버지를 만나지는 못할 것 같았다. 대동톨게이트를 한참 지나 내려왔으므로 차를 돌려야 했다. 한 번도 이곳에서 차를 돌려본 경험이 없어 회차로가 있는지 없는지 확인할 수 없었다.

대저를 지나 제2낙동대교를 건너 덕천 쪽으로 차를 몰았다. 강을 건너자마자 국도로 내려서 양산 방면 국도로 차를 몰았다. 고속도로를 달리다 국도에 들어서니 신호마다 멈추어 서야 했다. 성길은 초조함을 감추지 못하고 핸들을 손바닥으로 두드렸다.

"천천히 가도 괜찮다. 우리가 조금 늦게 가도 할아버지는 병원에 와 계실 테니까."

"그래도 일이 잘못되기 전에 할아버지에게 가보아야지요."

국도를 지나 남양산 IC에서 고속도로에 올라섰다. 김동일에게 전화를 하니 통도사를 지난다고 했다. 우리와는 불과 10분 거리밖에 안 떨어져 있었다.

"아버지는 안전하시지요?"

"네, 걱정 안하셔도 됩니다."

"범인들은 어디로 데려갑니까? 혹시 아는 사람들인가요? 외국인도 끼어 있나요?"

외국인이라면 제니카를 의식한 것이었다. 김동일은 범인들을 울산으로 데려가고 있으며 모두 한국인인데 외국인은 제니카가 끼어 있다고 했다. 내 짐작이 어느 정도는 들어맞은 것 같았다.

성길은 10분 거리 앞에 가고 있는 차를 따라잡으려 더 속도를 높였다. 소형차로 시속 160킬로미터로 달리니 차체가 심하게 떨렸다.

성길이 모는 차가 요양병원 앞에 도착했을 때는 아버지를 차에서 내려 이동식 침대에 누이고 있었다. 성길과 나는 급하게 아버지에게 뛰어갔다.

"할아버지!"

성길이 큰 소리로 부르자 아버지가 힘없는 눈빛으로 성길을 바라보았다. 성길과 함께 서 있는 나를 힘없이 바라보던 눈을 감았다. 그동안 이동하느라 무척 피곤했던 모양이었다. 나는 그제야 안도의 숨을 내쉬었다.

먼저 같이 지내던 환자들을 다른 병실로 보낸 병실은 텅 비어 있었다. 어제 만들어 놓은 받침대 위에 집에 있던 수족관이 설치되어 있었다. 새로 물을 갈아서 그런지 수족관 안은 집에서보다 투명해 보였다. 니모는 환경이 변한 걸 아는지 수초 사이에 몸을 숨기고 움직이지 않았다.

아버지는 원래 있던 침대 위에 눕자 짧은 한숨을 내쉬었다. 어쩌면 니모처럼 어려운 나들이를 하고 온 사람 같았다.

의사와 간호사가 아버지의 상태를 살펴보았다. 혈압체크를 하고 맥박을 재어 본 다음 눈동자의 반응을 살펴본 뒤에 마비된 다리의 상태를 검사해 보았다. 굳었던 무릎관절을 조금 움직여 보았는데 통증반응을 하지 않았다.

"아마 진통제와 마취제를 같이 사용했던 것 같습니다. 다리의 국소마취가 풀리면 통증이 올 수도 있습니다."

"그런데 이게 어떻게 된 일입니까? 환자를 잃어버리다니요."

"죄송합니다. 우리가 좀 방심했던 것 같습니다. 촬영실에 들어가자마자 휠체어 한 대가 나왔는데 눈치를 못 챘습니다. 앞의 환자는 금방 나갔는데 뒤따라 또 나왔으니 의심을 했어야 했는데 생각을 못 했습니다."

생각해보면 정말 어이없는 일이었다. 앞의 환자가 두 번 나간다고 의심할 생각은 하지 못했던 것이다. 그리고 옷을 갈아입히고 직원을 촬영기계 안에 넣어 놓으니 계속 속을 수밖에 없었던 것이었다.

최영기는 서울대학교 장기영 박사를 우리에게 소개했다. 환자가 납치되었다는 소식을 듣고 서울로 돌아가려고 KTX울산역까지 갔다가 되돌아왔다고 했다.

"환자분의 MRI촬영 영상이 있어야 정확한 진단을 내리겠는데 지금으로서는 좀 애매합니다. 내일 다시 촬영을 마친 다음에 보도록 하지요."

"지금이라도 다시 촬영을 하러 가면 안 될까요?"

김동일의 말에 최영기가 빤히 얼굴을 쳐다보았다. 환자도 제대로 지키지 못하는 주제에 어떻게 또 촬영을 하러 가겠느냐고 비꼬는 듯한 눈빛이었다.

"그건 환자분의 회복을 위해서도 안 될 말입니다. 지금도 제대로 안정하려면 힘들 겁니다."

"그럼 어떻게 하지요?"

"상부의 지시가 다시 내려왔습니다. 대통령님께서 특별히 환자치료에 만전을 기하라고 말씀하셨습니다. 내일 MRI촬영기계를 이곳으로 이송해 오도록 하겠습니다. 기계는 서울에 있는데 화물기로 울산공항으로 보낸답니다."

대통령이 직접 나서서 치료를 지시했다니 믿어지지 않았다.

"이런 일에 대통령님이 직접 나서다니요. 믿어지지 않는군요."

"소소한 작은 일이 아니니까요. 어쩌면 나라의 운명이 걸린 일이기도 합니다.”

“어떻게 나라의 운명까지 걸린 일이란 말입니까?”

“어떤 시각으로 보느냐에 따라 결과는 달라지겠지요. 북한 측에서 보았을 때는 남한에 남아 있는 마지막 비전향 장기수이기도 하고, 인민을 배신한 배신자이기도 합니다.

남한에서는 아들을 훌륭한 교육자로 키워낸 훌륭한 시민이 될 수도 있고, 북한체제의 정당성을 흔들 수 있는 위치에도 있죠. 북한이 김일성 우상화에 이용한 보천보 사건의 산 증인이기도 하거든요. 어떻게 보느냐에 따라서 양쪽 모두에게 이용가치가 충분한 것이지요.

지금은 북한의 비핵화 문제로 북미 정상회담을 앞둔 시점입니다. 미국도 이 사건에 촉각을 곤두세우고 있는 상태입니다. 조사를 해보아야 하겠지만 지금 잡혀 있는 범인들도 미국의 CIA요원들일 가능성이 매우 높습니다.”

“범인들은 어떻게 처리하죠?”

“조사를 먼저 해보아야겠지요. 두 사람은 호주인이고, 둘은 미국인인데 본국에서 송환요청을 해오면 어지간히 큰 죄가 아니면 돌려보내줘야 합니다. 이번처럼 납치행위를 저지르는 경우에는 재판을 받게 할 수 있습니다.”

“처벌하는 것은 마음먹기에 따라 달라질 수 있다는 것이군요?”

“그렇습니다. 그러니 조사를 먼저 해 보아야지요. 같이 사무실로 가서 그 사람들을 한 번 만나보도록 합시다. 제니카란 여자는 안면이 있는 사이잖아요."

나는 김동일과 함께 국정원 사무실로 갔다. 납치범들은 각자 따로 분리되어 갇혀 있었다. 제니카는 첫 번째 방에 갇혀 있었다. M이라는 발신자가 가까운 사람을 조심하라고 한 것이 제니카였던가 하는 생각이 들었다. 재식이 보낸 사람이라고 하는데 믿지 않을 수가 없었던 것이다. 뭐가 뭔지 도무지 혼란스럽기만 했다.

"들어가 보세요. 우리가 몸 검사를 했기 때문에 위험하지 않습니다."

내가 안으로 들어가도 그녀는 전혀 동요하지 않았다. 아버지를 납치하려다 미수에 그쳤으면 고개라도 숙이고 있어야 할 터인데 전혀 미안한 기색이 없었다. 오히려 먼저 나를 보고 싱긋이 웃기까지 하는 것이었다.

"도대체 왜 그런 짓을 한 거요. 심각한 환자를 방콕으로 데려가 무슨 일을 벌이려고 한 겁니까?"

"오해하지 마세요. 우리는 당신 아버지의 소원을 들어주려고 했던 거예요."

"우리 아버지의 소원이라구요? 당신이 우리 아버지의 소원이 뭔 줄 아십니까?"

"그럼요. 어릴 때 헤어진 아들을 마지막으로 보는 게 아니었을까요?"

제니카는 당당하고 태연했다.

"내가 아들인데 아들이 어디에 있단 말입니까?"

"아들은 평양에 있지만 손자가 지금 우리한테 있어요."

"손자가 당신들한테 있다구요? 탈북한 조성길을 말하는 건가요?"

"네. 우리가 데리고 있죠."

당연하다는 표정의 제니카였다.

"어디에 있는데요?"

"그건 일급비밀사항입니다. 전 세계인들이 관심을 가지고 있는 부분이죠."

"두 사람을 만나게 해서 무얼 하려고요?"

"조성길에게 할아버지를 보여주기만 하면 우리 목적은 끝납니다."

"실패를 해서 어쩌죠?"

"우리는 실패를 해도 손해 볼게 없습니다. 어차피 우리의 목적은 달성되었으니까요."

제니카는 뻔뻔하기까지 했다.

"당신들의 목적이 무엇입니까?"

"더 이상 저에게 묻지 마시고 당신의 동생에게 물어보세요. 어제와 오늘 아침식사에 초대해준 데 대해서는 감사드립니다."

제니카가 있는 방에서 나와 다음 방으로 가니 재식이 앉아 있었다. 재식은 아무렇지도 않다는 듯 태연하게 나를 바라보았다.

"형, 잘 있었어?"

"넌 지금 그런 인사가 나오냐?"

"그럼 어떻게 해. 이런 데서 만난 걸."

"아버지를 납치하다니 말이 되는 소리냐. 몸도 불편한 환자를."

"아들이 아버지를 모시고 가는데 납치라는 말은 안 맞잖아."

"뭐라고? 그게 모시고 가는 거냐? 병원 직원들까지 마취를 시켜놓고선. 도대체 어디로 모시고 갈려고 그런 거야?"

"그건 여기서 말할 수 없어. 집에 가서 말할게."

나는 김동일의 얼굴을 빤히 쳐다보았다. 재식은 당연히 자기를 우리 집에 보내줄 것처럼 말을 하고 있었다. 나는 정말 그렇게 해줄 수 있느냐고 김동일에게 물었다.

"나오셔서 형제분이 이야기 좀 나누고 오세요. 아주 놓아드리는 것은 아니니 오늘 중으로 이곳으로 돌아와야 합니다."

"제가 책임지겠습니다."

"책임은 안 지셔도 됩니다. 여권은 우리에게 있고 빠져나갈 길이 없을 테니까요. 우리의 정보력을 쉽게 보시면 안 됩니다. 이번 납치도 실패한 걸 보세요."

나는 김동일이 하는 말이 마음에 들지는 않았다. 아버지를 김해공항에서 찾을 수 있었던 것은 M이 나에게 제보를 했기 때문에 가능한 일이었다. 김동일이 하는 일이 미더워 보이지 않았다. 그러나 재식이 나를 버리고 이 나라를 빠져 나갈 일은 없어 보였다. 같이 잡혀온 두 사람은 내가 만나볼 필요도 없을 것 같았다. 재식을 태우고 곧장 집으로 왔다. 아내가 재식을 알아보고 놀란 입을 다물지 못했다.

"어떻게 된 거예요? 오신다는 말씀도 없이."

"형수님, 죄송하게 됐습니다."

재식은 나에게는 화가 난 듯 퉁명스럽게 말해도 제 형수에게는 순하게 굴었다. 그럴 수밖에 없었던 것이 결혼하기 전부터 아내는 하나밖에 없는 시동생에게 각별한 정성을 쏟았었다. 재식은 나에게는 속마음을 털어놓지는 않아도 제 형수에게 만큼은 스스럼없이 고민을 털어 놓곤 했다.

"식구들은 모두 잘 있지요?"

"네, 잘 있습니다."

"어떻게 오신다는 말씀도 없이 혼자 오신 거예요?"

"아버지를 모시고 가려고 왔습니다."

"아니 환자를 어디로 모시고 가요? 호주로요?"

"네, 호주로요. 형수님도 제 이야기를 잘 들어보세요. 형이 모르는 이야기를 해드릴 테니까요."

재식은 나와 아내에게 그간의 일을 늘어놓았다. 아버지가 인민군 장교로 6·25전쟁 때 남한에 내려왔다가 되돌아가지 못하고 한국사회에 남게 된 이야기부터 쭉 이어갔다. 나는 아버지의 노트에서 이미 읽은 내용이라 놀랍지 않았다. 아내는 달랐다. 처음 듣는 이야기에 눈을 크게 뜨고 잔뜩 긴장한 채였다. 내가 궁금한 것은 이런 사실을 재식이 어떻게 알았느냐 하는 점이었다.

"나도 처음에 혁명박물관에 기록되어 있는 조태진이라는 사람이 우리 아버지인 줄은 몰랐어. 그런데 확실한 정보를 알게 된 것은 아버지의 중학교 동창이었던 이인구라는 분을 만나고 나서부터야."

"이인구라는 분을 만났다고?"

"형이 이인구 씨를 알아?"

"아니 내가 안다는 것이 아니고 어떻게 그런 사람을 알게 되었느냐는 거지."

나는 얼렁뚱땅 둘러댔다.

"이인구 씨는 미국에서 활동하시는 목사님이셨는데 나와 함께 북한 전도를 다니던 분이었어. 내가 혁명박물관에 있는 조진수 조태진 부자 열사에 대해 관심을 보이자 그분이 조태진은 자기와 동창생이었다고 하는 것이었어. 그러고는 나를 유심히 쳐다보더니 어쩌면 나하고 조태진 열사하고 얼굴이 많이 닮았다고 하는 것이었어."

"네가 사람을 바로 만난 것이었구나. 그분은 아직 미국에 살아계시니?"

"아니 벌써 오 년 전에 돌아가셨어. 내가 이인구 씨와 혁명박물관에서 이야기를 나눈 것이 벌써 10년 전의 일이야."

"그래서 어떻게 되었는데?"

"어떻게 되기는. ECW가 명칭으로는 세계복음화 교회인데 사실 북한에서 활동하는 것은 정보수집이 목적이라고 할 만했어. 진짜 선교목적으로 들어가신 분들도 있었지만 대부분은 CIA요원이었어. 내 이야기를 듣고는 조태진 열사의 집안 내력을 캐기 시작했지. 결국은 조태진의 아들이 조재식이란 것과 손자가 조성길이라는 것까지 알게 되었어. 조재식은 공산당에서 제법 높은 고위직에 있었고, 손자인 조성길도 김일성대학을 나온 수재였어. 미국 정보부에서 봤을 땐 멋진 먹잇감으로 보인 거야. 형, 웃기지 않아? 북한에는 전쟁영웅이 된 조태진이 있고, 남한에는 구두 수선을 하는 김태진이 있어. 그리고 공산당 간부인 조재식이 있는데, 남한에는 군인이 되고 싶었던 김재식이 있는 거야."

재식이 어이없다는 표정을 지었다. 남과 북에 사는 아버지의 손자가 모두 성길이다. 이 또한 결코 우연이 아니라는 것이 재식의 의견이었다. 조씨 가문의 항렬자에 맞춰 좋은 이름을 찾다 보니 짓게 된 이름이 아니겠느냐는 것이었다. 아무려나 한 사람이 두 사람으로, 그것도 어떻게 아주 상반된 인물로 평가될 수 있었는지 나도 기가 막혔다.

"그래서 어떻게 된 거야?"

"어떻게 되기는 뻔한 이야기지. 영웅으로 떠받들고 있는 조태진이 남한에서 김태진으로 이름을 바꿔 평생 구두 수선을 하며 살았다는 사실을 CIA에서 알았으니 가만히 있었겠느냐고. 당연히 조재식에게 접근해서 협박을 했겠지. 정보를 빼내기 위해서."

"그럼 계속 미국 정보부의 협박에 시달려 중요정보를 내줄 수밖에 없었겠네."

"정보원이라는 사람들이 그렇게 미련한 사람들은 아니야. 적당히라는 정도를 지킬 줄 알아야 하는 거야. 정보라는 것은 항상 변하는 것이니까. 한꺼번에 몽땅 뽑아내는 게 아니거든 시간이 흘러가면 또 다른 정보가 생산되는 것이지."

"그럼 조성길 대사 탈북사건도 미국정보부의 작전이었네."

이것이 그렇게까지 확산될 사건인가 싶어 믿기지도 않았다.

"정확하게 이야기하면 미국 정보부가 아니라 ECW라는 조직이 한 거지."

"그럼 이번에는 왜 중요한 정보통을 버리고 탈북을 시킨 거야?"

"지금이 아주 중요한 시기거든 북미비핵화협상에 중요한 카드가 된 거야. 앞으로 그 카드를 어떻게 써먹게 될지는 아무도 몰라."

"그럼 아버지는 왜 납치하려고 한 거야?"

"납치가 아니라니까 그러네. 아들이 아버지를 모시고 가는데 그게 왜 납치야?"

재식의 말은 시종일관이었다.

"하여간 목적이 무엇인데?"

"아버지를 최대한 안전하게 보호하고 한국국정원의 손에서 벗어나게 해야 할 필요가 있어서 그랬던 거야."

"한국 국정원이 아버지에게 위해를 가하지는 않을 텐데?"

나는 친절을 베풀던 김동일 등을 떠올리며 말했다.

"형이 너무 순진한 거야. 예전에 어땠는지 알아. 비전향장기수들을 회유하려고 온갖 무모한 짓을 다 저질렀던 사람들이야. 장기수들의 감옥에 폭력전과자들을 집어넣고 무자비한 폭행을 하도록 유도했어. 그 바람에 맞아서 사망한 장기수들이 부지기수였어.

최석기라는 비전향 장기수가 있었는데 입에 수건이 물린 상태에서 폭행으로 숨졌어. 그런데 유족들에게는 잠만 자는 병에 걸려서 죽었다고 통보했어. 세상에 잠만 자는 병도 있나? 웃기는 일이지. 아버지도 저들에게 목적이 있는 한 어떻게 이용당할지 모르는 거야."

"네가 너무 예전의 사건을 가지고 민감하게 생각하는 건 아닌지 모르겠다. 요즘은 그런 면에서는 많이 달라지지 않았을까?

나로서는 못 미덥기가 재식도 마찬가지였다.

"하여간 아버지는 마지막 남은 숨어 지낸 장기수라고 보는 게 맞겠지. 당장 간첩으로 몰아가도 어쩔 수 없는 상황이잖아. 아버지는 물론이고 형도 이 나라를 벗어났어야 했어."

"그럼 월북을 했어야 했단 말이냐?"

"아니 월북이 아니라 제3국으로 갔어야 했다는 말이지. 이편도 아니고 저편도 아닌 곳으로 갔어야지. 한국은 아직도 전쟁 중이잖아. 아버지 친구 분인 이인구 목사님처럼 살아야 했어. 이인구 목사님이 나에게 보천보사건 조사서란 문건을 보여 주더군. 북한에서 선전하는 김일성의 항일운동에 문제점이 드러나는 서류였는데 아버지 친구 분들 다섯 명이 직접 조사를 해서 만든 자료였어.

이인구 목사님은 그걸 끝내 세상에 내놓지 않았어. 세상에 내놓아 봐야 같은 한국인들이 비웃음을 당할 뿐이라는 게 이유였어. 그리고 그분은 대성 중학교를 졸업하고 장춘에 있는 만주국으로 가서 만주 군관학교에 갔다고 했어. 거기서 대한민국 대통령을 했던 박정희를 만났었다고 했어. 자기보다 나이가 열 살이 더 많았었다고 하더라고. 무언가 세상에 밝히기 힘든 내용을 알고 있었는데 끝내 입을 열지는 않고 돌아가셨어. 우리의 흠을 밖에다 내놓아보아야 누워서 침 뱉기라는 거였지."

아버지의 기록을 통해서 알게 된 사건을 재식은 모두 알고 있었다.

"뭐라고 할까, 중심이 단단한 분이었던 것 같구나. 그건 그렇고 너는 아버지가 이제 몇 달을 넘기기도 힘든 상태라는 것은 알고 있었던 거냐?"

"알고 있었지. 아버지의 마지막 소원이 무엇일까 곰곰 생각해 봤어. 그게 꿈에도 그리던 북에 두고 온 아들을 만나는 일이 아니었을까?"

"그럴지도 모르지."

어쩔 수 없이 수긍하는 나에게 재식이 혼잣말처럼 중얼거렸다.

"그런데 우리를 공항까지 따라 온 건 어떻게 된 것이지? 비행기에 오를 때는 거의 성공했다고 믿고 있었는데."

나는 휴대전화에 찍힌 M의 카톡 문자를 보여 주었다. 방콕행 타이
항공의 항공권이었다.

"너는 이걸 보낸 M이라는 사람을 알고 있냐?"

"으흠, 알 것도 같아. 분명 미국의 정보요원일 거야."

"CIA라는 거냐?"

"미국이라는 나라가 참 불가사의한 나라야. 한 나라 안에 민주당과
공화당이라는 두 부류의 사람들이 살고 있어. 두 부류는 서로를 잡아
먹을 듯 증오를 해. 그리고 공화당 안에도 똑같이 두 부류가 있어. 대
통령을 지지하는 편과 지지하지 않는 편이지. 민주당 안에도 똑같이
두 부류가 있어. 분명 원수같이 나누어져 있는데도 보면 하나야. CIA
라고 다 같은 CIA가 아니야. 분명히 둘로 나눠져 있어. 이게 둘이었다
가 하나가 되고 또 둘이 되기도 해.

이인구 목사님도 그랬어. 미국은 불가사의한 나라라고. 이 M이란
사람도 만나보기 전에는 누구라고 단정 지을 수 없어. 아니 만나보아
도 영원히 그가 누구인지 알 수 없을지도 몰라. 그게 미국이야."

재식의 말은 들으면 들을수록 오리무중이었다. 형제가 오랜만에 만
나서 하는 이야기 치곤 정답이라고 여길 만한 부분도 하나 없었다.

재식과는 밤이 깊도록 이야기를 나누어도 끝이 없었다. 11시가 넘어

216

김동일에게 전화를 하니 12시가 되기 전에 복귀하라고 했다. 그냥 집에서 재우면 안 되겠냐고 부탁하려던 참이었다. 그럴 줄 알았다는 듯 미리 선을 정한 것이었다. 어쩔 도리가 없었다. 재식을 태워 국정원 사무실까지 데려다 주고 왔다.

아내는 밤늦도록 잠을 이루지 못했다. 나에게 감추고 있는 사실이 있느냐고 물었는데 정말이지 내가 아내에게 감추고 있는 것은 아무것도 없었다. 다만 내가 말해야겠다고 생각한 걸 재식이 먼저 풀어놓은 것뿐이었다. 가족들에게 감출 필요도 없고 감추어서도 안 되는 일이었다.

"아버님에게 그렇게 가슴 아픈 사연이 있을 줄은 몰랐어요. 아버님이 너무 불쌍해요. 영화를 보고나서 우실 때 눈치를 챘어야 했는데 우리가 둔했던 것 같아요."

"이제 와서 어쩔 수 없는 일이지. 유명한 의사가 아버지를 치료한다고 했으니 기대해봐야지."

"여보."

"응."

"아버님이 치료를 받아 완쾌가 된다고 해도 10년을 더 사시겠어요? 5년을 더 사시겠어요? 나는 아버님이 치료를 받아도 나쁠 건 없지만 어쩐지 고생만 더 하실 것 같아요."

아내의 말에 진정성이 느껴졌다. 효심에 겨운 말이라고까지 할 수는 없었지만 아내의 진심일 것이었다.

"그래도 기대는 해봐야지. 비싼 기계까지 가져와서 치료를 해준다는데 기대를 해보는 게 당연하지 않겠소?"

"하긴 그래요. 시간을 한 30년 쯤 뒤로 돌렸으면 좋겠어요."

"그러면 뭘 하게?"

"뭘 하긴요. 그 시절로 돌아가서 다시 한 번 살아보는 거지요. 우리도 건강한 아버님과 함께 살 때가 행복하지 않았나요? 그때는 어머님도 살아계셨었고."

고마웠다. 그럴 리가 없어서 한 말일 수도 있으나 시부모와 살 때로 돌아가고 싶다니, 아내의 현명함이 혼란스러운 마음에 위로가 되었다.

"30년 전이면 우리 성길이가 다섯 살 쯤 되었었겠네."

"그렇죠. 근데 지금은 우리 손주 용규가 다섯 살이네요."

"세대가 그렇게 바뀌는 것이네. 어쩌면 아버지의 세대는 이제 끝난 것 같아. 서글픈 일이야."

아내와 함께 이야기를 나누다보니 지난 세월이 주마등처럼 머릿속을 스치고 지나갔다. 나는 아버지의 앨범에서 꺼내 놓았던 사진을 주머니 속에서 꺼냈다. 버드나무 가지가 늘어진 태화강변에서 아버지가 나를 안고 찍은 사진이었다. 가만히 들여다보니 어린 내 모습은 성길의 모습이기도 하고 용규의 모습이기도 했다.

6. 먼 길

"지금 조성길은 어디에 있고, 어떻게 처리할 셈인데?"

"그건 나도 정확하게 몰라. 내가 어떻게 할 수 있는 건 없어.

CIA의 영향권에 있는 것은 확실한데 정보를 노출시키지는 않겠지.

지금 남북한 당국과 미국이 한창 물밑협상을 벌이고 있을 거야."

＊

　다음 날, 요양병원에서는 대공사가 벌어졌다. 서울에서 실어 온 MRI촬영기계를 설치하고 있었다. 예전에 신경외과로 운영하던 병원이어서 기계를 설치하는데 큰 문제는 없었다. 하루 종일 난리를 피웠는데 촬영은 다음날이 되어야 가능하다고 했다. 장기영 박사는 서울로 올라갔다가 기계작동을 한 다음에 다시 내려오기로 했다.

　아버지는 하루 종일 수족관 속의 니모를 들여다보았다. 아무리 오래 들여다보아도 질리지 않는 듯했다. 그 모습은 북에 두고 온 아들을 생각하는 게 아니었다. 흡사 니모에게 빙의된 것 같았다. 과연 아버지의 기억이 온전하게 남아 있는 것인지도 의문스러웠다.

　"아버지, 이인구란 사람을 기억하세요?"

　아버지는 니모를 들여다보다가 나를 빤히 건너다보았다. 방금 뭐라고 했느냐고 되묻는 듯한 표정이다.

"이. 인. 구!"

나는 한 음절마다 힘을 주며 정확하게 발음을 했다. 아버지는 여전히 못들은 표정이다.

"그럼 박. 경. 천은 기억하세요?"

아버지의 표정이 변했다. 놀란 듯하다가 이내 평온해졌다. 빙긋이 웃고 난 뒤 여전히 니모에게 집중했다. 어쩌면 아버지의 머릿속에는 니모만 남아 있는지도 몰랐다. 평양의 어린 아들이 니모가 되었다는 착각을 하는지도 모르는 일이었다. 현재의 상태에서는 치료를 성공적으로 한다 해도 예전 기억이 그대로 돌아오리라곤 기대할 수 없을 것 같았다. 말을 할 수 있다고 해도 기억이 없으면 무슨 말을 하겠는가.

점심 무렵이 되어 김동일이 재식을 데리고 병원을 찾아왔다. 아버지는 울산대학병원에서 김해공항까지 가면서도 재식을 보지 못한 모양이었다. 마취제 주사를 맞은 탓이었을 것이다.

재식을 보더니 눈물을 글썽거렸다. 움직일 수 있는 왼손으로 재식의 얼굴을 쓰다듬으려 했다. 나는 쭈뼛거리는 재식을 아버지 앞으로 밀었다. 재식의 얼굴에 손을 댄 아버지는 무언가 말을 하려고 입술을 오물거렸다. 그러나 말이 되어 나오지는 않았다. 재식의 얼굴에 눈물이 주르르 흘러 내려왔다. 아버지의 두 눈에서도 눈물이 흘렀다. 김동일이 두 사람을 바라보다가 등을 돌리며 혀를 끌끌 찼다.

"사무실에 두지 말고 여기 와 있으면 안 될까요?"

"그러다 어르신을 또 데리고 나가면 어쩝니까?"

"혼자서 그게 가능하기나 한가요?"

김동일은 몇 번 고개를 끄덕거리더니 그렇게 하라고 했다. 제니카를 비롯한 두 명의 납치범들은 좀 더 조사를 해야 할 것이라고 했다. 재식에게도 주의를 주었다. 다른 사람을 함부로 만나거나 엉뚱한 짓을 하면 감옥에서 몇 년은 썩어야 할 것이라는 엄포였다. 재식은 병실에서 아버지와 함께 생활하게 되었다. 그동안 아버지와 함께 하지 못한 한을 풀기라도 한 듯 재식도 좋아했다. 나도 밤에 재식이 아버지와 함께 하니 마음 놓였다. 물론 병원 안팎으로는 삼엄한 경계가 이루어지고 있었다.

다음 날, 아버지의 촬영이 있었다. 장기영 박사가 조수를 둘이나 데려와 촬영하는 것부터 간섭을 했다. 촬영을 모두 마친 장기영 박사는 여러 사람을 모아놓고 아버지의 상태를 설명했다.

"우리 몸의 언어를 관장하는 부분은 왼쪽 뇌입니다. 이쪽 부분이죠. 언어 중추의 앞부분은 운동언어중추라고 해서 말을 하는 역할을 하고 뒤쪽은 감각언어중추라고해서 알아듣는 역할을 합니다. 아버님의 경우는 이 앞쪽에서 출혈이 일어나 운동언어중추에 산소를 공급하는 혈관이 굳어있는 상태입니다. 그러니까 말을 알아들을 수는 있는데 말을 하지는 못하는 것이지요."

"치료를 할 수 있겠습니까?"

"굳은 혈관을 풀어주어야 하는데 외과적 수술을 하는 방법과 약물로 치료하는 방법이 있습니다. 아버님과 같은 경우는 두 가지 치료를 병행해야 할 것 같습니다."

"외과적 치료라면 수술을 한다는 이야긴데 연세가 많으셔서 괜찮겠습니까?"

나는 화가 났다. 그런 의술이 있었는데 왜 이렇도록 세월만 보냈는지 아버지를 맡았던 의료진들에 대한 원망도 덧붙였다.

"예전에는 굉장한 고난도의 수술로 생각했는데 지금은 보편적인 수술이죠. 생각해 보세요. 고대 마야인들도 뇌수술을 했다고 하잖아요. 마야인들이 수술을 잘했다는 것이 아니고 그만큼 쉽다는 이야기죠. 약물치료는 굳은 혈관 안에 피를 묽게 하는 약물을 주입하는 겁니다. 거머리를 아시죠? 거머리에 물리면 지혈이 되지 않고 계속 피가 흘러나옵니다. 거머리는 문 다음에 혈액이 응고하지 않게 하는 물질을 먼저 쏘아 넣습니다. 그러면 수월하게 피를 빨아 먹을 수 있게 되죠. 그런 원리를 이용해 굳어버린 혈관 속의 혈액을 녹여 내는 것입니다. 바로 이곳입니다. 운동중추가. 이곳에 혈액이 원활하게 공급되기만 하면 말을 하는 게 가능할 겁니다. 자 해봅시다."

장기영 박사의 말은 확신에 찼다. 곧바로 수술에 들어갈 준비를 시켰다.

"이 수술은 못합니다! 가족인 제가 동의하지 않겠습니다."

재식이 갑자기 큰소리로 외쳤다. 모두 뜻밖이라는 듯 재식을 쳐다보았다.

"반대하는 이유가 뭐요? 무료시술을 해주는 것인데."

김동일이 화가 난 듯 재식을 나무랐다.

"도대체 이 수술을 하는 목적이 뭐요? 환자를 위한 수술입니까. 아니면 환자의 가족을 위한 수술입니까? 말씀해보세요. 수술하는 진짜 이유 말입니다. 이거 해도해도 너무하는 것 아닙니까. 나이가 95세인 노인에게서 정보를 캐내기 위해 뇌수술을 한다고요? 당신들이 사람이야, 짐승이야!"

재식은 강경했다. 생각하지 못했던 부분이었다. 장기영 박사는 재식의 말을 듣고 표정이 돌처럼 굳어있었다. 김동일과 이상규도 마찬가지였다.

"수술을 해서 아버님이 좋아지시면 모두가 좋은 것 아닙니까?"

"솔직하게 말씀해 주세요. 수술을 하면 환자가 더 오래 살 수 있나요? 더 행복한 삶을 살 수 있나요? 그렇다면 최초에 뇌출혈이 왔을 때 왜 수술을 권하지 않았겠습니까? 뇌수술은 미개한 마야인들도 했다면서요."

장기영 박사는 더욱 표정이 굳어져 아무 대꾸도 하지 못했다.

"이거 해도 너무 하는 것 아닙니까. 지금 하자는 짓이 일본놈들 731부대에서 마루타 실험을 하는 것과 다를 게 없잖아요. 환자의 의사에 반하는 수술이면 이게 마루타 실험이 아니면 뭡니까?

"재식아, 그건 좀 표현이 과하지 않니?"

내가 말렸지만 소용없었다. 재식은 강력한 반대소견을 냈다.

"형도 정신 좀 차려. 맏아들이란 사람이 생각이 있는 사람이야? 정보를 캐내려고 시체나 다름없는 노인을 해부한단 말이야? 여기 좀 봐. 여기 아버지 다리. 뼈에 가죽만 남아있는 시체를 어떻게 수술을 한다는 거야."

재식은 말을 마치고 아버지의 몸 위에 엎드려 꺼이꺼이 울었다. 딴은 그랬다. 내가 미처 생각하지 못한 상황이어서 당황스러웠다. 모두들 표정이 굳었다. 아버지는 상황파악을 못한 것인지 멀뚱히 천정만 바라보고 있었다. 아무래도 수술은 좀 보류해야 할 것 같았다. 재식을 겨우겨우 달래 아버지에게서 떼어 놓았다. 아버지는 재식이 왜 우는지도 모르는 듯했다. 나는 아버지 곁으로 다가가 귀에 대고 작은 소리로 속삭였다.

"아버지. 아버지도 말을 하지 못해 답답하지요? 수술을 하면 말을 할 수 있다는데 수술을 받으시겠어요?"

아버지는 수술이라는 말을 정확하게 알아들었는지 고개를 흔들고 왼쪽 팔을 내저었다. 완강한 거부의 몸짓이었다.

"그럼 말을 못해도 상관없단 거지요?"

아버지는 고개를 끄덕거렸다. 정말 수술을 받고 싶지는 않은 듯했다.

"거봐, 형. 아버지 연세가 얼만데 수술을 받으시려고 하겠어. 그냥 편안하게 모실 생각이나 해."

"알았다. 좀 더 생각을 해보자."

장기영 박사는 하는 수 없이 병실을 나가 버리고 말았다. 김동일과 이상규도 병실을 나가 병원 앞에 있는 소공원에 가서 담배를 피워 물었다.

"나는 아버지가 하고 싶은 말을 한 마디라도 하셨으면 좋겠단 생각을 했었어. 미안하다, 재식아."

"괜찮아, 형. 아버지가 떠나시는 날까지 편안하게 지켜보는 게 자식 된 도리가 아니겠어. 우리가 우리 욕심대로 하려면 안 되지."

소공원에 가서 담배를 피우고 들어 온 김동일은 다시 병실로 들어 왔다.

"방금 연락을 받았는데 조성길과 김태진 할아버지는 유전자 확인 결과 99.8%가 일치한답니다. 손자가 확실한 겁니다."

"그래서 뭘 어쩌라는 겁니까?"

재식이 아직까지 분이 덜 풀렸다는 듯 그에게 대들었다.

"우리 입장을 조금이라도 헤아려 주신다면 그렇게 일방적으로 나오실 것도 아닙니다. 내가 지금 나 하나 잘되자고 이 고생을 하고 있습

226

니까? 정말이지 나라의 안전을 위한 일이 아닙니까? 개인의 자유가 우선이지만 나라의 안전도 중요한 것입니다. 예전에 위정자들이 많이 써먹었던 말이라 짜증이 나시겠지만 나라가 없으면 개인의 자유는 어디에 있겠습니까?"

"그래서! 지금 우리 아버지에게서 알아내고 싶은 정보가 무엇입니까?"

"솔직하게 말씀드리죠. 북에서 혁명영웅 칭송을 받고 있는 조태진 씨의 행적은 대충 다 알고 있습니다. 6·25전쟁 전까지는 과장되기는 했겠지만 북한에 그대로 남아 있습니다. 우리도 모르고 북한 측에서도 정확하게 모르는 부분은 전쟁 동안에 일어났던 일입니다. 다부동 전투에 참가했다는 사실과 원주에서 폭격으로 사망했다는 사실만 알려졌을 뿐 세세한 내용이 빠져 있지요. 그리고 피난민으로 가장해 정착한 사실은 어느 정도 유추해 볼 수는 있지만 그리 중요한 사안은 아니지요."

"전쟁 중에 아버지가 얼마나 용감하게 싸웠느냐가 문제군요?"

재식의 말에 가시가 돋쳤다.

"그런 셈이지요. 북한 측의 기록에는 다부동 전투에서 기관총으로 수천 명의 적을 사살했다고 나오는데 사실이라면 심각한 문제죠. 그 적이라는 것이 우리 국군이나 연합군일 테니까요. 사격술이 뛰어났다는 기록도 있어요.

백두산에서 총으로 호랑이를 사냥했다는 기록도 있어요. 이건 좀 신비스럽게 보이려고 꾸며낸 이야기 같지만요. 다부동 전투에서 뛰어난 사격술로 적의 장교를 백 명이나 사살했다고 나오는데 정말 그랬다면 다부동에서 전사한 국군장교는 전부 조태진 씨가 죽인 게 되거든요. 과장이 지나치다는 증거죠. 그런데 정말 저격술이 뛰어났었는지는 확인할 수가 없습니다."

김동일의 말을 들으면서 소름이 돋았다. 사실과 엄연히 달랐지만 나는 아버지의 노트에서 확인한 내용들을 함부로 발설할 수가 없었다. 인민군 장교로 다부동에서 활약한 내용은 북측에서 보면 영웅이었고, 강찬구 상좌나 이충렬 소장을 살해한 내용은 배신자가 된 것이었다. 지금의 상황으로 본다면 진실을 밝히기에는 시기적으로 이른 것 같았다.

"한 가지만 물어봅시다. 조성길은 지금 어디에 있습니까?"

나는 이야기의 핵심을 돌리려고 일부러 다른 질문을 했다. 김동일이 나를 쳐다보다가 눈길을 돌려 재식을 바라보았다.

"지금 그것은 아무도 발설할 수 없겠지요. 솔직하게 말씀드리면 우리도 모르고 있습니다. 상부에서는 알고 있겠지만 우리 선에서는 아직 모릅니다. 어쩌면 여기 계신 동생 분이 우리보다 더 잘 알고 계실 텐데요."

김동일은 재식에게서 시선을 떼지 않았다. 마치 조성길을 어디에다 감추어 두고 있느냐는 듯한 눈길이었다. 재식은 그런 그의 눈길을 아랑곳하지 않았다.

"대답을 해보시죠. 이번 일을 기획한 것이 당신네 ECW가 아닌가요?"

"지금 뭘 하자는 겁니까. 내 패를 다 보이고 죽으라 이겁니까?"

"너무 당당하게 나오시는데 지금 우리 포로라는 생각을 잊으시면 안 됩니다. 제니카와 미국인 두 명에게 강제로 입을 열게 할 수도 있습니다."

김동일의 표정이 딱딱하게 굳었다.

"해 보세요. 미리 말씀드리지만 제니카는 신앙심이 깊은 전도사에 불과하고, 미국인 한 명은 마취과 전문의입니다. 다른 한 명은 응급의학과 전문의이고요. 아버지의 몸 상태에 대한 것은 잘 알고 있지만 그 밖의 다른 문제는 감조차 못 잡고 있는 사람들입니다. 고문을 한다 해도 아는 게 있어야 말할 것 아닙니까. 이런 상황을 예상해서 사건과는 무관한 사람들을 데려온 겁니다."

"참 효자 아들을 두었군요. 수술은 못하게 하는 사람이 아버지를 잘도 마취를 하셨군요. 아버지를 조성길과 만나게 한 뒤 같이 북한으로 귀환을 시키려고 했었군요."

"소설을 쓰시는군요. 당분간 저를 잡아 두시지요. 조성길이 수면에 나타날 때까지 말입니다. 조성길을 데려 온 사람들이 이런 식으로 엉

성하게 작전을 했겠습니까?"

재식이 김동일과 말씨름을 하는 사이에 장기영 박사가 다시 병실 안으로 들어왔다. 재식이 아직 흥분된 상태라는 걸 파악한 장기영 박사는 조심스럽게 입을 열었다.

"아까는 정말 죄송했습니다. 제가 너무 의욕이 앞서서 그랬던 것이니 나쁘게만 생각하지 않았으면 좋겠습니다. 내가 상부의 지시를 받았을 때도 어떻게든 입을 열게 해서 정보를 캐내라고 지시 받지는 않았습니다. 단지 최대한의 치료를 하라고 지시 받았을 뿐입니다. 그런데 제가 너무 앞서 나갔던 것입니다."

"도대체 박사님에게 지시를 내리는 상부라는 곳이 어디입니까?"

"대통령입니다."

"네?"

재식과 나는 동시에 입을 벌렸다. 국정원의 지시라면 놀라지도 않았을 텐데 대통령이라는 말에는 놀라지 않을 수 없었다. 대통령이 일일이 간섭을 하고 있다는 이야기인데 그럴 필요가 있는 일인지 의아했다.

"대통령이 왜 이번 사건에 신경을 쓰고 있나요?"

"생각을 해보세요. 2016년에 망명한 태영호 씨가 남북관계에 심각한 영향을 미쳤었죠. 그 문제로 남북 사이는 더 냉각될 수밖에 없었습니다. 그런데 지금은 그때와는 전혀 다른 상황입니다. 대한민국 정보기관이 나선 일이 절대로 아니라는 것이지요. 그러면 누구겠습니까?

남북관계가 화해무드로 가는 걸 방해하는 세력이라고 보아야 하겠지요. 누굴까요? 미국? 중국? 러시아? 일본? 다 맞습니다."

"우리와 동맹국인 미국도 그렇단 말입니까?"

정말 알 수 없었다. 무지렁이로만 살았다고 여겼던 아버지가 전 세계의 주목을 받는 사건의 중심이 될 수 있다니, 무섭고 떨렸다.

"미국이라고 다 미국은 아니죠. 미국은 항상 두 얼굴을 가진 나라죠. 그건 무엇보다도 김재식 씨가 잘 알고 계실 겁니다. 김재식 씨는 지금 자신이 뭘 알고 계신 줄로 알고 계시지만 사실은 정확하게 모르고 계시는 겁니다."

"우리 대통령님의 의도는 무엇입니까?"

"전세를 역전시키자는 것이지요. 거기엔 김태진 씨가 꼭 필요한 것이지요. 지금 대통령의 통일정책이 예전처럼 상대방을 완전 섬멸시키고 통일을 이루자는 게 아니거든요. 공생하며 통일하자는 것입니다. 김태진 할아버지가 인민군의 패잔병이든 조선 인민공화국의 영웅이든 상관없다는 것이지요. 자신의 의사를 정확하게 표현할 수만 있으면 되는 겁니다."

장기영 박사는 뇌수술은 하지 않겠지만 일반적인 약물치료는 시도해 보자고 했다. 일반 대학병원에서 뇌출혈 환자를 치료하는 수준이니 특별할 건 없는 것이라고 안심시켰다.

"특히 언어 치료에 집중해 보겠습니다. 뇌에 물리치료를 하는 것이라 생각하면 이해하시기 편할 겁니다. 제일 중요한 것은 환자의 재활 의지입니다."

재식도 거기에는 별다른 이의를 제기하지 않았다. 장기영 박사는 아버지의 환심을 사기 위해 나긋하게 목소리를 낮추고 아버지에게 말을 걸었다.

"이 물고기를 좋아하시는군요. 이름이 무엇이죠?"

아버지는 입을 오물거려 니모를 발음하려고 애썼다. 입술 모양으로 봐서도 니모라는 단어가 분명해 보였다. 나는 장기영 박사에게 방금 아버지가 니모라고 발음을 한 것이라고 알려주었다. 장기영 박사는 환자가 말을 하려고 하는 의지를 버리지 않았으므로 치료에 희망적이라고 했다. 재식도 희망적이라는 말에 고무된 듯했다. 아까와는 달리 화난 표정이 많이 누그러졌다.

나는 재식과 단둘이 이야기를 나누기 위해 병실을 나왔다. 병원 앞의 소공원에는 벚나무 낙엽이 수북하게 쌓여 있었다. 살랑거리는 바람에도 붉게 물든 나뭇잎이 맥없이 떨어져 내리고 있었다.

"솔직하게 한 번 이야기해 봐라. 너는 아직도 이 나라에 반감을 품고 있냐?"

"솔직하게 말하면 나도 지금 혼란스러워. 세상이 좀 변한 것 같기도 하고 말이야. 서울에서 매일 태극기집회를 하는 사람들을 생각하면 하나도 변하지 않은 것 같기도 하고."

"전쟁이 끝난 지 하마 66년이 지났는데 우리는 아직도 전쟁 중이지. 변화가 없으면 전쟁은 끝나지 않을 거야. 내 생각도 변해야 하고 너의 생각도 변해야 해. 대통령까지 직접 나서서 문제해결을 하려고 한다는데 한 번 믿어봐야 하지 않을까?"

"믿어는 봐야 하겠지만 뇌수술을 한다는 건 참을 수 없어."

생각하니 재식의 선택이 고마웠다.

"그래. 그건 네가 잘했다. 아버지도 원하시지 않는 것 같으니까."

"나는 예전부터 형이 교육공무원만 아니었으면 우리 가족 모두가 제3국으로 나가야 한다고 생각하고 있었어. 형이 교사 발령 받았을 때 지금 같은 일이 벌어졌으면 어땠을까? 무탈하지는 못했을 거야. 모르겠어. 지금도 잘못하면 우리 가족 모두가 빨갱이로 매도되어 돌팔매를 당할지도 모른다고 생각해."

"그렇기까지야 하겠냐?"

재식은 아버지의 병실로 들어가고 나는 바로 집으로 돌아왔다. 집 주변에 눈에 띄게 사람들의 왕래가 많아진 듯한 느낌이 들었다. 상가 지역도 아닌데 오가는 사람이 어울리지 않게 많아진 것이었다. 아무래도 집 주변의 보안이 많이 강화된 듯했다. 저녁식사를 마치고 아버지의 방에 들어가 물건들을 하나하나 뒤져보았다. 더 이상 특이할 만한 물건은 눈에 띄지 않았다.

아버지의 앨범을 다시 꺼내 처음부터 찬찬히 들여다보았다. 나의 대학 졸업식 때 아버지가 사각모를 쓰고 찍은 사진을 들여다보다가 이상한 점을 발견했다. 비닐 안에 들어 있는 사진의 부피가 유난히 두꺼워 보였던 것이다. 비닐을 열고 사진을 꺼내 보았다. 사진 뒤에 작은 사진이 한 장 붙어 있었다. 아주 작은 명함판 흑백 사진이었다. 서너 살쯤 되어 보이는 어린아이의 사진이었다. 나의 어릴 적 사진인가 하고 다른 사진과 비교해 보았다. 주머니 속에 넣어두었던 태화강변에서 찍은 사진 속의 나와 비교해보니 닮은 것 같기도 하고 아닌 것 같기도 했다. 어쩌면 평양시절에 찍은 조재식이란 이름의 아들 사진인지도 모른다는 생각이 들었다. 사진을 태화강변 사진과 함께 주머니에 넣었다.

아내와 자리에 누워 살아 온 지난 이야기를 나누었다. 둘 다 교직을 은퇴한 뒤에 외국에 나가 살아볼까 계획을 세운 적도 있었다. 지금이라도 늦지 않았으니 밖에 나가 살아보는 게 어떻겠느냐고 물었더니 아내는 머리를 살살 흔들었다. 지금 나가 보아야 뭘 하겠냐며 차라리 가보지 않은 국내를 샅샅이 돌아보면서 사는 게 낫지 않겠느냐고 했다. 이대로 가면 금강산 관광도 재개될 것이고 백두산 관광도 가능할 텐데 북한 지방도 골고루 다녀보면 어떻겠느냐고 했다. 다들 꿈에 부풀어 있지만 실현이 될지는 두고 봐야 하는 것이었다.

다음날 아침, 병원을 찾았더니 바깥 공기부터가 달랐다. 정복 경찰관이 몇 겹으로 병원을 둘러싸고 있었다. 아버지 병실에 들어가니 재식이 반갑게 나를 맞았다.

"병원에 무슨 일이 있었니?"

"형은 TV보았어?"

"TV는 왜?"

"형은 뉴스도 안 보는가봐."

재식은 목소리가 매우 들떠 있었다. 무슨 일이냐고 물으니 아버지가 뉴스에 나왔다고 했다. 촬영을 한 적이 없는 데 무슨 뉴스에 나오느냐고 했더니 동영상을 내보낸 게 아니라 예전에 찍었던 사진 한 장만 나왔다고 했다. 진짜 놀랄 만한 일은 사진이 나온 게 문제가 아니라 남북정상 회담을 조율하기 위해 서울을 방문 중인 북한 노동당 부위원장인 박영식이 아버지를 만나러 온다는 것이었다. 나도 노동당 부위원장이라는 바람에 놀라지 않을 수 없었다.

"그리고 또 누가 온대?"

"수행원들이 오겠지."

"아니 우리 측 인사들 말이야."

"통일부장관이 오는가봐."

"아버지가 탈북한 이탈리아 대사의 할아버지라는 사실도 보도가 되었어?"

"그건 아니고 미 귀환한 인민군 장교라고만 나왔어."

"미 귀환한?"

"응."

미귀환이란 용어는 지금까지 취급된 적이 없는 용어였다. 비전향이나 미전향이라는 용어는 사용되었어도 미귀환이란 용어는 처음이었다. 비전향 장기수들은 포로로 잡혀 죄수 취급을 받았던 사람들이었다. 아버지는 포로로 잡힌 것이 아니기 때문에 장기수라는 죄수명칭을 쓰기에 합당하지 않은 것 같았다. 북한의 입장에서 보면 아직까지 포로로 잡히지 않고 전쟁을 수행하고 있는 군인으로 볼 수도 있는 것이었다. 머릿속이 어지러웠다. 때마침 김동일이 병실로 들어왔다. 정장 차림의 남자들 두 명을 대동하고서였다.

"인사드리시오. 이분이 조태진 씨의 맏아들 김인식 선생님입니다. 무학고등학교 교장선생님으로 은퇴하신 분입니다."

"김진섭입니다. 선생님 말씀은 많이 들었습니다. 저는 경호담당 책임자입니다. 이쪽은 같은 팀원이구요."

"이창식입니다. 협조 부탁드립니다."

두 사람은 깍듯하게 허리를 숙여 인사를 했다. 경호는 오늘 하루에 끝나는 것이 아니고 계속해서 일급경호를 하게 될 것이라고 했다.

"이게 어떻게 돌아가는 내용입니까? 북쪽사람들이 아버지를 어떻게 알고 오는 것이죠? 아버지를 북으로 데려가려는 겁니까?"

"걱정 안 하셔도 됩니다. 이미 윗선에서 조율이 된 사항입니다. 강제로 북송시키지는 않을 겁니다. 아직까지 조성길의 이야기는 언론에 흘리지 않았지 않습니까. 저들에게 선물을 안겨 주는 것입니다."

"왜 선물을 안겨 주는데요?"

"남북관계에 조성길 탈북이 심각한 장애물이 될까봐 저들을 달래려는 것이죠."

"저쪽에서도 조성길의 할아버지라는 사실은 알고 있는 것이지요?"

"물론입니다. 언론에만 알리지 않았을 뿐이지 남북 간에는 모든 걸 터놓고 협의하는 겁니다."

김진섭은 나와 재식에게 경호상 지켜야 할 점을 알려 주었다. 요점은 각본에 짜인 동선대로 움직이라는 것이다. 함부로 움직이거나 돌발행동을 하게 되면 양쪽의 경호원들이 진땀을 뺀다는 사실도 덧붙였다. 김동일은 우리 형제가 노동당 부위원장을 꼭 만나야 한다고 했다. 만나서 묻는 말에 거짓 없이 대답해야 한다고 덧붙였다. 일부러 꾸며서 이야기할 필요 없다는 것을 재차 강조했다.

"너무 오버할 필요 없다는 것만 명심하십시오. 지금 석유화학단지와 현대중공업을 시찰하고 있을 겁니다. 두 시간 후에는 도착할 것입니다."

병실 밖이 소란스러웠다. KBS방송 카메라맨들과 경호원들의 사소한 다툼이었다. 좁은 실내라 각 방송사들이 모두 들어올 수는 없기 때문에 병원 밖에 진을 치고 있었다. 국내 방송사뿐만 아니라 일본 NHK를 비롯한 각국의 카메라맨들이 떼를 지어 몰려와 있었다.

"취재진이 대단하군요."

"그럴 수밖에요. 저번 두 번의 남북정상 회담 끝에 6·25 전사자 유해발굴사업이 꾸준히 이루어지고 있습니다. 이번 일은 기분 나쁘게 들리실지 모르겠습니다만 살아있는 유해발굴사업이라고 보아야지요. 이런 일은 지금까지 한 번도 없었던 전무후무한 일입니다."

아버지는 자신에게 일어나는 일을 모르는지 평온한 얼굴로 수족관 속의 니모만 바라보고 있었다. 니모는 병실로 옮겨와서도 몸살을 하지 않는 것 같았다. 유유히 수초 사이를 돌아다니기도 하고 갑자기 꼬리를 흔들어 수족관 안의 작은 물고기들을 놀라게도 했다. 아버지는 그런 니모의 움직임을 눈으로 좇았다. 갑자기 노동당 부위원장이 들이닥치기 전에 아버지에게 사실을 알려 줄 필요가 있을 것 같았다. 나는 가만히 아버지 옆으로 다가가서 귓속말로 속삭였다.

"아버지, 누구 보고 싶은 사람 있어요?"

아버지는 관심을 보이지 않았다. 움직일 수 있는 왼손을 들어 검지로 니모를 가리켰다.

"이이이모."

입술이 심하게 일그러졌지만 니모와 가장 가까운 발음이었다.

"아버지. 이 니모 말구요. 평양에 있는 니모 말입니다. 평양에도 니모가 있잖아요."

아버지의 입이 크게 벌어졌다. 니모라는 말보다는 평양이라는 말에 놀란 것 같았다.

"이제 우리나라가 곧 통일이 될 것 같아요. 먼저 두 번씩이나 남북 정상회담을 한 것은 알고 계시지요. 이번엔 북한의 김정은 위원장이 서울로 온대요. 그 전에 박영식 노동당 부위원장이 아버지를 보러 온 대요. 오늘요. 조금 있다가요. 아버지는 괜찮지요?"

아버지는 니모에게서 눈길을 거두어 나를 바라보았다. 그러더니 내 뒤에 있는 재식을 찾았다. 입술모양이 그랬다. 나는 아버지 앞에서 물 러나고 재식이 아버지 앞에 섰다. 아버지는 재식에게 말을 하려고 애 를 썼다. 본인은 열심히 말을 하려고 애쓰는데 금방 의미를 파악할 수 없었다. 내가 들려 준 이야기가 정말이냐고 되묻는 것 같았다. 재식은 형이 들려 준 이야기가 다 맞다고 말하고는 북한에서 높은 사람들이 아버지를 보러온다고 나름대로 이야기를 해주었다.

아버지의 눈동자가 심하게 움직였다. 입술도 무슨 말인가를 하려고 열심히 움직이는데 한 마디도 알아들을 수가 없었다. 얼굴 표정만으 로는 금방이라도 자리에서 벌떡 일어설 것 같았다.

박영식 노동당 부위원장은 생각보다 시간이 많이 지난 다음에 병원 으로 찾아왔다. 점심시간에 걸려 식사를 마치고 온 것 같았다. 요양병 원 마당은 취재진과 구경꾼들로 인산인해를 이루었다. 병원뿐 아니라 가까운 교차로 일대의 교통이 마비된 듯했다. 방문객들이 곧 올 것이라는 말에 아버지는 침대 등받이를 최대한 올려 달라고 했다. 재식이 등받이를 90도 가까이 직각으로 세워 주었다. 자칫하면 아버지의 상반신이 앞으로 넘어질 것 같이 위태로워 보였다. 간호사가 등에 베개를 넣어 자세를 편하게 만들었다.

조선노동당 부위원장을 따라 병실에 들어 온 사람은 모두 여섯 명이었다. 박영식의 좌우에 조선인민군 소장 박동해와 김진기가 배석했다. 박영식은 검은 양복에 붉은 넥타이를 맸다. 박동해와 김진기는 인민군 군복차림이었다.

우리 측엔 유재곤 통일부장관과 두 명의 보좌관이 박영식과 함께 병실에 들어왔다. 박영식과 내가 제일 먼저 악수를 나누었다. 다음엔 재식이 박영식과 악수를 나누고 번갈아가며 악수를 나누었다. 아버지는 상체를 세우고 앉은 채 방문객들을 바라보고 있었다. 아버지의 눈빛을 보니 양복을 입은 박영식보다는 인민군 소장 복장의 박동해와 김진기에게 더 신경을 쓰는 것 같았다. 모자에 달린 별 하나와 어깨견장에 달린 별에도 눈길을 주는 듯하더니 가슴에 주렁주렁 달고 있는 훈장에도 관심을 가지는 듯했다.

박영식 부위원장이 아버지 앞으로 다가가 손을 내밀었다. 아버지는 움직일 수 있는 왼손을 억지로 앞으로 내밀었다. 박영식이 떨리는 아버지의 왼손을 두 손으로 잡았다.

"조태진 동무, 인민 해방전선에서 투쟁하시느라 수고가 많았습니다. 동무는 우리 조선인민공화국의 영웅입니다. 동무가 이렇게 살아서 투쟁을 계속하고 있었다는 걸 아무도 몰랐습니다. 이제 공화국으로 돌아가게 되었으니 아무 걱정하지 마시라요."

박동해와 김진기는 아버지에게 북한 군인식으로 거수경례를 붙였다. 아버지는 경례를 하려고 시도를 하다가 맥없이 손을 늘어뜨리고 말았다. 박영식은 다시 한 번 아버지의 손을 잡았다. 비록 뼈만 남은 손이지만 오랜 구두 수선일로 거북등 같은 굳은살이 남아 있는 거친 손이었다.

"조선인민군을 대표해서 제가 조태진 상좌님께 사과드립니다. 그동안 고생 많으셨습니다. 저희들이 진작에 구해드리지 못해 죄송합니다."

통일부 장관 유재곤 씨는 말없이 내 손을 잡은 채 한 손으로 등을 두드려 주었다. 거북하게 들리더라도 참고 있으라는 격려의 뜻 같았다.

아버지는 연신 입술을 움직여 말을 하려고 시도했다. 그러나 마음뿐이었다. 내가 보기에는 니모 니모하며 계속 같은 말만 반복하는 것 같았다. 박영식은 아버지의 손을 놓고 재식의 손을 잡았다.

"동무가 조재식 동무군요?"

"아닙니다. 저는 김재식입니다."

"아, 그렇군요. 조재식 동무는 평양에 있습니다. 정치국에서 일하다 지금은 연로하셔서 혁명전선에서 물러나 있습니다. 우리 김재식 동무도 평양에 다녀가신 적이 있지요? 그때는 혁명열사의 자손인 줄 몰라보고 대접이 소홀했던 것 같습니다."

나로서는 재식을 우리와 이간질시키려는 말로밖에 이해할 수 없었다. 내가 뭐라고 반박을 하려고 하는데 유재곤 통일부장관이 내 의중을 눈치 채고 옆구리를 찔렀다.

"이런 일이 일어난 게 모두 전쟁 때문입니다. 다시는 우리민족끼리 전쟁을 해서는 안 되겠습니다."

노동당 부위원장 박영식의 눈꼬리가 약간 올라갔다. 마치 전쟁의 책임을 김일성에게 전가시키는 듯한 발언이기 때문이었다. 박영식은 박동해 소장의 가슴에 달린 훈장 하나를 떼어내 아버지의 환자복 가슴에 달아 주었다. 아버지의 눈빛은 평생을 구두 수선을 하던 95세의 노인이 아니었다. 방금 전장에서 돌아온 개선장군의 눈빛처럼 광채가 났다.

"우리가 곧 조태진 상좌님을 평양으로 모시겠습니다. 불편하시더라도 조금만 기다려 주십시오. 북조선 인민공화국은 영웅적인 상좌님의 귀환을 대대적으로 환영하는 최고의 잔치를 준비해 놓겠습니다. 물론 가족들도 함께 귀환할 수 있도록 할 것입니다."

재식이 내 눈치를 흘끗 살폈다. 가족까지 귀환하도록 한다는 박영식의 말에 내 심중을 살피려는 것 같았다. 아니면 벌써부터 내 가슴 속에서 부글부글 끓고 있는 분노를 눈치채고 바라본 것도 같았다. 통일부장관 유재곤이 다시 한 번 내 손을 잡고 흔들었다.

　방문객들이 다녀간 다음부터 아버지의 눈빛은 완전히 다른 사람으로 변한 것 같았다. 니모를 보는 눈빛도 달라져 있었다. 눈물을 줄줄 흘리던 모습은 보이지 않고 전장에서 귀환한 용사의 눈빛처럼 광채가 났다. 가끔씩 박영식이 가슴에 달아 준 훈장을 손으로 쓰다듬어 보기도 했다. 환자복을 갈아입히자 다시 훈장을 달아달라고 요구했다.
　아버지의 변한 모습을 보는 나는 마음이 편하지 않았다. 평생 동안 구두 수선 일을 하면서도 아버지가 원했던 것은 북조선으로 귀환하는 것이었다고 생각하니 어머니를 비롯한 우리 가족의 존재가 서글펐다.
　나와 재식은 번갈아 가며 아버지의 곁을 지켰다. 다른 사람의 접근을 일체 허용하지 않도록 한 것이었다. 노동당 부위원장 박영식 일행이 아버지를 만나고 간 뒤 언론은 요양병원에 촉각을 곤두세우고 있었다. 그러나 언론들은 아직까지 탈북한 조성길과 아버지가 연관되어 있다는 사실을 눈치채지 못하고 있었다. 김동일은 정부차원에서 물밑작업이 이루어지고 있는데 자신도 접근할 수 없는 내용이라고 했다. 아무도 아버지의 운명에 대해 장담할 수 없다는 것이었다.
　재식과 나는 급격한 환경변화로 아버지의 마음도 걷잡을 수 없는 단계로 치달을까봐 걱정이 되었다. 아버지의 진료를 담당하고 있는 장기영 박사는 하루라도 빨리 아버지의 언어소통능력을 회복시키는 게 급선

무라고 했다. 그 말에는 뇌수술을 시행해 보자는 뉘앙스가 들어 있었다.

약물치료로는 속도에 한계가 있다고 했다. 나는 오, 엑스 문답으로 의사소통을 쉽게 할 수 있는 방법을 찾아내는 게 더 빠르지 않을까 하는 생각이 들었다. 스무고개 질문으로 정답을 찾아가는 방식을 시도했는데 쉬운 일이 아니었다.

아버지는 평양에 가고 싶은가?

아버지는 평양에 가보고 싶은가?

두 문장이 비슷해 보이지만 전혀 다를 수도 있는 것이었다. 가고 싶다는 아주 가는 것을 의미하는 것이고, 가보고 싶다는 것은 여행처럼 한 번 다녀오고 싶다는 뜻인데, 아버지는 두 의미를 정확하게 이해하지 못했다.

우리가 생각하기에 가보고 싶다는 쉽게 이루어질 수도 있는 문제 같았다. 항공편을 이용한다면 어려울 게 하나도 없을 것 같았다. 그러나 가고 싶다는 복잡한 문제를 안고 있었다. 혼자 갈 것인가. 원하는 가족을 모두 데리고 갈 것인가부터, 가서는 어떻게 살 것인가 하는 문제를 해결하는 것도 쉽지 않은 문제였다.

재식의 마음을 떠보기 위해 아버지를 모시고 평양에 가서 살 수 있겠느냐고 물었다. 재식이 화난 얼굴로 나를 쳐다보았다. 그럴 의사는 전혀 없는 것 같았다. 그 무렵 잊고 있었던 M에게서 카카오톡 문자 메시지가 왔다.

-As long as you are angry, the war will not end-

-너에게 분노가 있는 한 전쟁은 끝나지 않을 것이다-

-백번 지당한 말이지만 그래서 뭘 어쨌단 말인가? 당신은 적인가 아군인가? 저번 도움은 정말 고마웠지만 당신이 원하는 것은 무엇인가?-

나는 영문이 아닌 한글로 답을 보냈다. 한글을 모르는 사람은 아닐 것이라는 확신이 섰기 때문이었다. M은 곧 만나게 될 것이라고만 하고 더 이상 답을 하지 않았다.

성길은 새로운 방법으로 할아버지와 소통하는 방법을 연구해 내었다고 호들갑을 떨었다. 노트북과 60인치 TV를 연결시키는 방법이었다. 노트북 자판을 두드리면 TV의 커다란 화면에 큼지막하게 글자가 뜨면 아버지가 읽고 오, 엑스로 대답을 하는 방법이었다. 고개를 끄덕이거나 사용할 수 있는 왼손으로 가부의사는 표시할 수 있었다.

노트북과 TV를 연결시켜놓고 직접 실험을 해보았는데 생각같이 쉬운 일이 아니었다. 무엇보다 수많은 질문을 만들어 내는 것이 문제였다. 그렇다고 아주 소용이 없는 것은 아니었다. 시간이 많이 소비된다는 것 말고는 정확한 의사를 판단할 수 있다는 점은 인정할 수 있었다.

김동일은 자신이 노트북으로 아버지와 소통을 해보고 싶다고 했다.

성길은 아무 생각 없이 노트북을 넘겨주었다. 김동일이 자판을 두들기니 TV화면에 커다란 글씨가 떴다.

　-당신은 총을 잘 쏜다-

아버지는 고개를 옆으로 흔들었다.

　-북한에서는 당신이 총을 쏘아 국군장교 백 명을 쓰러뜨렸다고 한다. 사실인가?-

아버지는 빙긋 웃기까지 하면서 고개를 흔들었다.

　-그러면 당신이 쏘아 죽인 국군장교는 한 명이었다-

역시 아버지는 고개를 좌우로 흔들었다.

"역시 아닌 모양이군."

　-그러면 당신이 쏘아 죽인 국군 장교는 열 명이 넘지 않는다.-

아버지는 역시 고개를 흔들었다.

　-그러면 열 명이 넘는다-

역시 아버지가 고개를 흔들려고 하는데 재식이 꽥 소리를 내질렀다.

"지금 뭐 하자는 것입니까? 아픈 사람을 고문을 하는 겁니까?

재식의 호통에 김동일이 슬그머니 노트북에서 손을 놓았다.

장기영 박사의 약물치료도 보름쯤 지나니 효과가 나타나는 것 같았다. 입으로 발음을 할 때 마비된 오른쪽 입술이 움직이지 않아 어그러졌던 입모양이 제법 돌아온 것 같았다. 입모양이 바르다는 것은 발음이 좀 더 정확해졌다는 걸 의미했다. 니모라는 발음은 조금만 주의를 기울이면 알아들을 수 있었다.

김동일과 이상규는 자주 병원에 들르기는 했지만 사건의 진전에 대해선 입을 열지 않았다. 이미 자기들 선에서 다루어질 문제가 아니라고만 했다. 남북문제와 연계되고 대사 대리의 탈북문제와 함께 얽혀 물밑작업이 복잡하게 돌아가고 있는 것은 분명하다고 했다.

각 신문사 앞머리에 아버지의 기사가 다시 대서특필된 것은 노동당 부위원장 박영식이 아버지를 만나고 돌아간 뒤 20일 만이었다. 먼저는 아버지의 출생과 인민군 상좌로 참전했던 이야기에 숨어 살았던 내용이 전부였다. 이번에는 탈북을 시도한 조성길이 아버지의 손자라는 사실을 실었다. 탈북을 주도한 단체는 미국의CIA가 아닌 미국에 본부를 두고 있는 ECW라는 종교단체라는 것이었다. 거기다가 시드니에 살고 있는 아버지의 둘째아들이 ECW라는 단체의 멤버라는 것까지 밝히고 있었다. 그런데 이 단체의 성향을 알 수 없다고 했다. 조성길을 탈북시킨 걸 보면 친북단체가 아닌 듯한데, 조성길의 친할아버지인 조태진을 납치하려 했던 걸 보면 의도를 정확히 알 수 없다고 했다. ECW라는 단체의 수장은 한국인 2세인 마이클 리였다.

마이클이라는 이름을 읽는 순간 곧바로 M을 떠올렸다. M에게 카톡을 보냈다. 당신 이름이 한국 신문에 대문짝만하게 나왔다고 했다. M에게서 바로 답장이 왔다. 곧 좋은 일이 있을 것이라는 메시지였다.

그는 이미 다 알고 있었다. 한국 신문에 정보를 보낸 것도 M이 아닐까, 의심스러웠다.

나는 재식을 소공원으로 불러냈다. 아무래도 병실 안에는 도청장치가 설치되어 있을 것이기 때문이었다. 소공원에도 경비요원들이 배치되어 있었다. 바로 병원 앞에 있는 식당으로 재식을 데리고 들어갔다. 아직 이른 시간이어서 손님은 한 사람도 없었다. 방으로 들어가 이야기를 시작했다.

"ECW의 수장이라는 마이클 리라는 사람이 누구야?"

"아버지와 친구였던 이인구라는 사람의 아들이야. 어머니가 미국인이었지."

"그 사람이 왜 조성길 탈북에 나선 건데?"

"나 때문이었겠지. 내가 정보를 처음 제공했으니까."

재식은 태연했다. 속을 알 수 없었다.

"그럼 조성길은 지금 ECW에서 관리하고 있겠네?"

"그렇진 않을 거야. 내 짐작이 맞다면 CIA에서 관리하고 있을 거야."

"그런데 너는 왜 아버지를 데려가려 했던 거야?"

"내가 잘못 판단했던 것 같아. 나는 마이클이 일방적으로 한국정부에 선물을 안기려고 했던 걸로 판단했었거든."

재식의 말에 뭔가 집히는 게 있었다.

"그럼 아버지를 빼내려 했던 건 너 혼자 단독으로 했던 거야?"

"그랬었지. 마이클을 믿지 못했던 거야. 이인구 목사님만큼 신뢰감이 가지 않았거든. 이인구 목사님은 아주 현명한 사람이었어. 남북 간의 문제를 가장 중립적인 시선으로 보았던 사람이었어. 양쪽의 정보를 많이 알고 있었으면서 서로 피해가 가지 않도록 했지. 나중에 북한에 들락거리다 보니 이인구 목사님이 아버지와 친구사이였다는 것도 알게 되었던 거야.

이인구 목사님은 남북한 양쪽의 약점을 모두 파악하고 있었는데도 그걸 밝히지 않았어. 밝혀 보아야 국제적으로 보면 한국인들의 망신거리밖에 되지 않기 때문이었겠지. 조총련에 가입해 있었던 이종찬이라는 사람과도 알고 지냈고, 박정희대통령 시절에 요직에 있었던 서석제 씨와도 서로 소식을 주고받고 있었어. 물론 비전향 장기수로 있다가 2000년도에 북으로 귀환한 박경천이란 분하고도 연락이 닿아 있었지. 보천보 사건조사서를 작성한 사람 중에 아버지만 행방을 모르고 있었던 거야. 결국은 나 때문에 알게 되었지만 말이야."

"그 분은 아직 미국에 계신가?"

"돌아가셨다니까? 그러니까. 아들인 마이클이 뒤를 이은 것이지."

이인구 목사의 사망 사실은 이미 말한 적 있다는 걸 주지시키면서 재식은 약간 짜증을 냈다.

"지금 조성길은 어디에 있고, 어떻게 처리할 셈인데?"

"그건 나도 정확하게 몰라. 내가 어떻게 할 수 있는 건 없어. CIA의 영향권에 있는 것은 확실한데 정보를 노출시키지는 않겠지. 지금 남북한 당국과 미국이 한창 물밑협상을 벌이고 있을 거야. 당분간 우리가 할 수 있는 일이 없으니까 조용히 지켜보아야지. 우리가 알고 있는 정보들은 남북 당국자들이나 미국에서도 다 알고 있을 거야. 이젠 협상만 남은 셈이지. 지금 제일 중요한 것은 조성길의 소재가 아니라 아버지의 속마음과 6·25전쟁 때의 아버지의 행적이야. 어디서 어떻게 싸웠는지 아직 아무도 몰라. 북에서 떠들어대는 것은 엉뚱하게 부풀리고 있으니까 사실이 아니라는 건 모두 알고 있거든."

"으음."

나는 무거운 한숨을 내쉬었다. 그러고 보면 내가 사건의 진실을 제일 많이 알고 있는 셈이었다. 아버지의 노트는 나와 아버지 외에는 아무도 모르고 있는 것이었다. 김동일이나 이상규 같은 사람들이 캐내려고 하는 것도 노트에 적힌 아버지의 행적이 분명한 것이었다. 재식과 나는 이야기를 나눈 뒤 병실로 돌아왔다. 병실에서는 김동일과 이상규가 우리를 기다리고 있었다.

"형제간에 어딜 다녀오셨습니까?"

"요 앞에 식당에요. 무슨 일이 있습니까?"

"상부에서 내려온 소식인데 평양에 남아 있는 가족들의 소식입니다. 조성길이 대사관을 탈출할 때 함께 나오지 못한 딸도 있다지요. 할아버지의 아들인 조재식은 현재 휠체어에 의지해 겨우 거동을 하고 있다고 하고, 부인은 강병숙이라는 사람인데 강찬구라는 혁명열사의 딸이라고 합니다. 강찬구라는 사람이 진짜로 원주에서 폭격으로 사망했다고 하는군요. 아마 조재식 강병숙이라는 두 사람은 아버지가 6·25전쟁으로 사망한 사람들이라 김일성의 지시로 중앙당에서 아픔을 가진 사람끼리 일부러 맺어준 것 같다는군요."

김동일의 설명을 듣고 난 아버지는 두 눈을 동그랗게 뜨고 가슴에 달린 훈장을 왼손으로 계속 만지작거렸다. 나도 놀라지 않을 수 없었다. 강찬구라면 아버지가 직접 인민재판을 열어 총살시킨 사람이었다. 알고 보면 원수의 자식끼리 부부가 되어 한평생을 같이 살았던 것이었다. 아버지는 장차 사돈이 될 사람을 권총으로 쏘아 죽였던 셈이었다.

아버지는 박영식 노동당 부위원장이 달아 준 훈장을 왼손으로 슬슬 문질렀다.

겨울은 더디게 지나갔다. 북미정상회담은 지리멸렬하게 시간을 끌고 있었다. 때문에 김정은의 서울답방도 늦어질 수밖에 없었다. 잠적한 북한 대사 대리의 소식도 수면에 가라앉아 떠오를 기미가 보이지 않았다. 그래도 장기영 박사의 약물치료는 꾸준히 지속되었다. 아버지의 발음은 점점 좋아지고 있었다.

하루는 아버지에게 태화강변에서 찍은 우리 가족의 예전 사진을 보여 주었다. 아버지가 나를 안고 있고 재식은 어머니의 뱃속에 있었던 사진이었다. 사진을 한참 들여다보던 아버지는 나와 재식을 가까이에 불렀다. 나는 얼굴을 아버지 앞에 들이밀었다. 아버지의 왼손이 내 뒷머리를 쓰다듬었다. 다음에는 재식을 가까이에 불렀다. 재식의 뒷머리에 손을 얹더니 똑같이 쓰다듬었다. 그러더니 재식의 머리칼을 강하게 잡아 당겼다. 재식은 난감한 표정을 지었다.

"아아아, 아버지 왜 이러세요."

재식은 대학생이 된 후에도 아버지가 구두 수선 하는 곳에 가지 않았다. 아버지는 그런 재식이 서운했던 것 같았다.

아버지는 재식의 머리칼을 놓아 주었다. 그런 다음 입술을 움직여 짧게 소리를 질렀다.

"니이이모. 니이이모."

분명하게 니모를 부르는 소리였다. 나는 얼른 수족관 안에서 유유하게 헤엄치고 있는 바닷고기 흰동가리 니모를 가리켰다. 아버지는 수족관은 바라보지도 않은 채 재식을 계속 바라보았다.

"니이이모. 니이이모."

나는 주머니에 넣어둔 사진 한 장을 마저 꺼내 들었다. 나인지 재식인지 구분이 안 되는 명함판 어린아이 사진이었다. 아버지는 내가 내민 사진을 한참동안 바라보더니 눈물을 주루룩 흘렸다. 그러더니 왼손으로 사진 속 어린아이를 가리키면서 소리를 질렀다.

"니이이모. 니이이모."

7. 마지막 전쟁

"이번에 당신들을 포함한 남북의 가족들이 모두 만나게 될 것입니다.

물론 조성길 대사도 포함해서요."

"조성길 대사는 지금 어디에 있습니까?"

"전 세계인들이 궁금해 하는 질문이군요. 아직까지는 보안문제 때문에

공개할 수 없습니다. 분명한 것은 이번 가족상봉에 나온다는 것입니다."

*

추위가 채 가시지 않은 이른 봄에 미 국무부 브래들리 장관이 서울을 방문했다. 정상회담을 앞두고 남북한 양쪽 실무진과 일정을 조율하기 위해서였다. 브래들리 장관이 서울에 도착하자 대규모 태극기 집회가 있었다. 시위의 이유는 얼마 전에 있었던 D일보의 기사내용 때문이었다.

기사에는 미 국무장관이 잠적하고 있는 조성길 북한 대사 대리와 비전향장기수 조태진을 함께 북송하는 문제를 협의하러 오는 것이라 했다. 어디에 근거를 둔 것인지 모르겠으나 두 사람을 북송하는 대신 다른 협상을 이끌어 내려 한다는 것이었다.

시위대들은 인권보호 차원에서 조성길을 북한으로 돌려보내지 말라는 것이었고, 빨갱이 인민군 장교 조태진을 사형시키라는 것이었다.

254

두 가지 구호가 전혀 현실과 동떨어진 것이었다.

M이 국무장관 일행 속에 끼어 한국으로 왔다. M은 한국에 도착하자마자 나와 만나기를 희망한다는 의사를 전해왔다. 거절할 이유가 없었다. 재식도 M이 온다는 소식을 듣고 몹시 기대하는 눈치였다.

M은 생각과 달리 전형적인 한국인의 모습이었다. 어머니가 백인이라고 해서 반쯤은 백인을 닮은 모습을 상상했었다. 그러나 한국말은 발음이 영 아니었다. 풍기는 이미지만으로도 목사라는 걸 알 수 있을 만큼 차분했다. 내가 상상하고 있던 날카로운 정보원의 이미지와는 전혀 맞지 않았다.

M은 재식과 먼저 악수를 나누었다. 부드러운 미소를 짓는 M과는 다르게 재식의 인상은 별로 좋아 보이지 않았다.

"죄송합니다. 당신이 시작하려던 일을 방해해서."

"아닙니다. 지금 생각하니 목사님이 좀 더 적극적으로 말렸더라면 좋았을 거란 생각이 듭니다."

"나는 여러분들에게 좋은 선물을 드리려고 왔습니다. 아버지와 북한의 아들이 만날 수 있게 되었습니다. 충분한 협상으로 결정된 일입니다. 장소와 구체적안 세부사항은 북한과 협의해서 결정될 것입니다."

"조성길 대사문제는요?"

"이번에 당신들을 포함한 남북의 가족들이 모두 만나게 될 것입니다. 물론 조성길 대사도 포함해서요."

"조성길 대사는 지금 어디에 있습니까?"

"전 세계인들이 궁금해 하는 질문이군요. 아직까지는 보안문제 때문에 공개할 수 없습니다. 분명한 것은 이번 가족상봉에 나온다는 것입니다."

M은 말을 마치고 아버지의 침대 곁으로 다가섰다. 양손으로 아버지의 마비된 오른손을 잡았다. 아버지는 M의 얼굴을 한참 들여다보더니 움직일 수 있는 왼손으로 M의 손등을 덮었다.

"저를 알아보시겠습니까?"

아버지는 입술을 약간 움직였다. 확신이 서지 않아 말하려던 걸 포기하는 듯했다.

"제가 이인구 목사님의 아들입니다. 이. 인. 구! 생각나세요? 용정 대성중학교 동창생 이인구요."

아버지는 입술을 움직여 무엇인가 말하려 했다. 입술모양으로 보아 이인구라고 하는 것 같았다. 분명 보천보사건 조사서를 함께 썼던 이인구를 기억하는 것 같았다. 자꾸만 M의 푸른 눈을 바라보았다. 얼굴은 오래 전 친구의 모습을 닮았는데 푸른 눈이 이해가 되지 않는 것 같았다. M도 그런 눈치를 챘는지 입을 열었다.

"저의 아버지는 한국인이고 어머니는 미국인입니다."

아버지는 고개를 가볍게 끄덕였다.

256

브래들리 미 국무장관이 서울회담을 마치고 평양으로 갈 때 서울에
선 대규모 태극기집회가 열렸다. 탈북을 시도한 이탈리아 대사 대리
와 대한민국에 숨어서 간첩활동을 해 온 인민군 상좌를 북으로 돌려
보내려한다는 소문이 나돌았기 때문이었다. 대규모집회가 연일 일어
나자 정부는 서둘러 사실이 아니라고 공식발표했다.

평양으로 날아간 브래들리 장관은 박영식 노동당 부위원장과 한반
도 비핵화를 위한 물밑회담에 들어가 괄목할 만한 성과를 거두었다고
했다. 김정은의 답방에 앞서 종전협정체결의 출발신호로 남북 간 이
산가족의 재결합을 성사시키겠다고 했다.

그 첫 번째 가족이 탈북시도 중인 조성길 대사 대리와 인민군장교
로 참전했다 귀환하지 못한 조태진 인민군상좌의 결합이라는 것이었
다. 남북의 두 가족은 열흘 후에 판문점에서 만남의 시간을 갖고 가족
모두가 원하는 곳에 가서 살 수 있도록 한다는 내용도 있었다. 이것
은 남북 최초의 통일가족이 탄생하는 새로운 역사의 변환점이 될 것
이라는 결론이었다.

브래들리 장관이 미국으로 돌아간 이틀 후에 김동일이 상자 하나를
들고 병실로 찾아왔다. 상자를 내려놓으며 북에서 아버지에게 보낸 선
물임을 전했다. 내용물이 무엇이냐고 물어도 김동일은 대답하지 않았
다. 지금 자신은 정보원이라기보다 상부의 지시에 따르는 심부름꾼에
불과하다는 것이었다.

아버지가 보는 앞에서 천천히 상자를 열어 보았다. 아버지도 북에서 보낸 물건이라는 말에 무척 긴장되는 모양이었다. 불편한 목을 비틀어 상자 안을 들여다보려고 애를 썼다. 나는 아버지가 잘 볼 수 있도록 상자를 비스듬히 기울여 뚜껑을 열었다.

상자 안엔 눈에 익숙하지 않은 인민군 군복이 모자와 함께 들어 있었다. 나는 마음이 편하지 않았다. 다분히 정치적인 의도가 감지되었기 때문이었다. 반면에 아버지와 재식은 거의 무표정에 가까웠다.

"이걸 왜 보냈지? 이걸 입고 오라는 건가?"

재식의 물음에 김동일이 입을 씰룩거렸다.

"정신 나간 놈들이지. 이런 환자에게 군복을 입혀서 뭘 하겠다고. 하여간 속이 의뭉스런 놈들입니다."

그의 말에 아무도 대꾸할 수 없었다.

"그래도 한 번 입어 보시겠습니까?"

아버지는 좋다 싫다 분명한 대답을 하지 않았다. 일부러 대답을 회피하는 것처럼 보였다. 김동일이 그래도 보내 온 것이니 한 번 입어보기나 하라고 권했다. 아버지가 힘겹게 고개를 끄덕였다. 재식이 아버지의 상반신을 일으켜 세운 뒤 환자복 위에 인민군 군복을 입혔다. 박영식 부위원장이 주고 간 훈장까지 가슴에 달았다. 별 세 개가 달린 모자까지 쓰고 나니 제법 볼 만했다.

"사진을 찍어 드릴까요?"

아버지는 재식이 휴대전화 카메라를 들이대자 왼손을 내저었다. 재식은 휴대전화를 도로 집어넣었다. 남들은 어떻게 생각하는지 몰라도 나는 인민군복을 입은 아버지의 모습이 눈에 거슬렸다. 정확하게 이야기하면 눈에 거슬린 게 아니라 마음에 거슬린 것이었다. 이대로 두고 보기만 하다가는 태극기부대들이 주장하는 것처럼 아버지는 물론이고 탈북을 감행한 조성길의 모험도 모두 수포로 돌아 가버리는 것이 아닌지 걱정스러웠다.

확정된 열흘은 후딱 지나갔다. 아버지는 북한에 두고 온 아들과 손주를 만날 생각에 마음이 들떠 있는 것 같았다. 나는 시간이 가까워질수록 조급증이 일었다. M에게서는 한 번의 문자가 왔다. 분노가 있는 한 전쟁은 끝나지 않을 것이란 문자로 전에도 받았던 내용이었다. 나는 성경구절을 인용해 모든 일은 신의 뜻대로, 라고 답을 보냈다.

판문점에서 만나기로 한 하루 전 신라호텔로 아버지를 이송했다. 그동안 아버지를 치료하던 장기영 박사와 심리치료사 최영기를 비롯한 의료진들과 함께였다. 김동일과 이상규를 비롯한 보안요원들도 따라왔다. 신라호텔 밖에서는 국내뿐만 아니라 전 세계의 취재진들이 몰려와 있었다.

방송에는 아버지에 관한 내용보다는 조성길의 행방에 관한 보도가 많았는데 아직까지 어디에 있는지 파악을 못하고 있었다. 조성길은 극비리에 움직이고 있다고만 보도했다. 어쨌든 판문점에서 모두 보게 될 것이라고만 했다. 인민군 군복을 입은 아버지의 사진이 화면에 나오기도 했는데 평양의 혁명박물관에 전시되어 있는 합성된 사진이었다. 그래도 인민군차림으로 TV 화면에서 보니 기분이 묘했다. 어린 용규는 무슨 일이 벌어지고 있는지 모른 채 호텔 안을 마구 뛰어다녔다.

우리 일행이 판문점으로 출발하는 날 아침에는 광화문 광장에서 태극기부대의 대규모 항의시위가 시작되었다. 조성길의 안전을 보장하고 인민군 상좌를 포로로 처벌하라는 것이었다. 어떤 현수막에는 민족의 원수 인민군 패잔병을 사살하라는 살벌한 문구까지 적혀 있었다.

아버지는 출발 직전에 인민군 군복으로 갈아입었다. 바깥 날씨가 쌀쌀한 탓에 군복 위에 오리털 롱 패딩을 걸쳐주었다. 패딩 안에 묻힌 아버지는 보료에 싸인 갓난아기와 같은 표정이었다. 신라호텔을 출발해 자유로에 접어들기까지 연도는 취재진과 인파로 북적였다. 아버지는 사뭇 긴장된 표정으로 차장 밖을 응시했다.

판문점에 가까워질수록 가족들의 표정이 하나같이 굳어져 있었다. 성길의 처는 긴장한 탓인지 평소에 보이지 않던 주름살이 이마 한가운데 깊게 패여 있었다. 아내도 긴장하기는 마찬가지였다. 며느리와 잡은 손을 놓지 못하고 있었다. 어린 용규 혼자 차창 밖을 내다보며 떠들었다.

차에서 내려 판문점에 도착하자 취재진이 진을 치고 있었다. 긴장은 더 고조되었다. 의료진은 아버지를 침대째 내려 곧바로 군사정전위원회 본회의장 건물로 밀고 들어갔다. 취재진의 카메라가 계속 아버지를 따라갔다. 한 번씩 우리 가족의 모습을 비추기도 했는데 말을 시키지는 않았다.

군사정전위원회 본회의장 안에는 커다란 장방형의 회의용 탁자가 놓여 있었다. 탁자 한가운데 마이크 선이 지나가 있었다. 이 선이 남과 북을 가르는 군사분계선이었다. 선의 북쪽에는 북한의 깃발이 놓여 있고 남쪽에는 유엔기가 놓여 있었다. 아직 회의장엔 아무도 들어와 있지 않았다.

아버지의 침대는 탁자 옆에 놓았다. 하반신은 북쪽에 가 있고 상반신은 남쪽에 남아 있는 모양새였다. 우리 가족은 모두 장방형 탁자의 남쪽에 서 있었다. 용규 혼자 이 의자에 앉았다 저 의자로 건너뛰며 놀았다. 잠시 후 북쪽 출입문이 열리고 고등학생으로 보이는 여학생이 휠체어를 밀고 들어왔다. 조재식이었다. 주름이 쭈글쭈글했지만 휠체어에 앉은 남자는 재식과 너무 닮아있었다.

"아바지!"

휠체어를 탄 노인이 침대에 누워 있는 아버지에게 다가갔다. 노인의 눈에서는 금세 눈물이 주루룩 흘러내렸다.

"아바지, 보고 싶었습네다."

"큭, 크우욱."

아버지가 내뱉는 소리는 말이 아니라 울음이었다. 아버지가 상체를 일으키지 못하자 휠체어 탄 노인의 상체가 아버지에게로 엎어졌다. 노인은 엉엉 소리를 내며 울었다. 69년 만의 부자상봉이었다. 노인의 뒤에서 허리가 굽은 할머니가 두 사람의 상봉을 지켜보며 눈물을 흘리고 서 있었다. 아버지의 큰며느리인 강병숙 할머니가 분명해 보였다. 할머니의 코 옆에 신기하게도 제법 큼직한 점 하나가 눈에 띄었다. 아버지는 강병숙 할머니를 가까이 오라고 손짓했다.

"어어어어."

아버지는 처음 보는 늙은 며느리에게 뭔가 말을 하려고 다급하게 입을 열었다. 하지만 너무 다급한 마음 때문인지 말이 되어 나오지 못했다. 아버지는 자신의 모자 앞에 달린 별을 가리켰다. 무슨 의미인지 알 수가 없었다. 그러더니 별을 가리키던 손가락을 며느리의 이마에 겨누었다. 아무도 알 수 없는 수신호의 의미를 나 혼자 읽을 수 있었다. 아버지는 엄지와 검지를 벌려 가위를 만들었다. 그러더니 검지를 자신의 턱 밑에 갔다댔다.

아버지가 엄지와 검지로 만든 것은 가위가 아니라 권총이었다. 검지 끝은 권총의 총구였던 것이다. 나는 아버지의 수화에서 평생 동안 아버지를 억누르고 있었던 바위덩어리 하나를 발견해낸 기분이었다.

이어서 북쪽에서 박영식 노동당 부위원장이 회의장으로 들어섰다. 좌우에 군복차림의 남자들도 다섯 명이 따라 들어왔다. 뒤이어 남쪽에서도 유재곤 통일부장관이 다섯 명을 대동하고 회의장으로 들어섰다. 양쪽 대표들은 부둥켜안고 흐느끼고 있는 노인들을 내버려두고 서로 인사부터 나누었다.

"우리 북조선 인민공화국의 혁명영웅이신 조태진 상좌님을 공화국의 품으로 보내주시어서 고맙습니다."

박영식이 유재곤 통일부장관에게 고맙다는 인사를 했다. 인사말을 듣는 순간 내 등줄기로 서늘한 바람이 훑고 지나가는 느낌을 받았다. 박영식의 말은 그냥 이대로 아버지를 북한으로 데려간다는 뜻이었다.

"이렇게 남과 북의 가족들이 만났으니 서로 인사를 나누시지요. 우리 조태진 상좌님의 남쪽 가족 분들도 열렬히 환영합니다. 우리 공화국 인민들이 쌍수를 들어 여러분을 환영할 것입니다. 우리 지도자 동지께서도 여러분을 각별히 모시고 오라고 명령하시었습니다."

나는 박영식의 말에 아연실색할 수밖에 없었다. 서로 합의하에 일이 잘 풀렸다던 말이 우리 가족을 강제로 북송하겠다는 의미였다니 황당했다. 나는 형님뻘인 조재식 노인에게 다가가 깍듯하게 인사를 올렸다.

"아버지 없이 사시느라 고생이 많으셨습니다. 큰어머님은 언제 돌아가시었나요?"

"만나서 반갑네. 어머님이 돌아가신 지는 꽤 되었네. 어머님은 돌아가시는 날까지 아버님을 찾으셨다네. 아버님이 돌아가셨다는 걸 믿지 않으셨네. 전쟁이 끝나면 반드시 돌아오실 거라고 하셨네. 나는 정말 어머님의 말씀이 꼭 들어맞을 줄은 생각지도 못하고 있었네."

몸은 많이 쇠약한 것 같아도 노인의 목소리는 젊은 사람처럼 카랑카랑했다.

우리가 서로 인사를 나누는 동안에 뒤쪽에서 양복을 입은 남자와 여자가 백인 남성 두 명의 호위를 받으며 들어왔다. 고등학생쯤으로 보이는 청년과 함께였다. 물어보지 않아도 조성길 부부와 그의 아들이었다.

조성길의 가족이 나타나자 조재식 노인의 휠체어를 밀고 들어왔던 여학생이 달려들었다. 함께 탈출하지 못했다는 보도 이후 행방이 묘연했던 조성길의 딸이었다. 가족은 한참동안 부둥켜 앉고 울음을 터뜨렸다. 이윽고 조성길은 먼저 휠체어를 타고 있는 조재식에게로 다가가 허리를 깊게 구부려 인사를 했다. 조성길의 처와 아이들도 조재식에게 인사를 했다.

"아버님, 죄송합니다."

조성길의 처는 기어들어가는 목소리로 조재식에게 머리를 조아렸다.

"조성길 동무 귀환을 환영합니다. 우리 북조선 인민의 영웅이신 할

아버지를 찾느라 고생이 많으셨소. 동무도 돌아가면 영웅의 자녀로 환대 받을 것이요."

창밖에선 방송국 카메라들이 남북가족의 상봉을 지켜보느라 숨을 죽이고 촬영에 열중하고 있었다. 이윽고 지켜보고만 있던 유재곤 통일부장관이 입을 열었다.

"오늘 여러분의 만남이 통일의 시금석이 될 것입니다. 우리는 북미 비핵화 협상이 완벽하게 이루어지기 전에 종전선언을 먼저 하게 될 것입니다. 종전선언은 휴전 당사자인 북측과 미국 간에 이루어지게 되지만, 남북한 당국자끼리 작은 의미의 종전선언을 먼저 하게 될 것입니다. 남과 북은 먼저 우리끼리 전쟁과 적대행위를 중단하고 점진적이고 실현 가능한 통일의 길로 함께 나갈 것이요. 그러므로 오늘부로 조태진 인민군 상좌의 지난 전투행위의 공과는 모두 소멸되었음을 남북한 간 합의하에 선언합니다. 더불어 조태진님은 통일 한국의 제1호 국민의 지위를 얻게 될 것입니다.

앞으로 통일한국 국민의 지위를 얻은 사람은 남북 어느 지역이나 거주이전의 자유가 주어지고 자유로운 여행과 행동의 자유를 얻게 될 것입니다. 더불어 남북 양측의 가족들도 똑같은 자유와 권리를 보장받을 수 있는 통일 한국인의 지위를 얻게 될 것입니다. 통일한국인의 지위를 얻은 사람은 서로의 체제를 비방해서는 안 되고 완전한 통일한국을 만들어가는 일에 적극 협조해야 할 의무를 집니다. 이제 남북

양측의 정상이 만나 실질적인 한반도에서의 동족 간 전쟁이 끝났음을
선언하게 될 것입니다."

유재곤 통일부장관의 이야기에 박영식 부위원장은 떨떠름한 표정
을 지었다.

"유재곤 장관님의 발표에 앞서 여러분의 선택은 자유임을 알려드
립니다. 여러분은 모두 백두산 일대에서 김일성 수령님과 항일 투쟁
을 함께 하신 조진수 열사님의 후손임을 명심하셔야 할 것입니다. 모
두 북조선 인민의 품으로 돌아가신다면 따뜻한 환대와 영웅 대접을
받으실 수 있을 것입니다. 선택은 여러분의 자유입니다. 특히 남조선
해방전쟁에서 혁혁한 전공을 세우시고 평생 동안 북조선 인민의 사
랑을 그리워하며 살아오신 조태진 상좌님의 귀환을 진심으로 환영하
는 바입니다."

박영식 부위원장의 말에 아버지는 왼손을 들어 머리 위의 인민군 모
자를 벗었다. 다음에는 가슴에 매달린 훈장에 손을 가져갔다. 재식이
눈치를 채고 아버지가 훈장을 떼는 걸 도와주었다. 아버지는 훈장을
들어 박영식 부위원장에게 내밀었다. 박영식은 하는 수 없다는 듯 내
민 훈장을 받았다. 아버지는 불편한 상체를 움직여 인민군 군복을 벗
으려 안간힘을 썼다. 이번에는 조성길이 아버지 곁으로 다가가 군복
벗는 걸 도와주었다. 군복까지 벗은 아버지는 입을 크게 벌려 소리를
내질렀다. 목소리는 크지 않았지만 발음은 지금까지 들어 온 것 중에

266

서 제일 정확했다.

　-니이모. 니이모.-

　나는 먼저 회담장 밖으로 나왔다. 카메라들이 먼저 나온 나를 따라왔
다. 휴대전화의 카톡음이 울렸다. M으로부터 문자가 들어와 있었다.

　-니모의 전쟁이 끝난 걸 축하합니다!-

니모의 전쟁

김태환 지음

발행처 · 도서출판 **청어**
발행인 · 이영철
영 업 · 이동호
홍 보 · 천성래
기 획 · 이용희
편 집 · 방세화
디자인 · 이해니 | 이수빈
제작부장 · 공병한
인 쇄 · 두리터

등 록 · 1999년 5월 3일
(제321-3210000251001999000063호)

1판 1쇄 발행 · 2019년 3월 20일
   3쇄 발행 · 2019년 8월 30일

주소 · 서울특별시 서초구 효령로55길 45-8
대표전화 · 586-0477
팩시밀리 · 586-0478

홈페이지 · www.chungeobook.com
E-mail · ppi20@hanmail.net
ISBN · 979-11-5860-629-9(03810)

이 도서의 국립중앙도서관 출판시도서목록(CIP)은 서지정보유통지원시스템 홈페이지
(http://seoji.nl.go.kr)와 국가자료공동목록시스템(http://www.nl.go.kr/kolisnet)에서
이용하실 수 있습니다.(CIP제어번호: CIP2019006883)